M.L. BUSCH

Herzklopfen auf Spanisch

SPANIEN-LIEBESROMAN

Erstausgabe März 2024

Copyright © 2024 dp Verlag, ein Imprint der
dp DIGITAL PUBLISHERS GmbH
Made in Stuttgart with ♥
Alle Rechte vorbehalten

Herzklopfen auf Spanisch

ISBN 978-3-98998-033-4
E-Book-ISBN 978-3-98778-353-1

Covergestaltung: Anne Gebhardt
Umschlaggestaltung: ART:Core Design
Unter Verwendung von Abbildungen von
shutterstock.com: © franco lucato, © Helena Green, © ZHENYA85,
© PeopleImages.com - Yuri A, © patpitchaya, © Tonktiti

Lektorat: Astrid Pfister
Satz: dp DIGITAL PUBLISHERS GmbH
Druck und Bindung: Books on Demand GmbH, Norderstedt

Das Werk darf – auch teilweise – nur mit
Genehmigung des Verlages wiedergegeben werden.

1

Porscha

Anreisetag – Costa de la Luz

„Was für ein Anblick! Hast du schon mal so wunderschöne Palmen gesehen?", fragt mich Thomas und schaut andächtig zur grünen Pracht hinauf. „Nicht mal die, die wir letztes Jahr in der Karibik bewundern durften, waren so imposant", schwärmt er weiter, ohne auf mich oder sein Umfeld zu achten. „Allein dieses satte und tiefe Erbsengrün ..."

Echt jetzt?

Genervt werfe ich einen Blick auf unsere Koffer, die der Busfahrer wenig hilfreich auf die Straße vor das Hotel gestellt hat, bevor er ohne ein Wort davongebraust ist. Nicht mal auf ein Trinkgeld hat der leicht nach Schweiß müffelnde und unter Zeitdruck stehende Touristikangestellte gewartet.

Da Thomas unser Gepäck offensichtlich gleichgültig ist, tue ich ihm den Gefallen und sehe mir, je eine Hand am Koffergriff, das nicht essbare Gemüse neben dem Hoteleingang an.

„Ja, äh … spitze. Umwerfend. Fantastisch. Tolles Erbsengrün", versuche ich Begeisterung zu signalisieren. Mein Verlobter gehört zu den Menschen, die von jetzt auf gleich in den Urlaubsmodus schalten können. Noch im Flugzeug hat er jeden Gedanken an Computer, Zahlen und Anträge beiseitegeschoben. Leider bin ich da weniger geschickt. Es wird sicher ein paar Tage dauern, bis ich mich auf die Ruhe und den Frieden, die *Costa de la Luz* ausstrahlt, einlassen kann. Spätestens übermorgen bin ich bereit, mich der, mir bekannten aber längst vergessenen, spanischen Flora zu widmen. Heute allerdings nicht.

Durch die Nase lange einatmen und durch den Mund wieder aus, Porscha. Es ist ganz einfach. Gib dir ein bisschen Mühe. Dein Urlaub fängt in diesem Moment an. Genieße ihn …

„Könntest du dich bitte für einen Moment konzentrieren und unser Gepäck von der Straße holen, Thomas?" Einatmen – ausatmen. Mühe geben. „Zwei Koffer gleichzeitig bekomme ich nicht über die Bordsteinkante." Einige Schweißtropfen bilden sich bereits über meiner Oberlippe. Die Straße ist abschüssig und sobald ich einen der beiden Koffer loslasse, rollt er Richtung Meer. „Was hast du alles eingepackt?", frage ich, stelle einen Fuß hinter die Kofferrolle und wische mir mit dem Handrücken über die feuchte und erhitzte Stirn. Wo ist die nächste Klimaanlage? Warum ist es um diese frühe Uhrzeit bereits so heiß?

„Nur das Nötigste."

Natürlich. „Wer fünf Kilo Übergepäck hat, hat mehr als nur das Nötigste eingepackt", sagte ich, meinen Schatz aufziehend. Den verschmitzten, leicht tadelnden Gesichtsausdruck kann ich mir nicht verkneifen. Thomas ist manchmal mehr Tussi als ich.

Der Mann, den ich noch in diesem Jahr heiraten möchte, kommt auf mich zu, schlingt die Arme um meinen Körper und küsst mich. Sofort werden mir die Knie weich und ich vergesse die Hitze um mich herum. Jetzt ist da nur noch eine innere Hitze, für die Thomas verantwortlich ist. Da ich unser Gepäck fixiere, kann ich die Umarmung nicht mit der Hingabe erwidern, wie ich es gerne möchte.

„Wir bleiben drei Wochen in diesem Urlaubsparadies, da brauche ich schon ein paar Dinge", klärt Thomas mich auf, ohne mich loszulassen. Bevor ich etwas entgegnen kann, bekomme ich noch einen Kuss, was mir überaus recht ist. Thomas beherrscht die kleinen gehauchten Küsse, die nur so eben die Lippen berühren, in Perfektion. „Außerdem hat mein Koffer nur Übergepäck, weil die Wanderschuhe, die ich laut meiner Verlobten unbedingt einpacken musste, so schwer sind", lässt er nicht locker.

Selbstverständlich. Natürlich bin ich schuld an seinem Übergepäck.

Da ich ihn und seine charmanten Marotten liebe, verkneife ich mir den Kommentar, dass auch ich Wanderschuhe eingepackt habe und mein Koffer beim Wiegen am Flughafen sogar zwei Kilo unter dem erlaubten Höchstgewicht gelegen hat. Stattdessen schmiege ich mich an seine starke Brust und lasse mich einen Moment von ihm halten. Ich bin im Urlaub und sollte schnellstens anfangen eine gewisse Gelassenheit an den Tag zu legen.

„Wenn du beide Koffer in die Lobby bringst, ist mir dein Übergepäck herzlich egal." Mein Fuß, der die Rolle blockiert, beginnt zu schmerzen. „Hier." Ungelenk befreie ich mich aus der Umklammerung und schiebe die Koffer Thomas in die Arme. „Ich kümmere mich um unser Zimmer, du um die Koffer. Hoffentlich bekommen wir eine Suite mit Blick aufs Meer."

***

Ein Pärchen steht vor mir an der Anmeldung und macht gerade Platz, als ich mich dem Tresen nähere. Die beiden sehen verliebt aus und halten sogar Händchen. Wann sind Thomas und ich zum letzten Mal Hand in Hand gegangen? Egal. Vielleicht fangen wir diesen Urlaub wieder damit an. Es könnte nett sein, so am Strand entlang zu spazieren.

Voller Vorfreude auf den Urlaub, wende ich mich dem Mann an der Anmeldung zu. „Äh ..."

„Einen Moment, bitte", werde ich ausgebremst. Enttäuscht klappe ich den Mund wieder zu und beobachte stattdessen, wie der Angestellte des Hotels etwas in den Computer eingibt. Er benutzt dazu das allseits bekannte Zwei-Finger-Suchsystem. Die Entertaste scheint es ihm besonders angetan zu haben. Wild hämmert er auf sie ein, während er leise auf Spanisch vor sich hin flucht. Mich hat er offenbar bereits vollständig ausgeblendet.

Da das Problem kein Kleines zu sein scheint, nutze ich den Moment und betrachte mein Gegenüber. Der Kerl sieht etwas seltsam aus. Zumindest für einen Angestellten, der die Hotelgäste in Empfang nehmen soll.

Warum trägt er keine formelle Kleidung oder zumindest ein Hemd? Warum sind seine Haare so ver-strubbelt? Und warum zum Teufel kann er nicht Tippen? Obwohl ihm der Fünf-Tage-Bart ausgezeichnet steht, wirkt er damit doch etwas raubeinig und ungepflegt. Das Erscheinungsbild verwirrt mich zunehmend, je länger ich den Mann, der keinem Dresscode folgt, anschaue. Er passt nicht in ein Fünf-Sterne-Hotel. Himmel ... sogar der Busfahrer hat Hemd und Krawatte getragen, wenn es auch mit den gelben Schweißflecken unter den Armen wenig vorteilhaft ausgesehen hat.

Erste Zweifel kommen in mir auf.

Hoffentlich ist das Hotel kein Reinfall. Thomas hat es ausgewählt und die Buchung bestätigt. Unter Umständen hat er sich von der Anzeige des Hotels beeinflussen lassen. Ich erinnere mich daran, dass er mir Fotos von einer Poollandschaft unter Palmen gezeigt hat und von der grünen Idylle vollkommen hin und weg war.

Da es auch nach Minuten des Wartens nicht voran geht, räuspere ich mich, um seine Aufmerksamkeit zu bekommen. Vielleicht ist der Holzfällertyp nicht die hellste Kerze auf der Torte. Besser ich stupse ihn verbal an.

Keine Reaktion.

Ich versuche es noch mal, mit einem etwas auffordernden Räuspern. Dieses Mal lauter. Wie aufdringlich soll ich denn noch *stupsen*? Hat er einen Hörschaden?

Endlich ... die Finger des Mannes erstarren über der Tastatur.

„Es dauert noch." Er atmet lange aus und wendet sich mir zu. „Haben Sie bitte Geduld." Den Worten folgt ein strenger Blick. Wieder bekommt die Entertaste einiges zu spüren.

Interessant. Er spricht deutsch mit mir, dabei habe ich außer ein Äh noch gar nichts gesagt. Sehe ich aus wie der typische deutsche Touri?

„Lassen Sie sich Zeit." Den Sarkasmus kann ich nicht zurückhalten. Er bringt mir umgehend einen weiteren, dieses Mal mörderischen Blick ein.

Meine Antwort ist ein winziges Lächeln ... und Schweigen.

Das Lächeln verbreitert sich, als ich das Radfahrende Alpaka mit dem Regenbogenstirnband auf seinem T-Shirt entdecke. Das Alpaka ist, anders als sein Träger, bester Laune. Es scheint sogar vor sich hin zu pfeifen, während es fröhlich in die Pedale tritt. Wenn das rosa verwaschene T-Shirt nicht das kleine Loch gleich neben dem Ausschnitt hätte, könnte es sogar hübsch aussehen. Na, zumindest interessant – und auffällig. Auffällig ist das spezielle und durchlöcherte Kleidungsstück allemal.

„Gleich habe ich es."

Sein Deutsch ist nahezu akzentfrei.

Einen Kommentar verkneife ich mir. Dafür hole ich unsere Pässe aus der Tasche und lege sie vor mir auf den Tresen.

„Auf welchen Namen haben Sie gebucht?", werde ich plötzlich und ohne einen Willkommensgruß gefragt. Auch angesehen werde ich nicht. Gutes Benehmen und Höflichkeit scheinen beim Personal dieses Hotels offenbar nicht von Bedeutung zu sein.

„Thomas Kaster. Eine Suite mit Blick aufs Meer, *bitte.*" Das Bitte betone ich.

Eine Antwort bekomme ich nicht, dafür ein entnervtes Seufzen. Sonderwünsche sind wohl nicht gerne gesehen.

Das kann ja heiter werden. Offensichtlich sieht das Hotel nur hübsch aus. Die Angestellten sind hingegen weniger auf zack. *Hätte Thomas die Auswahl unseres Hotels doch nicht allein treffen sollen?*

„Der Ausblick zur Meerseite ist mir wichtig", fühle ich mich genötigt zu erklären und meinen Wunsch zu unterstreichen.

„Verstanden." Wieder wird die Tastatur bearbeitet und sogar ein paar Mal mit der Maus geklickt. Leider habe ich von meiner Position aus keine Einsicht auf den Monitor.

Wie schwer kann die Bedienung eines Buchungsprogramms denn sein? Ungeduldig tippe ich mit den Pässen in der Hand auf den Tresen. Langsam verliere ich die Geduld.

Es ist verrückt, dass mir der Meerblick so wichtig ist. Aber es gibt für mich nichts Schöneres als ein Sonnenaufgang über dem Wasser. Früher, bevor ich in die Großstadt gezogen bin, war mir der Morgen die liebste Zeit des Tages.

Ich habe meine Kindheit und Jugend in *Costa de la Luz* verbracht und schon früh ein besonderes Verhältnis zur Natur entwickelt. Wandern in der atemberaubenden Landschaft und Schwimmen im Meer standen eigentlich täglich auf meinem Programm. Zumindest bis die Hormone die Führung meines Körpers übernommen haben und Jungs um ein Vielfaches interessanter wurden als Sonnenaufgänge.

Einen Moment hänge ich den schönen Erinnerungen nach. Meine Kindheit habe ich in vollen Zügen genossen. Im Kleinkindalter sind meine Eltern mit mir ausgewandert. Spanien wurde unsere neue Heimat. Alles war wunderbar, bis die Ehe meiner Eltern zerbrach und mein Vater zurück nach Frankfurt ging.

„Señor Ximénez, Señor Ximénez", werden meine Gedanken an die Vergangenheit von lauten Rufen unterbrochen. „Es tut mir leid, dass ich mich verspätet habe." Der Mann wirft mir einen schnellen Blick zu. „Warum haben Sie nicht Marisol aus dem Büro geholt? Sie kennt sich mit dem neuen Programm aus." Es folgen ein paar Sätze in schnellem Spanisch, bei denen es um Marisols außerordentliche Qualifikationen geht. Anscheinend wurde die Gute erst kürzlich für solche Fälle wie gerade eben eingestellt.

„Ich dachte, ich bekomme es allein hin." Der nun erleichtert aussehende Señor Ximénez versucht sich an einem Lächeln. „Meine Annahme war womöglich ein Trugschluss. Das Programm hat sich aufgehängt."

Der Nachname lässt mich verspätet innehalten. Ximénez? In Spanien heißt gefühlt jeder Dritte Ximénez. Das vertraute Gefühl, das in mir aufsteigt, sollte mich also nicht überraschen. Es ist ein sehr geläufiger Nachname ...

Ich kannte ebenfalls mal einen Ximénez. Bin sogar mit ihm zur Schule gegangen.

Bevor ich die Möglichkeit bekomme die Gesichtszüge hinter dem Fünf-Tage-Bart mit meinen Erinnerungen abzugleichen, wendet sich der Mann ab und macht dem Angestellten im Anzug Platz, der deutsch und spanisch gesprochen hat.

„Herzlich willkommen im *Hermosas Palmeras*", werde ich begrüßt, wie ich eben schon hätte begrüßt werden sollen.

Immer noch von dem mir so vertrauten Namen verwirrt, sehe ich Señor Ximénez nach, der schnellen Schrittes, fast schon fluchtartig und ohne sich von mir zu verabschieden, das Weite sucht. Zu dem rosa Alpaka-T-Shirt trägt er beigefarbene Cargo-Shorts und Flipflops. Könnte dieser breitgebaute Holzfällertyp Romeo Ximénez sein, mein Jugendfreund aus längst vergessenen Zeiten? Würde mein Rom ein unterhaltsames T-Shirt wie dieses tragen?

Ja, auf alle Fälle.

Im nächsten Augenblick spüre ich eine Hand auf meiner Schulter. „Meine liebe Porscha, was soll ich davon halten? Kaum bin ich fünf Minuten nicht an deiner Seite, starrst du anderen Männern auf den Hintern", zieht mich Thomas auf. Gut gelaunt und eindeutig in Urlaubsstimmung drückt er mir einen Schmatz auf die Wange. „Ist alles geregelt? Haben wir eine Suite mit Meerblick bekommen?"

2

Romeo

„Verdammt! Heute ist nicht mein Tag", fluche ich, auf dem Rücken liegend mit dem Kopf unter dem Waschbecken von Zimmer 122. Manche Hotelgäste benutzen den Abfluss des Waschbeckens hemmungslos als Mülleimer.

Zahnseide!

Ein Knäuel müffelnder Zahnseide, mit dem man die Welt umwickeln könnte, liegt neben mir auf den Fliesen. Wie viel von dem Zeug kann ein Mensch am Tag verbrauchen, und wieso landet der strapazierfähige Zwirn nach der Benutzung im Abfluss? Manche Menschen denken nicht nach oder die Folgen sind ihnen schlichtweg egal.

Wassertropfen treffen mein Gesicht, als ich ein weiteres Stück Zahnseide aus den Windungen der Rohre fische. Unbewusst halte ich die Luft an und versuche, nicht über die Keime nachzudenken, die sich in dem Abwasser tummeln.

Dass ich hier liege und Klempnerarbeit verrichte, ist nicht ungewöhnlich. Ich arbeite sogar öfter unter einem verstopften Waschbecken oder an einer defekten Toilette, als dass ich an der Anmeldung stehe. Verständlich, dass meine Angestellten mich nicht gerne an dem Buchungssystem herumfummeln sehen. In der Vergangenheit habe ich auf diese Weise schon für zu viel Chaos und zusätzliche Arbeit gesorgt.

Handwerklich bin ich geschickt, am Computer eher weniger. Wen wundert es. Ich bin ein Naturmensch, der es liebt, sich körperlich zu betätigen und der nicht für Zahlen und Tabellen gemacht ist.

Als Eigentümer eines Fünf-Sterne-Hotels sollte ich nicht unter dem Waschbecken liegen müssen, aber unser Haustechniker hat Urlaub und da ich in diesen seltenen Fällen seine Vertretung bin, muss ich eben ran. Das Zimmer muss spätestens in zwei Stunden fertig sein. Und da der Gast bei uns König ist ...

Noch bevor ich das nächste weiße Fitzelchen greifen kann, fliegt die schwere Hotelzimmertür auf. Die Klinke kracht gegen die Wand dahinter und lässt hörbar den Putz rieseln. Wenig später wird mein Name gerufen. Laut!

„ROM!" Tippelnde Schritte auf Fliesen lassen mich ahnen, wer da im Anmarsch ist.

Verdammt! Beinahe hätte ich mir bei dem Versuch die Ohren zuzuhalten den Kopf gestoßen. Meine Schwester hat ein Organ, das die Wände wackeln lässt. Wie viele Löcher unser Wandputz in Höhe der Türklinken hat, weil sie die Tür stets mit zu viel Schwung aufstößt, lässt sich nicht mehr zählen.

„Badezimmer", antworte ich in normaler Lautstärke, bevor sie mich erneut rufen kann. Endlich habe ich den letzten Rest Zahnseide erwischt. Jetzt noch das Gewinde ein wenig säubern und dann kann ich den Siphon wieder anschrauben. Wenn nur alle Probleme so leicht zu lösen wären, wie ein verstopfter Abfluss.

„In meinem Atelier ist eingebrochen worden", klärt mein Schwesterherz mich auf. Aus den Augenwinkeln sehe ich, dass sie mit verschränkten Armen an den Türrahmen gelehnt steht.

„Hallo, liebe Alejandra. Dir auch einen schönen guten Morgen."

„Rom! Hast du mir überhaupt zugehört?" Ihr Kopfschütteln sehe ich von meiner Position aus nicht, aber ich weiß, dass es da ist. „In meinem Atelier ist jemand eingebrochen. Dein *Guten Morgen* ist mir herzlich egal."

Ein verzogenes Nesthäkchen mit wenig Manieren, das ist meine dreizehn Jahre jüngere Schwester. Das Alejandra mit ihren zweiundzwanzig Jahren so ist wie sie ist, ist auch zum Großteil mein Fehler. Da unsere Eltern früh gestorben sind, habe ich sie mehr oder weniger allein aufgezogen. Im Kleinkindalter habe ich sie, wo es geht, verwöhnt. Außerdem konnte ich ihr nie einen Wunsch abschlagen. Keine gute Kombination.

„Für eine kurze Begrüßung sollte immer Zeit sein", belehre ich sie, verändere meine Position und greife nach der Wasserpumpenzange, die rechts neben mir liegt.

„Auch wenn es ultrawichtig ist und wir womöglich einen Dieb im Hotel haben?" Eine Herausforderung liegt in dem Satz.

Meine Schwester ist für ihr Überreagieren und ihre Theatralik bekannt. Wir haben ganz sicher keinen Dieb im Hotel. Etwas derartig Verrücktes wüsste ich. So etwas würde mir auffallen, denn ich habe meine Augen und Ohren schließlich überall. In meinem Hotel entgeht mir nichts.

„Auch in dem Fall, ist eine freundliche Begrüßung nicht zu viel verlangt." Wieder landet etwas Schmutzwasser in meinem Gesicht. „Kannst du das kurz halten?" Die Hand ausstreckend winke ich mit der Wasserpumpenzange. Ich könnte sie auch auf den Boden legen, aber ich unterhalte mich nicht gerne durch den Raum sprechend.

Wie von mir erwartet kommt Alejandra zum Waschbecken und hockt sich nieder, bevor sie mir das Werkzeug abnimmt und mir die Gelegenheit gibt, mein Gesicht abzutrocknen. Hoffentlich kleben keine Reste Zahnseide in meinem Bart.

„Guten Morgen, geliebtes Bruderherz."

„Geht doch." Obwohl meine Erziehungsversuche reichlich spät kommen, scheinen sie doch zu fruchten. Zumindest hin und wieder. An dem überflüssigen Sarkasmus können wir allerdings noch arbeiten.

„Kann ich dir jetzt von dem Einbruch erzählen?"

„Selbstverständlich." Ich nehme ihr die Zange ab und fange an, den Siphon wieder festzuschrauben. „Ist etwas gestohlen worden?" Meine Schwester ist eine begnadete Künstlerin, die für ihre künstlichen Pflanzen schon mehrfach von verschiedenen Kunstverbänden ausgezeichnet wurde. Doch bei aller Liebe für ihre geschätzte Arbeit, in ihrem Atelier befindet sich nichts, womit ein Einbrecher etwas anfangen könnte. Es sei denn, er hat eine Vorliebe für Plastik.

„Ob etwas gestohlen worden ist?", wiederholt sie meine Frage und scheint nachzudenken.

„Jep. Für gewöhnlich sind Einbrecher darauf spezialisiert Besitztümer, meist von beträchtlichem Wert, zu entwenden." Mein Mundwinkel zuckt und ich bin froh, dass Alejandra mir von ihrer Position aus nicht ins Gesicht sehen kann. Sie mag es gar nicht, wenn ich mich auf ihre Kosten amüsiere.

„Nein! Ja? Vielleicht. Ich kann es nicht genau sagen. Das muss ich noch im Einzelnen überprüfen."

Die Antwort ist typisch für meine Schwester. Ein Seufzen liegt mir auf den Lippen. „Wieso glaubst du dann, dass in deinem Atelier eingebrochen wurde? Ist etwas kaputtgemacht worden?" Auch wenn das Kunststoffgranulat, das meine Schwester verarbeitet, nur ungeformtes Plastik ist, besitzt sie doch einige wertvolle Maschinen und Werkzeuge, deren Beschädigung teure Reparaturen nach sich ziehen könnten.

„Das Fenster war nach meiner Mittagspause zur Hälfte geöffnet."

Mit geringem Kraftaufwand ziehe ich das Anschlussstück fest und lege die Zange auf die Fliesen. Danach krieche ich unter dem Waschbecken hervor und greife nach meinem Arbeitslappen, um mir die Hände abzuwischen.

„Mehr nicht? Das Fenster stand offen? Deshalb glaubst du, dass wir einen Einbrecher im Hotel haben?" Was ist das für ein jämmerlicher Beweis? Heute gibt unser Nesthäkchen wieder alles. Das volle Ich-möchte-Aufmerksamkeit-Drama-Programm.

„Rom, ich lasse nie das Fenster offenstehen!", empört
sie sich. „Es würde den Trocknungsvorgang meiner
Kunstwerke beschleunigen und das wäre fatal. Es
könnte die Arbeit von Stunden oder Tagen ruinieren."

„Leuchtet mir ein. Die Tatsache habe ich kurzzeitig
vergessen. Entschuldige." Organisches Polymer ist äußerst empfindlich. „Vielleicht haben die Angestellten
...", setze ich an, während wir uns gleichzeitig erheben.

Alejandra wirft mir einen Blick zu, der mich jedes
weitere Wort verschlucken lässt. Mein Fehler. „Tut mir
leid", sage ich die Hände hebend. „Ich habe wieder nicht
nachgedacht. Du hast recht. Keiner unserer Hotelange-
stellten würde dein Atelier betreten, geschweige denn
eines der Fenster öffnen. Dafür ist ihnen ihr Leben viel
zu lieb." Ein Grinsen erscheint unwillkürlich auf meinen Lippen. Meine Schwester hat nicht nur mich im
Griff, auch unser Personal spurt, ohne nachzufragen,
sobald sie etwas verlangt.

„Du nimmst mich nicht ernst."

Stimmt.

„Alejandra", versuche ich es in einem versöhnlichen
Tonfall, ohne das Grinsen. „Überprüfe, ob Werkzeuge
fehlen oder Maschinen beschädigt sind. Vielleicht war
ein Hotelgast neugierig und hat sich verbotenerweise
umgesehen. Dabei ist ihm der Gestank aufgefallen und
er hat ein Fenster geöffnet. Ganz ohne Hintergedan-
ken."

„Niemals. Ich schließe immer ab und hänge zusätzlich ein Bitte-nicht-stören-Schild an die Tür. Egal ob ich
drin bin oder nicht." Alejandra verschränkt die Arme
vor der Brust und sieht zu Boden. Fehlt nur noch, dass
sie die Unterlippe vorschiebt, und anfängt, auf den

Fußsohlen zu wippen. In Momenten wie diesen erinnert sie mich stark an das kleine Mädchen von früher, das ohne Eltern aufwachsen musste.

„Was soll ich deiner Meinung nach machen? Was verlangst du von mir?" Erschöpft, von dem Tag und dem Gespräch, lasse ich die Schultern sacken und werfe den Lappen in meine Werkzeugkiste.

„Nichts. Bemühe dich nicht. Entschuldige die Störung." Ein mörderischer Blick trifft mich mitten ins Herz. „In Zukunft kläre ich solche Dinge allein auf, oder ich frage unseren gastronomischen Assistenten aus der Küche. Juan versteht mich und ist sich nicht zu schade mir zu helfen."

Das war's! Jetzt ist sie eingeschnappt.

Bevor ich zurückrudern oder beschwichtigen kann, ist der Wirbelwind verschwunden. Lautstark und aufgebracht, wie Alejandra gekommen ist, rauscht sie davon und lässt die Tür hinter sich zufallen.

„Das lief ja super", rede ich mit mir selbst und blicke auf das Knäuel verknoteter Zahnseide zu meinen Füßen. Besser ich hole sofort die Tube mit dem Schnellzement, um den Putz in der Wand auszubessern, bevor ich an der Anmeldung Bescheid gebe, dass Zimmer 122 bereit für die Endreinigung ist.

Danach werde ich mit einem Vanille-Macchiato mit Pistazienstücken meine Schwester aufsuchen und mich für mein mangelndes Verständnis bei diesem Gespräch entschuldigen.

Vergangenheit

„Porscha hat gesagt, ich darf." Alejandra zieht die Augenbrauen zusammen und sieht für ein Kind von sechs Jahren viel zu altklug drein.

„Wieso behauptet Porscha das? Ich bin dein Bruder und ich sage, ein Eis pro Tag ist genug." Dass ich oft nicht weiß, wie ich mich verhalten soll, macht es nicht leichter bei Diskussionen wie diesen standhaft zu bleiben. Wie erziehe ich meine Schwester richtig? Keiner hat mir nach dem Tod unserer Eltern eine Anleitung überreicht.

Bevor Alejandra ein wütendes Pfft von sich gibt, überkreuzt sie die Arme und schiebt die Unterlippe vor. „Es ist heiß. Ich brauche eine Abkühlung." Die Rebellin in ihr hat die Oberhand übernommen.

„Lutsch einen Eiswürfel."

„Igitt. Aber ich habe schlimme Halsschmerzen und mir ist heiß. Porscha hat gesagt, als sie die Mandeln rausbekommen hat, musste sie Unmengen Eis essen. Vanille und Schoko, kein Erdbeere."

„Du hast deine Mandeln noch."

„Aber ich habe Halsschmerzen und vielleicht müssen sie raus, wenn ich sie nicht bald kühle." Eine kleine Kinderhand schiebt sich in meine große. „Sie könnten sich entzünden, Rom. Das hat Porscha gesagt. Ich schwöre. Ehrlich."

Höchstwahrscheinlich hat meine Freundin gar nichts von irgendetwas gesagt. Sicher weiß sie nicht mal, dass es gerade Alejandra nach einem Eis gelüstet. Meine kleine Schwester hat sehr feine Ohren und lauscht, wo sie kann. Bestimmt gibt es ein Kind in Alejandras

Schule, das heute über seinen Eiskonsum nach einer Mandeloperation gesprochen hat.

Auf mein Bauchgefühl ist in der Regel verlass. Ich vertraue ihm.

Lange ausatmend gehe ich in die Hocke, um mit meiner Schwester auf Augenhöhe zu sein. Dass sie ein Eis will, kann ich nachvollziehen, ich könnte selbst eines vertragen. Heute wird das Thermometer die vierzig Grad Marke knacken, ohne dass ein Wölkchen in Sicht ist. Trotzdem ist das kein Grund, mich anzulügen.

„Erinnerst du dich an den Deal, den wir ausgemacht haben?"

Sie nickt und sieht auf ihre nackten Füße hinab, deren Zehennägel heute grün lackiert sind.

„Wie lautet unser Deal?", fordere ich sie auf, ehrlich zu sein.

„Keine Lügen."

„Und? Hältst du dich an unsere Abmachung?"

Alejandra schüttelt den Kopf, ihre Miene ist zerknirscht.

Wenigstens etwas. Vielleicht habe ich doch noch eine Chance sie erfolgreich und ohne Schaden zu nehmen großzuziehen.

„Warum lügst du mich dann an?"

Ihr Blick schnellt hoch und ist nun nicht mehr reumütig, sondern trotzig. Sogar ihre Unterlippe steht vor. „Du liebst Porscha mehr als mich. Wenn sie etwas von dir will, bekommt sie es ... immer."

Bitte Gott, hilf. Wie erkläre ich einer Sechsjährigen, dass ich hoffnungslos und ohne eine Chance auf Rettung in eine Frau verliebt bin?

„Alejandra ... Porscha ist erwachsen, sie muss mich nicht um Erlaubnis fragen. Wenn du erwachsen bist, darfst du ebenfalls entscheiden, wie viel Eis du essen möchtest. Aber bis dahin, beschließe ich, was gut für dich ist." So in der Art hätte meine Mutter es sicher auch formuliert.

„Okay." Ihr Blick geht wieder zu Boden und ihre winzigen Schultern sacken nach unten. Ihr kleiner Körper fällt regelrecht in sich zusammen, und alles nur wegen ein bisschen Eis, das sie nicht umbringen würde.

Umgehend setzt in meiner Brust ein Schmerz ein, der mir wohlbekannt ist. Gerade tut es mir schrecklich leid, dass ich ihr das Eis verwehrt habe. Meine kleine Schwester sieht aus, als würde heute die Welt untergehen.

Verdammt! Ich bin ein Weichei.

Und nun?

„Ich mache dir ein Angebot, Floh", versuche ich den Tag für uns beide zu retten. „Du hast dir eine Belohnung verdient, weil du deine Lüge zugegeben hast." Die Begründung ist ein Schlupfloch, welches ich nicht zu häufig nutzen sollte. „Was hältst du davon, wenn wir Porscha suchen und zu dritt ein Eis am Strand essen gehen?"

Rom, du bist die schlechteste Erziehungsperson aller Zeiten. Deine Gutherzigkeit wird dich irgendwann einholen und dir zum Verhängnis werden.

Die kleine Kinderhand wird ruckartig aus meiner gezogen. Alejandra hüpft, klatscht und dreht sich im Kreis. „Jaaaaaaaaaa, ich möchte Erdbeere. Kann ich ein Erdbeereis haben? Porscha nimmt sicher auch Erdbeereis."

3

Porscha

„Der Ausblick ist grandios", sage ich und lehne mich mit dem Rücken gegen Thomas. Wir stehen gemeinsam auf dem Balkon und genießen, was vor uns liegt. „Da vorn in der Bucht habe ich schwimmen gelernt." Mit ausgestrecktem Finger deute ich in Richtung Strand und lasse ein Gefühl von zu Hause in mir aufsteigen. Gott, was habe ich meine alte Heimat vermisst. Wie sehr, wird mir erst jetzt klar, wo ich zurück bin. Am liebsten würde ich sofort ins Meer springen und mich abkühlen.

„Ich kann nicht schwimmen", höre ich eine leise Stimme dicht an meinem Ohr.

Wie bitte? Ist das sein Ernst? Gehört mein Verlobter tatsächlich zu den Unzähligen armen Menschen, die sich nicht über Wasser halten können?

„Du kannst nicht schwimmen?" Überrascht von dem Geständnis, drehe ich mich in seinen Armen um. Er weicht meinem Blick aus, bevor er nach oben schaut und mit den Schultern zuckt.

„Nein, und tauchen auch nicht. Meine Eltern haben keinen Wert darauf gelegt, es mir frühzeitig beizubringen. Sie haben ... egal, jedenfalls habe ich es bis heute nicht vermisst. Ich bin eine Landratte und dazu stehe ich." Seine Hand streichelt mir über die Seite.

Heftig ziehe ich die Luft ein und schüttele den Kopf. Das kann er nicht wirklich meinen. „Du redest nur so daher, weil du nicht weißt wie unglaublich schön das Wasser, das Meer, ist. Wie großartig es sich anfühlt, schwerelos auf der Oberfläche zu treiben und in den Himmel zu schauen."

„Schwerelos?" Thomas lacht, legt sogar den Kopf in den Nacken. „Bei den wenigen Malen, wo ich mich in seichtem Wasser an ein paar Schwimmzügen versucht habe, habe ich mich wie ein Stein mit Armen und Beinen gefühlt."

Mitgefühl überkommt mich. Seine Eltern sind schuld an dem Dilemma. Jedes Kind sollte schwimmen lernen.

„Ich bringe es dir bei. Du wirst sehen, im Salzwasser ist es ganz leicht. Am Ende des Urlaubes kannst du ein paar Züge Brustschwimmen, ohne unterzugehen. Versprochen." Zufrieden mit der Entscheidung drehe ich mich dem Meer zu und kuschele mich an die Männerbrust hinter mir. „Einen Nichtschwimmer kann ich unmöglich heiraten", witzele ich.

Der Körper, an dem ich lehne, erstarrt. Es fühlt sich an, als würde mein Kopf gegen eine Betonwand lehnen.

Du meine Güte! Warum erwidert Thomas nichts? Hält er die Luft an? Haben meine unbedacht ausgesprochenen Worte ihn etwa verletzt? Was habe ich angerichtet?

„Das war ein Scherz." Seine Reaktion verängstigt mich. „Ich hoffe, das weißt du. Ich liebe dich und ich werde dich heiraten, ob du schwimmen kannst oder nicht. Verdammt, sogar dann, wenn du nicht laufen könntest, würde ich dich zum Mann meiner Träume erwählen." Langsam drehe ich mich um und suche seinen Blick. „Ich liebe dich", wiederhole ich sicherheitshalber und versinke in seinen himmelblauen Augen, die wie Sonnenstrahlen auf dem Meer funkeln.

Thomas atmet aus und nickt. Er wirkt erleichtert. „Ich liebe dich auch." Seine Lippen berühren meine, bevor ich mehr sagen kann.

Gut, dann küssen wir uns eben und ich zeige ihm auf diese Weise wie sehr ich ihn an meiner Seite brauche. Thomas Kaster ist mein absoluter Traummann.

***

Händchenhalten ist gar nicht so schlecht. Vor allem, wenn man gesättigt und barfuß am Strand entlang spaziert und das Rauschen der Wellen genießen kann. Obwohl unsere Ankunft im Hotel etwas chaotisch abgelaufen ist, muss ich zugeben, dass Thomas unsere Unterkunft ausgesprochen gut ausgewählt hat. Meine Zweifel haben sich nicht bestätigt. Die Suite ist ein Traum und das Essen ist so wie ich es von früher in Erinnerung habe. Hausgemachte spanische Küche, nicht dieser warmgehaltene Fraß, der häufig den Touristen angeboten wird.

Im *Hermosas Palmeras* gibt es eine Paella, wie ich sie nur von meiner Mutter her kenne. Köstlich. So nah am Meer zu wohnen hat eben auch seine Vorteile. Der

Fisch und die Meeresfrüchte sind immer fangfrisch und schmecken vorzüglich.

Erneut werde ich sentimental. Was habe ich dieses Land und sein Essen vermisst.

„Sollten wir jeden Abend ein Drei-Gänge-Menü verspeisen, müssen wir die Stewardess auf dem Rückflug um eine Gurtverlängerung bitten", sagt Thomas mit einem Feixen und kneift mich in die Seite, wo sich eine kleine, aber äußerst charmante Speckfalte rundet. Meine Taille ist schmal und sexy, aber alles darunter ist dafür verantwortlich, dass ich außerhalb der Arbeit ausschließlich zu Hosen aus Stretchstoff greife. Mein Hintern ist leider etwas zu breit, daran kann auch seine männeranziehende Herzform nichts ändern. Wie gut das Thomas auf gerundete Frauen mit viel Oberweite steht. Über fehlendes Holz vor der Hütte kann ich mich nämlich auch nicht beklagen.

„Frauen mögen es nicht, wenn Männer sie auf Speckfalten aufmerksam machen", belehre ich die Liebe meines Lebens und lehne den Kopf an seine Schulter. „Sogar dann, wenn diese Speckfalten winzig und kaum vorhanden sind."

Thomas lacht und gibt mir einen Kuss auf den Kopf. „Dein Körper ist ne Wucht, eine anbetungswürdige Attraktion. Ich vergöttere ihn und das weißt du."

„Ja, das ist mir bekannt." Über fehlende Bestätigung kann ich mich wahrlich nicht beklagen. Glücklich hebe ich meinen Kopf, sehe zum Meer und lasse unsere Hände schwingen. Wir sind allein am Strand. Die anderen Gäste scheinen sich nicht vom wunderbaren Essen oder dem Klavierspieler, der in der Lobby für eine gefühlvolle und musikalische Stimmung sorgt, losreißen zu können.

„Bist du glücklich?“

Thomas hatte immer schon ein Radar für meine Gefühlswelt. „Ja – sehr.“

„Gut.“ Er hebt unsere Hände zum Mund und küsst meine Finger. „Dein Vater hat in den letzten Wochen zu viel von dir verlangt. Ein paar Überstunden machen wir alle, aber Meinolf Kanz übertreibt es. Er lässt dich, seine heilige und über alles geliebte Tochter, für zwei arbeiten.“

„In der Planung und Umsetzung von strategischen Maßnahmen bin ich unschlagbar. Diese zentralen Aufgabenfelder vertraut er eben nur mir an.“

„Du bist aber nicht die einzige Risikocontrollerin in der Firma.“ Er lässt unserer Hände sinken und geht langsamer.

„Nein, das bin ich nicht.“ Meine Mundwinkel wandern nach oben. „Aber ich bin die Beste.“ An Selbstvertrauen hat es mir noch nie gemangelt. Ich bin gut in dem, was ich tue, und ich weiß das.

Thomas lässt sich Zeit mit der Antwort.

Was ist los mit ihm?

„Müsstest du mir nicht zustimmen?“, frage ich und drücke seine Hand. Hoffentlich hat er nicht vor uns die Stimmung zu vermiesen. Thomas ist nicht nur mein Verlobter, er ist auch von mir angestellt worden und arbeitet im Rechnungswesen, ebenfalls in der Finanzberatung meines Vaters. Die Aufgabenverteilung sowie die klare Hackordnung, sorgen nicht selten für Spannungen, in der Firma und in unserer Beziehung. Mein kontinuierlich steigendes Gehalt, obwohl ich noch

Junior-Risikocontrollerin bin, ist ihm ein Dorn im Auge. Unter anderem, weil Thomas nur einen Bruchteil von meinem Verdienst zur Verfügung steht. Wenn mein Vater wenigstens eine höhere Meinung von ihm hätte, wäre vieles leichter, aber für Meinolf Kanz ist mein Verlobter nur ein einfacher Zahlen- und Datenerfasser. Und daher bei Weitem nicht gut genug für eine Tochter, die nur das Beste vom Besten verdient. Alles unter einem CFO (Chief Financial Officer) ist nicht gut genug für sein einziges Kind.

„Fischen wir nach Komplimenten, Frau Kanz?" Das Grinsen ist wieder da, der nachdenkliche Blick verschwunden.

„Immer, Herr Kaster." Sanft ziehe ich ihn Richtung Wasser, um ins Meer zu waten. An die Arbeit zu denken, ist das Letzte, was ich gerade möchte.

„Lass uns in den nächsten drei Wochen nicht über Finanzdienstleister und Beratung reden. Wir sind im Urlaub und wollen ausspannen", weist Thomas mich an, als hätte er meine Gedanken gelesen.

Weise Worte.

„Du hast verdammt recht." Zustimmend lasse ich seine Hand los, hebe meinen Rock an und tauche den dicken Zeh ins Meer. „Das Wasser ist warm", sage ich und jauchze, bevor ich weiter gehe. „Komm rein!"

Thomas steht mit hochgekrempelter Hose im sicheren Sand, die Arme vor der Brust verschränkt. „Nein. Ich kann nicht schwimmen", erklärt er mit trockenem Humor und ohne eine Miene zu verziehen. „Schon vergessen?" Er zwinkert auf eine Art und Weise, die mir die Knie weich werden lässt.

Lachend schüttele ich den Kopf. „Alles Ausreden. Du möchtest nur keine nassen Füße bekommen."

„Stimmt." Er setzt sich in den Sand und erfreut sich an meinem Anblick. „Es reicht mir dir beim Wassertreten zuzusehen."

Die Behauptung, dass er eine Landratte ist, ist tatsächlich nicht gelogen.

„Heute lasse ich dich damit durchkommen, mein Lieber, aber morgen entkommst du mir nicht. Nach dem Frühstück haben Sie Ihre erste Schwimmstunde, Herr Kaster."

„Wolltest du nicht deine Mutter besuchen?", kommt es wie aus der Pistole geschossen aus seinem Mund.

„Netter Versuch, aber leicht zu durchschauen. Meine Mutter besuche ich ganz sicher – aber nicht morgen. Diese besondere Kraftanstrengung schiebe ich gern noch eine Weile vor mir her." Thomas ist darüber im Bilde, wie angespannt die Beziehung zwischen meiner Mutter und mir ist und hat das Thema nur angeschnitten, um von seiner Schwimmstunde abzulenken.

„Wird sie sich freuen dich zu sehen?"

„Das hoffe ich."

„Hast du sie eigentlich informiert, dass du kommst? Wir haben gar nicht mehr darüber gesprochen."

„Nein." Einen Moment lang halte ich inne. „Es ist eine Überraschung", flüstere ich mit mehr Emotionen in der Stimme als mir lieb ist.

„Wie lange habt ihr euch nicht mehr gesehen?" In den Worten liegt etwas Wachsames. Sein Blick fixiert mich.

„Vor zehn Jahren habe ich *Costa de la Luz* verlassen. Natürlich telefonieren wir regelmäßig, aber persönlich, von Angesicht zu Angesicht haben wir uns zuletzt

gesehen, bevor ich Spanien den Rücken gekehrt habe."
Die Unterhaltung fängt an, mich runterzuziehen. Am
ersten Urlaubstag möchte ich nicht über meine Mutter
und unsere Probleme nachdenken. Es ist Zeit für einen
erneuten Themenwechsel. „Wir haben noch gar nicht
darüber gesprochen, ob du meinen oder ich deinen
Nachnamen annehme, sobald wir verheiratet sind."
Wenig subtil, aber wirksam.

Thomas wirkt überrascht, das erkenne ich sogar aus
den paar Metern Entfernung. Seine Stirn kräuselt sich
und in seinen Blick liegt Verwunderung. „Müssen wir
wirklich darüber sprechen? Ich dachte, es ist selbstverständlich, dass du nach unserer Eheschließung
Porscha Kaster heißt."

Ein merkwürdiges Gefühl überkommt mich.

„Warum sollte das selbstverständlich sein? Weil du
der Mann bist? Thomas Kanz hört sich in meinen Ohren auch ganz gut an." Offensichtlich rutschen wir von
einem schwierigen Gesprächsthema in das Nächste,
und ganz offensichtlich hat mein Zukünftiger das Bedürfnis, den Macho raushängen zu lassen.

„No way! Nein danke." Thomas steht auf und schlägt
sich den Sand von der Hose. „Solltest du meinen Namen nicht annehmen wollen, kannst du dich gern für
einen Doppelnamen entscheiden", sagt er in einem an-
gefressenen Tonfall, der mir eine Gänsehaut beschert.
„Meinen Nachnamen werde ich definitiv behalten."
Sein Blick ruft klar und deutlich: *Fall erledigt.*

„Porscha Kanz-Kaster?", spreche ich es laut aus, um
den Klang nachzufühlen. *Wie blöd hört sich das denn
bitte an?* Was für ein dämlicher Zungenbrecher. So
möchte ich ganz bestimmt nicht heißen.

„Yep! Kanz-Kaster! Klingt doch gut.“

Schlagartig schießt mir ein ganz anderer Gedanke durch den Kopf.

„Und unsere Kinder? Wie würden die heißen?“ Niemals hätte ich gedacht, dass wir darüber streiten würden.

„Zweifelsohne müssten sie Kaster mit Nachnamen heißen, egal, für welche Variante du dich entscheidest.“ Thomas wirkt beunruhigt. Sorge kombiniert mit Alarmbereitschaft lassen seine sonst so weichen Gesichtszüge hart und unnachgiebig erscheinen. „Das sollte von vorneherein klar und keine Frage sein.“

Ernüchtert und mit gesenktem Kopf trete ich aus dem Wasser in den Sand und lasse meinen Rock fallen. Dass der Saum komplett durchnässt ist, stört mich nicht im Geringsten.

Die Stimmung ist ruiniert, und ich bin daran nicht ganz unschuldig. Warum bin ich nicht anders? Für einen empfindsamen und oft verletzten Menschen wie Thomas, ist es eine Herausforderung unter einer herrischen Person wie mir zu arbeiten. Es fällt ihm unglaublich schwer. Da ist es nur verständlich, dass er wenigstens in der Ehe die Hosen anhaben will. Wenn ich nicht umgehend lerne, feinfühliger an bestimmte Themen heranzugehen, werden wir in unserer Beziehung nicht sehr weit kommen. Wo ist meine Kompromissbereitschaft, für die ich in der Firma bekannt bin?

„Lass uns zum Hotel zurück gehen und an der Bar etwas trinken. Es ist eindeutig zu früh, um über die Namen unserer Kinder nachzudenken. Wir sind schließlich nicht mal verheiratet.“

Die Luft um uns herum scheint sich aufzulockern. Sogar eine leichte Brise kommt auf und weht mir ins Gesicht.

„Kluge Frau. Du bist äußerst scharfsinnig." Thomas streckt die Hand aus und ich ergreife sie. „Was hältst du von einem Cocktail im Hotel, an der Bar? Einen Sex on the Beach?"

„Ausgezeichnete Idee." Die Vorfreude auf ein wenig Alkohol und Zerstreuung lässt die Gedanken an Nachnamen und Uneinigkeit verschwinden. Sobald ich vollends im Urlaubsmodus angekommen bin, werden die kleinen Streitereien Geschichte sein. Ich bin zuversichtlich. In zwei bis drei Tagen müsste es so weit sein.

4

Romeo

Wie jeden dritten Abend in der Woche sitze ich mit unserem Hotelmanager in einer Nische, im hinteren Teil der Bar und bespreche das Tagesgeschehen und die aktuellen Probleme, die ein Hotel von der Größe des *Hermosas Palmeras* mit sich bringt. Vor zwei Monaten hat uns einer unserer langjährigen Spitzenköche verlassen. In der Anfangsphase unter dem neuen Koch entsprach die Qualität leider nicht mehr unserem Standard und hat dazu geführt, dass einige Gäste unzufriedene Kommentare im Netz hinterlassen haben.

Umso mehr freut es mich, zu hören, dass der geläuterte Koch endlich seine innere Mitte und den Zugang zum Salz gefunden hat, und es in den letzten Tagen zu keinerlei neuen Beschwerden gekommen ist, weder vom Küchenpersonal noch von den Hotelgästen.

Im Grunde sind wir mit den Gesprächsthemen für heute durch. Bis auf eine Kleinigkeit gibt es nichts mehr zu klären.

Alejandra hat mir meine rüpelhafte Art von heute Morgen verziehen und den ekelhaft süßen Kaffee, den ich ihr besorgt habe, als Friedensangebot akzeptiert. Ich habe nichts anderes erwartet. Meine kleine Schwester ist stets darauf bedacht keine Streitigkeiten zwischen uns aufrecht zu erhalten. Sie ist ein harmoniebedürftiger Mensch und möchte stets, dass am Ende des Tages alles zwischen uns geklärt ist.

Da ich Alejandra liebe und es meine Pflicht als Hotelbesitzer ist, ihren Verdacht zu überprüfen, sehe ich meinen Manager, Hugo Díaz, an und tue, was ich versprochen habe.

„Bevor du zurück an deine Arbeit gehst, muss ich dir noch etwas berichten, auf das Alejandra mich aufmerksam gemacht hat." Kaum fällt der Name meiner Schwester, taucht ein winziges fast unscheinbares Lächeln auf den Lippen des Hotelmanagers auf. Hugo Díaz, der sich weigert, mich im Beisein von Hotelgästen zu duzen, kennt meine Schwester schon, seit ich das Hotel eröffnet habe und er bei mir angefangen hat zu arbeiten. Er liebt sie wie ein großer Bruder und würde sich bei Unstimmigkeiten zwischen den Ximénez eher auf Alejandras Seite als auf meine stellen.

„Was hat unser Nesthäkchen dieses Mal für Sorgen?"

Augen zu und durch. „Sie glaubt, wir haben einen Dieb im Hotel." Allein das auszusprechen, hört sich lächerlich und wenig wirklichkeitsnah an. Zumindest bei der schwachen Beweislage, auf die ich mich stützen muss.

Hugos Lächeln verschwindet und weicht einem ernsten Gesichtsausdruck. Er runzelt die Stirn. „Warum glaubt Alejandra das?", fragt er und lässt mich nicht aus den Augen. Ein Einbrecher, Langfinger oder Verwüster könnte im Hotel schlimmen Schaden anrichten. Nicht nur aus materieller Sicht. Sobald der Gast sich nicht mehr wohl und sicher fühlt, bleibt er weg. Ein Imageschaden ist schwerer zu reparieren als so manche Sachbeschädigung.

„Das Fenster ihres Ateliers stand offen.“

Jeder andere hätte angefangen zu lachen, aber nicht Hugo Díaz. Er zieht die Augenbrauen zusammen, denkt sichtbar nach und wägt Eventualitäten ab. „Kein Hotelangestellter würde jemals Alejandras Atelier betreten, nicht mal die Reinigungskräfte. Und erst recht würde niemand ein Fenster öffnen. Wir wissen alle, wie wichtig die langwierigen Trocknungsvorgänge für die Kunstprojekte deiner Schwester sind.“

„Etwas Ähnliches hat sie auch gesagt.“ In meinem Seufzen liegt Anspannung.

„Ich werde mich umhören und auch den neuen Koch dahingehend befragen. Er ist noch nicht lange im Team und kennt deine Schwester nur flüchtig. Vielleicht war er in ihrem Atelier und wollte einfach nur den Gestank hinauslassen.“

Mein Nicken kommt automatisch. „Wir wissen beide, dass das eher unwahrscheinlich ist, aber ich bin dir dankbar, dass du der Sache nachgehst. Ich habe Alejandra versprochen dich zu informieren. Sie vertraut dir.“

Das Lächeln schleicht sich zurück in Hugos Gesicht. „Deine Schwester ist ein klasse Mädchen. Du kannst stolz auf sie sein.“

Mein nächster Seufzer ist noch spannungsgeladener als der vorherige. „Sie ist kein Mädchen mehr. Der kleine Floh von früher ist erwachsen geworden. Alejandra hat sich zu einer Frau entwickelt, ohne dass ich es bemerkt habe." Wehmut überkommt mich, wenn ich an das kleine Kind mit den unordentlichen Zöpfen denke, welches kaum eine Minute still sitzen konnte.

Ohne, dass ich es mitbekomme, liegt plötzlich eine Hand auf meinem Unterarm. „Einen besseren Bruder als dich hätte Alejandra nicht haben können, Romeo." Hugos Hand drückt bekräftigend zu. „Du hast sie zu einer achtenswerten Frau mit unglaublichem Talent erzogen."

„Für ihr Talent bin ich nicht verantwortlich. Das hat sie von unserer Mutter geerbt."

„Womöglich hast du recht. Aber alles andere hat die Kleine von dir übernommen. Du bist ihr großes Vorbild."

Die ehrlich gemeinten Worte lassen Wärme in mir aufsteigen. „Sie vergöttert mich", stimme ich Hugo zu und gebe der Wärme mehr Raum.

Früher hat sie auch Porscha vergöttert.

Stopp!

Von meinen eigenen Gedanken überrascht, ziehe ich meinen Arm zurück und löse Hugos bestärkenden Griff. „Wenn der Zeitpunkt gekommen ist, müssen wir alle loslassen und den Kindern die Möglichkeit geben ihren eigenen Weg zu gehen. Auch du, mein Lieber", versuche ich abzulenken und meinen aufsteigenden Emotionen zu entkommen.

Hugo Díaz ist ein paar Jahre älter als ich und hat zwei kleine Mädchen im Alter von fünf und sieben Jahren. „Ich werde dich an dieses Gespräch erinnern, sobald deine Große mit ihrem ersten Freund vor der Tür steht." Der Gedanke lässt mich schmunzeln. „Höchstwahrscheinlich hat er ein Zungenpiercing und eine tätowierte Glatze. Selbstverständlich auch einen Tunnelring in mindestens einem Ohr."

Die Gesichtsfarbe meines Gegenübers wechselt von rosa zu kalkweiß. Auch sein Adamsapfel bewegt sich und zeigt mir, dass Hugo gerade trocken geschluckt hat. „Bitte Gott ... nein, darüber solltest du keine Witze reißen."

„Entschuldige." Meine Mundwinkel lassen sich nur schwer im Zaum halten. „Aber, dass es der größte Wunsch deiner Tochter ist, ihren Körper mit etwas anderem als Henna bemalen zu lassen ist unter Umständen zukunftweisend." Besser ich zügele mich. Es ist nicht nett, Öl ins Feuer zu gießen. Hugos Große hat ihn, trotz ihres jungen Alters, bereits nach einem Tattoo gefragt. Vor einigen Wochen hat Hugo die Geschichte, die ihm schlaflose Nächte beschert hat, vor versammelter Mannschaft enthüllt ... kurz bevor er jeden Einzelnen um einen Rat gebeten hat.

Kommentarlos erhebt sich Hugo Díaz. „Sag Alejandra bitte, ich überprüfe ihren Verdacht und gebe ihr Bescheid." Maßregelnd und mit strengem Blick deutet er mit dem Finger auf mich. Seine Gesichtsfarbe hat sich mittlerweile normalisiert. „Und dir rate ich, vorsichtig zu sein. Du kannst dich jetzt über mich lustig machen, aber du hast keine Ahnung, mit wem sich deine kleine Schwester abgibt."

Wie bitte?

Wieso ...?

Habe ich was verpasst?

Jedes noch so kleine Mundwinkelzucken verschwindet. Was soll die Anspielung bedeuten? Meine Nackenhaare richten sich auf und Adrenalin wird ohne Vorwarnung freigesetzt.

„Sprich!", befehle ich mit unterdrückter Anspannung und beschleunigtem Herzschlag. „Was weißt du, was ich nicht weiß?" Die Tatsache, dass ich zu ihm hochblicken muss, gefällt mir ganz und gar nicht.

„Entschuldige, aber meine Lippen sind versiegelt." Hugo, der wie ich vermutet habe, parteiisch ist, führt eine Verschluss-Geste über dem Mund aus. „Ich habe es Alejandra versprochen. Kein Wort an dich."

Verdammt!

Bevor ich meinem mir in den Rücken fallenden Manager die Daumenschrauben anlegen kann, ist er verschwunden und lässt mich mit der bitteren Pille zurück.

Pech für mich.

Akutes Unwohlsein steigt in mir auf. Möglicherweise sollte ich Alejandra intensiver im Auge behalten. Ganz sicher sogar. Bisher hat sie mir noch keinen Freund vorgestellt, aber das muss nichts heißen. Sie ist zweiundzwanzig ... da sollte ich mir nichts vormachen. Wahrscheinlich gibt es Jungs in ihrem Leben. Männer, korrigiere ich mich. Es gibt Männer, keine Jungs.

Halleluja! Wie gehe ich mit diesen unaufhaltsamen Veränderungen um? Trage ich eine rosarote Brille, von der ich nichts ahne?

Bitte nicht.

Da ich mir im Vorfeld keinen Plan machen kann, lehne ich mich zurück und wische alle Gedanken an meine kleine Schwester und einen festen Freund beiseite. Auch das unbestimmte Gefühl in meinem Magen dränge ich zurück.

Mit der Herausforderung beschäftigst du dich, wenn es so weit ist. Nicht früher.

Verdrängung ist für mich gewöhnlich nicht die Art mit einer Sache umzugehen, aber aktuell erscheint es mir sinnvoll. Hugo wird mich in nichts einweihen, solange Alejandra es ihm nicht erlaubt. Dann werde ich einfach ein bisschen intensiver die Augen und Ohren offenhalten müssen.

Guter Schachzug.

Die Beine ausstreckend bestelle ich mir per Handzeichen ein Bier. Hin und wieder beobachte ich gerne die Touristen, die sich bei uns wohlfühlen. Es gefällt mir am Ende des Tages in strahlende und erholte Gesichter zu blicken. Die Reaktionen der Hotelgäste, sind meine Belohnung für einen arbeitsreichen Tag wie heute. Die Menschen um mich herum sehen entspannt aus, weil das Hotelpersonal einen guten Job gemacht hat. Natürlich sind die Sonne und die unglaubliche Landschaft direkt vor der Haustür ebenfalls dafür verantwortlich, da bilde ich mir nichts ein.

Noch bevor mir der Barkeeper das bestellte Bier bringen kann, betritt ein Pärchen Hand in Hand schlendernd die Bar.

Einen Moment halte ich überrascht inne. Die Frau kommt mir bekannt vor. Nicht bekannt in Form von prominent oder so, nur irgendwie vertraut. Wie im Fernsehen, wenn man überlegt, in welcher Serie der Schauspieler sonst noch mitgewirkt hat. Und genau wie vor der Glotze, ärgert es mich maßlos, dass ich nicht darauf komme, woher ich dieses Gesicht kenne.

Vielleicht von früher?

Auf einen Gedankenblitz hoffend konzentriere ich mich auf die männliche Begleitung der Frau. Gut möglich, dass mir sein Anblick auf die Sprünge hilft. Er ist ein normal großer und sportlich gebauter Durchschnittstyp. Der Dunkelhaarige, dessen spitze Gesichtszüge mir kein Stück weiterhelfen, trägt ein blaues Poloshirt und eine weiße Baumwollhose. Dazu Schuhe, die wie Deckschuhe aussehen. Es wirkt, als wolle er heute Abend noch mit dem Boot aufs Meer hinausfahren.

Nein, bei seiner Betrachtung klingelt nichts. Kein Wiedererkennen. Nada.

Die beiden lassen sich los und steuern den Tresen an.

Sehr gut, mein Vorteil. Nun kann ich die Frau im Profil unter die Lupe nehmen.

Wieder blitzt Erkennen in meinen hintersten Gehirnwindungen auf, es kribbelt unter meiner Haut, als würde ich plötzlich von Ameisen überrannt werden. Die Person ist mir bekannt. Ganz sicher. Daran habe ich keinen Zweifel. Mir will nur nicht einfallen, woher ich sie kenne.

Verdammt! Die Haarfarbe? Unter Umständen ist sie nicht wie in meiner Erinnerung.

Je mehr ich es versuche, desto mehr glaube ich, mich zu täuschen. Ratlosigkeit überkommt mich. Die beiden sind ein Urlaubspaar, sie leben nicht in der Stadt. Woher sollte ich sie kennen? Wenn mich nicht alles täuscht, hat die Frau heute Morgen versucht, bei mir einzuchecken. Sie hat mich zu einem Zeitpunkt an der Anmeldung erwischt, an dem ich missgelaunt und nicht wirklich ansprechbar war. Zum Glück hat Hugo mich in letzter Sekunde gerettet, sonst wäre gleich eine nächste schlechte Hotelbewertung eingetrudelt. Und für die wäre ich höchstpersönlich verantwortlich gewesen.

Fast schon besessen, starre ich das Pärchen an. Die Frau lässt mir keine Ruhe. Es ist unmöglich den Blick abzuwenden. Sogar mein Herzschlag hat sich beschleunigt, als wüsste mein Körper etwas, das mein Hirn noch nicht realisiert hat.

Was ist nur los mit mir? In solche innere Aufruhe versetzt erkenne ich mich nicht wieder. Wo ist der ausgeglichene Mensch hin, der sich nicht mal von einer nervigen kleinen Schwester oder schlechten Hotelbewertungen aus der Ruhe bringen lässt?

Die Frau bestellt einen Sex on the Beach und der Mann ein spanisches Bier.

Bei dem Cocktail klingelt es erneut, dieses Mal lauter. Sex on the Beach war auch das Lieblingsgetränk meiner ersten Freundin. Aber der Cocktail ist allseits beliebt und keine ...

Jetzt!

Da!

Ich hab's!

Grundgütiger. Die Ameisen auf meiner Haut bewegen sich schneller, sie fangen zu rennen an. Das kann nicht sein! Unbewusst balle ich die Fäuste und unterdrücke den Drang mir über die kribbelnden Arme zu reiben. Es muss sich um einen Kurzschluss im Gehirn handeln. Eine Fata Morgana wäre auch denkbar.

Geräuschvoll ziehe ich die Luft ein und halte sie an. Meine Augen kneife ich zu Schlitzen zusammen, um über die Entfernung besser sehen zu können.

Alter Falter.

Porscha!

Ist das ein Scherz? Will sie mich provozieren? Das kann sie nicht ernst meinen. Ihre Anwesenheit muss ein übler Witz sein. So viel Dreistigkeit besitzt keiner. Entsetzen und Unglaube dringen mir aus jeder Pore und lassen lang unterdrückte Wut in mir aufsteigen. Langsam, aber stetig brodelt es in mir hoch. Bevor ich platze, atme ich lange aus und versuche, Ruhe zu bewahren.

Teufel auch! Wäre es möglich, würde ich meine innere Stimme bitten beruhigend auf mich einzureden.

Als würde das etwas bringen. Wovon träumst du nachts, Romeo?

Von Fassungslosigkeit überwältigt bewege ich den Kopf ruckartig von rechts nach links. Es ist ein jämmerlicher Versuch die Gedanken an die Frau, die gerade nach ihrem Cocktail greift abzuschütteln. Es hat immerhin Jahre gedauert, bis ich nicht mehr Tag und Nacht an Porscha denken musste.

Weil ich der größte Trottel auf Erden bin, habe ich von ihr geträumt, sobald ich die Augen geschlossen habe. Das tue ich in schwachen Momenten immer noch. Dabei ist ihr Verrat schon zehn Jahre her und sollte längst Geschichte sein. Er dürfte mich nicht mehr berühren. Alejandra und ich haben gelernt, ohne sie auszukommen.

Verrückte Welt.

Porscha Kanz, die Liebe meines Lebens und die Frau, der ich einen Ring an den Finger stecken wollte, ist heute in meinem Hotel abgestiegen. Die Frau traut sich was. Schließlich hat sie nicht nur Alejandra, sondern auch mich im Stich gelassen und mit ihrer Flucht nach vorn eine Katastrophe ausgelöst.

Noch heute steigt Panik in mir auf, sobald ich an die Zeit, in der ich um Alejandra bangen musste, zurückdenke.

Was wohl der Grund für ihre Rückkehr ist? Bestimmt hat die polohemdtragende Begleitung etwas damit zu tun.

Es gibt so vieles, was ich all die Jahre herunterschlucken musste und nie rauslassen konnte.

Kann es sein ...? Bekomme ich bald die Gelegenheit meinen Frust loszuwerden und dafür zu sorgen, dass meine Ex endlich bekommt, was sie verdient?

Vergangenheit

„Nenn mich nicht Floh."

„Warum nicht? Für mich bist du ein Floh." Grinsend lege ich meiner Schwester eine meiner schwieligen Pranken auf den Kopf, um ihr zu demonstrieren, wie klein sie ist. „Ein Menschenfloh nistet sich in Betten, Teppichen und Sofas ein." Sanft wuschele ich ihr durch die Haare. „Kommt dir dieses Verhalten irgendwie bekannt vor?"

Alejandra kaut auf ihrer Unterlippe. „Dein Bett ist eben viel bequemer als meins."

Auffordernd hebe ich eine Augenbraue und warte ab.

„Auf dem Teppich vor deinem Bett habe ich nur einmal geschlafen."

„Und unser Sofa?"

Sie zuckt mit den Schultern. „Mit dir auf dem Sofa sitzt es sich besser als allein auf dem Sessel. Es ist kuscheliger."

Ein wohliges Gefühl steigt in mir auf und überflutet mich von innen heraus. Alejandra hat keine Momia mehr, deshalb habe ich nichts dagegen, dass sie mir kaum von der Seite weicht. Als einzige erwachsene Bezugsperson ist es nicht unüblich, dass sie sich an mich klammert wie eine Klette mit abertausenden Widerhaken. Außerdem liebe ich sie abgöttisch. Meine kleine Schwester ist alles, was mir von meiner Familie geblieben ist. Dass ich sie von vorne bis hinten verwöhne, ist wenig vernünftig, trotzdem kann ich es nicht sein lassen.

„Du darfst gern nachts zu mir ins Bett krabbeln, oder davor auf dem Teppich ein Nickerchen machen. Du darfst auch auf meinem Schoß sitzen, wenn wir fernsehen. Aber solange du dich wie ein kleiner Floh verhältst, darf ich dich auch so nennen."

5

Porscha

Erster Urlaubstag

Die Sonne! Was habe ich die warmen Sonnenstrahlen am Morgen vermisst. In Deutschland wirkt die Sonne anders auf mich. Dort scheint sie mir nicht wohlig ins Gesicht, wenn ich morgens die Augen aufschlage. Gefühlt haben wir in Frankfurt sowieso meist Wolken und Regen. Dort gibt es keine dreitausend Sonnenstunden pro Jahr, wie in meiner alten Heimat.

Selig drehe ich den Kopf zur Wärme, in Richtung Balkon.

Endlich macht sich das Urlaubsgefühl, das ich so ungeduldig erwarte, breit. Ausschlafen, Sonne und jetzt … ich strecke die Hand aus, um nach Thomas zu tasten. Nichts. Überrascht rolle ich mich vom Rücken auf die Seite und öffne die Augen. Die Betthälfte neben mir ist verlassen, die Matratze kalt. Thomas muss schon länger weg sein.

Wie spät ist es? Er wird doch nicht ohne mich zum Frühstück gegangen sein, oder?

Nein, bestimmt nicht.

Mit gespitzten Ohren setze ich mich auf und sehe mich in unserer Suite um. Es gibt einen abgeteilten Bereich, in dem eine kleine Couch vor einer Schrankwand mit Fernseher steht. Vom Bett aus, kann ich die Couch sehen. Sie ist leer, kein Thomas. Ist er im Bad?

Nein, Wasserrauschen ist nicht zu hören. Weder die Toilettenspülung noch die Dusche.

Wo steckt er bloß? Ist er joggen gegangen? Wieso ist er nicht hier, um mit mir zu kuscheln? Es gibt schließlich einiges, was wir vor dem Frühstück im Bett anstellen könnten.

Du bist im Urlaub, Porscha. Das bedeutet, dass du drei Wochen Zeit hast, den Morgen mit Thomas im Bett zu verbringen. Entspann dich.

Okay. Unter Umständen möchte mein Verlobter mich rundherum glücklich machen und ist Kaffee holen gegangen. Er weiß, dass ich die erste Dosis Koffein am liebsten im Bett trinke.

Ein Kaffee, jetzt und hier ... das wäre wirklich ein Traum. Für einen Koffeinjunkie wie ich einer bin, wäre das der perfekte Start in den Tag.

Mit plötzlich erwachtem Kaffeedurst greife ich nach meinem Handy, das auf dem Nachttisch neben dem Bett liegt. Egal wo Thomas steckt, er soll nicht ohne einen heißen und starken Wachmacher zurückkommen.

Hoffentlich ist er nicht joggen und hat sein Handy ausgeschaltet.

Bevor ich ihm eine Nachricht schreiben kann, höre ich wie jemand im Gang die Schlüsselkarte benutzt. Es piept, und kurz darauf schwingt die Tür auf.

Wie gut, dass ich von meiner Position aus, die ganze Suite überblicken kann. So muss ich nicht aufstehen und kann abwarten ...

Bitte Gott ... lass ihn Kaffee dabeihaben.

Thomas Rückenansicht taucht in meinem Blickfeld auf. Kaum umgedreht bemüht er sich die Tür leise hinter sich ins Schloss fallen zu lassen. Mit fixiertem Blick balanciert er in der einen Hand zwei Kaffee-to-go Becher übereinander, in der anderen hält er die Schlüsselkarte.

Sofort läuft mir das Wasser im Mund zusammen. Mein Stoßgebet wurde erhört. Besser kann der Tag nicht beginnen.

Belustigt von seiner Jonglierkunst räuspere ich mich.

Bitte nicht fallen lassen.

Thomas bleibt stehen und sieht mich vorwurfsvoll an. „Du bist wach", beschwert er sich und wirft die Karte auf den kleinen Tisch vor der Couch.

Mein Grinsen gilt ihm und den Bechern. „Du hast Kaffee geholt", stelle ich fest und schnuppere. Meine Freude ist nicht zu überhören.

„Jep." Thomas nimmt den oberen Becher in die freie Hand und setzt sich neben mich auf die Matratze. „Da wir uns gestern ein wenig uneins waren, habe ich beschlossen, den neuen Tag gleich mal in die richtigen Bahnen zu lenken." Mit einem Lächeln überreicht er mir meinen Kaffee. „Heute gibt es keine Diskussionen über zu viel Arbeit, deine Mutter, unseren

Familiennamen oder den unserer Kinder. Nur Urlaub, Entspannung und Vergnügen, für dich und mich."

Thomas ist ne Wucht. Die Crème de la Crème.

Der Duft von gerösteten Bohnen breitet sich im Zimmer aus … einfach göttlich. „Wahnsinn! Deshalb habe ich deinen Heiratsantrag angenommen", sage ich und grinse bis über beide Ohren. „Du weißt genau, was ich wann brauche, um glücklich zu sein. Danke." Obwohl der Kaffee sicher noch zu heiß ist, nehme ich einen kleinen, vorsichtigen Schluck. „Stark und schwarz, so wie ich ihn mag."

„Für die Liebe meines Lebens nur das Beste an ihrem ersten Urlaubsmorgen." Thomas kickt die Flipflops von den Füßen und krabbelt neben mir aufs Bett. Gemeinsam sitzen wir mit dem Rücken ans Kopfteil gelehnt da, die Beine ausgestreckt.

Wohlbefinden pur.

„Danke", sage ich zum zweiten Mal.

„Ich habe dir noch etwas mitgebracht." Er greift hinter sich, bringt die Matratze zum Schaukeln und hat wenig später einen Flyer aus der Gesäßtasche seiner Hose gezogen. „Bitte schön. Den habe ich am Informationsständer für die Touristen gefunden. Wandertouren. Wohl eher Bergtouren, wenn ich die Bilder richtig deute."

Perplex, dass Thomas genau das mitgebracht hat, wonach ich heute an der Rezeption fragen wollte, greife ich danach. „Du kannst Gedanken lesen." Wehmut überkommt mich, als ich einhändig den Flyer aufklappe. Das hochkant geknickte Faltblatt ist genauso aufgebaut, wie das, welches ich damals für meinen ersten Freund entworfen habe. Ob sein Berufswunsch

Wanderführer je in Erfüllung gegangen ist? Schon Jahre habe ich nicht mehr an Romeo Ximénez gedacht. Jeder noch so kleine Gedanke an den Mann, den ich im Stich gelassen habe, hat mich traurig gemacht. In der Anfangsphase in Deutschland war es besser für mich nicht an Spanien und mein altes Leben zu denken, an nichts davon. Ein kompletter Kontaktabbruch. Es hat mir nicht gutgetan, mich sogar eine Zeit lang depressiv gemacht. Ich habe mit mir und meinen Entscheidungen gehadert und mich selbst mit Vorwürfen überschüttet. Mehr als einmal habe ich den Entschluss gefasst ohne Zukunftsaussichten nach Spanien zurückzukehren ... nur um mich im nächsten Augenblick wieder zu besinnen.

An die schwierigen, ersten Monate erinnere ich mich nicht gerne zurück. Mein Vater hat schlussendlich dafür gesorgt, dass ich mich in Frankfurt und seiner Firma wohlfühle. Meinolf Kanz hat mich mit beruflich anspruchsvollen Aufgaben herausgefordert und auf die Weise zum Bleiben überredet.

„Gedanken lesen würde ich nicht zu meinen Skills zählen", holt Thomas mich ins Hier und Jetzt zurück. „Immerhin hast du mich im Vorfeld genötigt, die schweren Wanderschuhe einzupacken. Mir war also klar, dass die nicht nur dazu dienen würden an meinen Füßen gut auszusehen." Sanft stößt er seinen Becher gegen meinen. „Und auch deine Kaffeesucht ist mir weitgehend vertraut."

Kurz schließe ich die Augen und lasse das Koffein wirken.

„Egal, du hast meinen Morgen jedenfalls perfekt gemacht." Ich lege den Flyer, der den Schwall

Erinnerungen ausgelöst hat, zur Seite und küsse Thomas auf die Wange. Einen richtigen Kuss mit Körpereinsatz bekommt er, sobald ich meinen Becher geleert habe.

„Habe ich gern gemacht." Thomas legt seinen Arm um meine Schultern. „Muss ich wirklich mit dir auf eine dieser Trekkingtouren gehen?", fragt er und seufzt leise. „In der Mittagszeit herrschen hier mehr als fünfunddreißig Grad im Schatten. In den dicken Schuhen werden meine Füße zerfließen, bevor die Wanderung zu Ende ist."

Wie süß.

Ein Lachen kann ich beim besten Willen nicht zurückhalten. Da ist sie wieder ... die Tussi, die hin und wieder von meinem Liebsten Besitz ergreift. „Du könntest es wenigstens versuchen, bevor du das dir Unbekannte ablehnst", ziehe ich ihn auf, wackele mit den Zehen und trinke meinen Kaffee. Jetzt hat er genau die richtige Temperatur.

„Eine Antwort wie diese, habe ich erwartet." Wäre Thomas wirklich eine Tussi, würde er jetzt die Unterlippe vorschieben. Zum Glück tut er es nicht.

„Vertrau mir, du wirst das Wandern lieben", komme ich ins Schwärmen. „Die Landschaft ist ein Traum ... und die Aussicht rechtfertigt ein paar Blasen an den Füßen allemal."

„Blasen? Ernsthaft?" Thomas springt aus dem Bett. Garantiert hätte er bei dem Satz den Kaffee verschüttet, wäre kein Deckel auf dem Becher gewesen. „Du weißt schon vorher, dass ich mir Blasen laufen werde?" Entsetzen, welches nicht gespielt aussieht, zeichnet sich auf seiner Miene ab.

Okay, ich habe verstanden. Jemanden, der Sport hauptsächlich im Fitnessstudio betreibt, zum Wandern und an die frische Luft zu bekommen, wird schwieriger als gedacht.

„Warum sollte ich dich anlügen? Deine Wanderschuhe sind ungetragen, sozusagen brandneu. Selbstverständlich wirst du dir Blasen laufen." Wahrscheinlich hätte ich meine Worte besser und mit Bedacht wählen sollen. „Kein Grund zur Sorge", sage ich, winke ich ab und versuche Gelassenheit auszustrahlen. „Ein paar Druckstellen sind völlig normal bei neuen Schuhen. Das gibt sich mit jedem Kilometer. Hoffentlich hast du sie eine halbe Nummer größer gekauft als deine Sneakers."

***

Eine Stunde später sitzen wir beim Frühstück. Glücklich halte ich meinen zweiten Kaffee in der Hand und umschiffe alles, was nur im Entferntesten mit den Trekkingtouren zu tun hat, die ich so sehr liebe. Sicher ist sicher. Bloß keinen neuen Streit vom Zaun brechen.

Thomas ist der erholungssuchende Poolliegen-Typ und ich bin die Bergziege, die sich am liebsten bei Sonnenaufgang auf einem Felsvorsprung sitzend in der Höhe befindet. Für einen solchen Anblick nehme ich auch das lästige frühe Aufstehen in Kauf.

Es bleibt abzuwarten welche weiteren Herausforderungen die nächsten drei Wochen für uns parat halten. Wie der erste Urlaubstag bereits gezeigt hat, gibt es schon jetzt einige Gesprächsthemen, die wir besser meiden sollten. Oder zumindest nicht hier ausdiskutieren müssen.

„Soll ich dir etwas verraten?“ Thomas lächelt, als wüsste er Brisantes, das er nicht für sich behalten kann.

Interessiert aber auch belustigt, beuge ich mich in seine Richtung. „Wir sind erst seit vierundzwanzig Stunden im Hotel und du hast schon den ersten Klatsch für mich? Alle Achtung!“

Mein Verlobter, der König des Flurfunks, zuckt mit den Schultern. „Ich bin eben aufmerksam und ein guter Beobachter.“

Selbstverständlich. „Dann lass mal hören“, antworte ich und stelle die Tasse zurück.

Thomas beugt sich über den Tisch in meine Richtung und macht damit unser Getuschel ziemlich offensichtlich. „Die Pflanzen und Palmen hier sind nicht echt“, flüstert er und guckt nach rechts und links, als müsse er abchecken, ob jemand unser Gespräch mitbekommt.

Sein übertriebenes Gehabe ist absolut lächerlich und ziemlich peinlich. „Du meinst die großen Palmen, die vor dem Hotel stehen, die, die du so schön findest?“

„Yep.“ Thomas nickt und lehnt sich zurück. „Die, und alles, was du an der Rezeption stehen siehst ... auch die kleinen Topfpflanzen und Kakteen. Alles nur Plastik.“ Zufrieden mit sich und seiner Entdeckung, verschränkt er die Arme vor der Brust und tut so, als hätte er das lang gesuchte und fehlende Glied in der Beweiskette gefunden.

„Ist mir nicht aufgefallen“, sage ich, mich auf dem Stuhl aufrichtend. „Aber Respekt. Das sind definitiv die größten künstlichen Pflanzen, die ich je gesehen habe.“ Für dieses seltsame Gespräch brauche ich definitiv mehr Koffein. Begierig greife ich nach meiner Kaffeetasse, die leider bereits leer ist. Ob ich mir heute Morgen noch einen dritten Kaffee gönnen kann? Für gewöhnlich belasse ich es bei zweien, weil mir zu viel Kaffee nicht guttut. Aber ich bin im Urlaub und da sollte es erlaubt sein, auch mal über die Stränge zu schlagen.

„Fühlst du dich nicht betrogen? Deines Urlaubsgefühls beraubt?" Offenbar möchte Thomas das Thema weiter ausführen.

„Wegen der Plastikpalmen? Nein." Etwas zu laut schiebe ich meinen Stuhl zurück, um mich am Kaffeeautomaten anzustellen. „Vielleicht ist es bizarr, vor allem, weil sie mindestens zehn Meter hoch sind. Aber hättest du mich nicht darauf aufmerksam gemacht, wäre es mir niemals aufgefallen. Die Nachbildungen sehen täuschend echt aus und schmälern mein Wohlbefinden kein bisschen."

Thomas blickt nachdenklich auf seinen Teller hinab, auf dem ein halbes angebissenes Brötchen liegt. „Bestimmt sind sie im Boden verankert, oder haben ein eigenes Fundament." Er kratzt sich am Kinn. „Außerdem müssen sie ein Vermögen gekostet haben", spricht er mehr mit sich selbst als zu mir.

„Zweifellos." Nie wäre ich auf die Idee gekommen die Echtheit der Palmen zu überprüfen. Was Thomas wohl dazu veranlasst hat? „Je naturgetreuer die Nachbildung ist, desto teurer ist sie für gewöhnlich. Das habe ich mal irgendwo gelesen." Da ich genug von dem Gespräch habe, das nirgendwo hinführt, erhebe ich mich. „Soll ich dir einen Kaffee mitbringen?", frage ich und strecke die Hand aus.

Thomas löst die Arme und reicht mir seine Tasse. „Ja, bitte. Einen Cappuccino mit extra Schaum."

Schlagartig kommt mir ein Gedanke. Die Vorlage, die sich mir hier bietet, könnte nicht besser sein, deshalb muss ich sie nutzen.

Mit klopfendem Herzen halte ich inne und blicke Thomas in die Augen. „Wenn dir echte Pflanzengewächse so wichtig sind, dann begleite mich auf eine der hoteleigenen Trekkingtouren." Wissend, dass mein Verlobter das nicht hören möchte, genehmige ich mir ein kleines aber feines Schmunzeln, das unglaublich guttut. „Im Kiefernwald von Barbate bist du rundum von echter und urwüchsiger Natur umgeben. Versprochen. Dort bekommst du ein überwältigendes Erbsengrün zu sehen, das nicht künstlich hergestellt wurde."

6

Romeo

Drauf geschissen! Sollte Porscha glauben, nach zehn Jahren kommentarlos in ihre alte Heimat zurückkommen zu können und einen auf unwissend zu machen, dann hat sie sich getäuscht. Ich vergesse nicht. Niemals. Und das, was sie mir und Alejandra damals angetan hat, gehört eindeutig in die Kategorie Unverzeihliches.

Schon den halben Tag überlege ich, unter welchem Vorwand ich sie aus dem Hotel verweisen könnte. Eine Überbuchung der Zimmer fällt als Grund aus, da sie bereits eine der Suiten bewohnt und das Hotel in der Vorsaison höchstens halb ausgelastet ist. Natürlich hat der gästeliebende Hugo ihr unsere schönsten Räumlichkeiten, mit Blick aufs Meer gegeben.

Gestern, nach Verlassen der Bar, habe ich im System nachgesehen und mir die Bestätigung schwarz auf weiß geholt. Meine Ex-Freundin Porscha Kanz ist im *Hermosas Palmeras* abgestiegen, und bleibt zu meinem Leidwesen für drei elendig lange Wochen.

Denk nach! Finde eine Lösung.

Würde es nur um mich gehen, wäre alles halb so schlimm. Ich habe ein dickes Fell und kann einiges aushalten. Aber es geht auch um Alejandra. Meine kleine Schwester gilt es zu beschützen. Damals wie heute. Daran hat sich in den letzten Jahren, in denen Alejandra erwachsen geworden ist, nichts geändert. Sie ist meine Familie. Wir sind ein eingespieltes Team und passen aufeinander auf. Nach dem verhängnisvollen Vorfall, den Porscha provoziert hat, mehr denn je.

Es muss eine Lösung geben.

Wie kann ich verhindern, dass Alejandra Porscha über den Weg läuft? Wenn ich nicht schleunigst einen rettenden Einfall bekomme, treffen die beiden Frauen unweigerlich aufeinander. So groß ist das Hotel nicht, als dass es sich vermeiden ließe. Auf derart Dramatisches kann ich gut verzichten. Meine Schwester hat schon genug gelitten. Würde sie Porscha begegnen ... mit ihr reden ... würde das Traumata von damals garantiert wieder hochkommen. Das weiß ich, auch ohne Psychologie studiert zu haben.

Porscha ist wie ein rotes Tuch.

Sie muss weg, und zwar schnellstmöglich! Sie und ihre polohemdtragende Begleitung müssen das Hotel verlassen. Am besten noch heute. Spätestens morgen.

Aber wie?

Mir den Kopf zerbrechend, stehe ich an der Anmeldung und checke über das Buchungssystem die Auslastung der oberen Etage, in der Porscha und ihr Freund wohnen. Zu meinem Leidwesen brauche ich drei Anläufe, um auf der richtigen Seite zu landen. Es befinden sich fünf Suiten auf diesem Stockwerk. Drei sind momentan belegt. Das ältere Ehepaar, welches in den Räumen neben Porscha logiert, reist heute Nachmittag ab. Bleibt noch das Pärchen am Ende des Ganges.

Schade, dass keine Ferienzeit ist. Zu gern würde ich einer Familie mit einem zahnenden Baby das Zimmer neben Porscha geben. Ein kostenloses Upgrade für eine stressgeplagte Familie. Das wäre doch wohl nett von mir.

Teufel auch!

Bei dem Gedanken, meiner Ex ein paar schlaflose Nächte zu bescheren, macht sich Genugtuung in mir breit. Wie viele Wochen habe ich mich ruhelos im Schlaf umher gewälzt, weil sie mich mit einem kleinen Mädchen, das sie angeblich abgöttisch geliebt hat, im Stich gelassen hat?

Wie kann ich ihr das Leben schwer machen?

Verdammt!

Ich möchte Porscha nicht wirklich etwas Böses – oder ihr schaden. Schließlich habe ich diese Frau einmal geliebt. Aber sobald sie mit dem Hotel unzufrieden ist, würde sie sich beschweren und dann könnte Hugo ihr für den Rest des Urlaubs eine andere Unterkunft empfehlen. Mein Hotelmanager könnte alles regeln und Porscha würde niemals erfahren, dass ich der Besitzer des *Hermosas Palmeras* bin.

Generell ist es nicht üblich, solche Dinge für unzufriedene Hotelgäste zu regeln, dafür ist der Reiseveranstalter verantwortlich, aber in dieser speziellen Situation würde ich gern eine Ausnahme machen.

Aber wie? Wie stelle ich es an? So schwer kann es nicht sein. Gäste beschweren sich ständig über alles Mögliche. Leider gehört Porscha nicht zu den Frauen, die sich aufregen, wenn in den gereichten Toilettenartikeln die kostenlose Duschhaube fehlt. Ob sich das mittlerweile geändert hat?

In dem Moment, wo ein Baustellenfahrzeug auf der Straße vor dem Hotel in erhöhtem Tempo vorbeifährt, habe ich die Lösung. Baulärm, Dreck und Arbeiter am Urlaubsort vergraulen jegliche Gäste. Niemand hat während der kostbaren und begrenzten Reisezeit Verständnis für Krach und Unannehmlichkeiten.

Aber ich muss vorsichtig sein. Da ich nur Porscha und ihren Freund verscheuchen möchte, muss ich gezielt vorgehen. Gut platzierte Treffer sind hier gefragt. Ich könnte dafür sorgen, dass der Bereich vor Porschas Suite, der zu den Fahrstühlen führt, abgesperrt wird. Ausbesserungsarbeiten am Boden oder ... da wird mir schon etwas Brauchbares einfallen. Hauptsache der Fahrstuhl fährt nicht mehr bis in die siebte Etage.

Unter Umständen reist Porscha ab, sobald sie hört, dass sie ab jetzt sieben Etagen zu Fuß gehen muss, um ihre Suite zu erreichen. Früher war meine Ex gut in Form. Das Treppensteigen hätte ihr nichts ausgemacht. Aber zehn Jahre sind eine lange Zeit. Soweit ich das an der Bar erkennen konnte, hat sie um die Hüften herum einiges zugelegt. Womöglich ist von der sportlichen Power-Frau nicht viel übrig geblieben. Ihr Vater hat sie vor zehn Jahren unter seine Fittiche genommen und verändert ... in mehr als einer Hinsicht.

Auch du hast dich verändert und dich weiterentwickelt. Das bringt die Zeit mit sich und ist vollkommen normal.

Von mir selbst genervt bringe ich meine innere Stimme zur Ruhe. Sollten die Unannehmlichkeiten

Treppen zu steigen nicht ausreichen, würde ich zu rücksichtsloser Lärmbelästigung greifen müssen. Morgens direkt vor ihrer Tür. Zur Hölle, wenn es mich meinem Ziel näherbringt, würde ich sogar persönlich mit einem Presslufthammer den Teppich auf der kompletten Etage rausreißen.

Dios mío! – Mein Gott! Hoffentlich geht mein wenig ausgearbeiteter Plan nicht granatenmäßig den Bach runter. Wie soll ich dieses künstlich provozierte Chaos meinen Angestellten erklären? Was wird Hugo dazu sagen?

Tief atme ich durch und versuche, nicht zu sehr in meinen Rachegefühlen zu versinken. Nichts davon tut mir gut. Ich war nie der nachtragende und feindselige Typ, der Leuten den Urlaub vermiesen wollte. Keine Ahnung, wo die schlechte Energie und der aufgestaute Zorn plötzlich herkommen. Offenbar habe ich meine Erinnerungen nicht so gut verarbeitet, wie ich angenommen habe.

Egal. Über mein Seelenheil werde ich zu anderer Zeit in Ruhe nachdenken, zuerst muss ich ein Ausweichzimmer für das verliebte Pärchen aus Suite 739 finden. Ich könnte ihnen eine Aufenthaltsverlängerung oder einen Gutschein fürs nächste Jahr anbieten, wenn sie für den Rest ihres Urlaubes zwei Stockwerke nach unten ziehen. Da wird mir schon etwas Geeignetes einfallen.

Tatsache ist, dass ich handeln muss, und zwar schnell.

„Rooooom?"

„Ja." Es verheißt selten etwas Gutes, wenn Alejandra meinen Namen in die Länge zieht und die Stimme hebt. Meist möchte sie dann etwas oder hat irgendwas angestellt. Das hält sich die Waage.

„Porscha und du ...?", fragt sie und verstummt.

„Was ist mit Porscha und mir?" Offensichtlich geht es heute nicht um Süßigkeiten, die sie unbedingt braucht, um weiterleben zu können. Ein Glück.

„Wenn ihr heiratet ...", rückt sie mit der Sprache heraus und sieht auf ihre nackten Füße, die in ein paar ausgelatschten und zu kleinen Flipflops stecken. „Bin ich dann euer Kind?"

Wie bitte?

Kalt erwischt, würde ich sagen.

Doch kein Glück. Eine Diskussion um ein Eis wäre mir deutlich lieber gewesen als diese Frage, die mich sicher Gott weiß, wohin führen wird. Unter gar keinen Umständen darf ich mich zu einer unbedachten Äußerung verleiten lassen. Die nächste Fangfrage ist nur einen Wimpernschlag entfernt.

„Äh! Nein, du wirst nicht zu unserem Kind", antworte ich wahrheitsgemäß. Ich halte nichts davon Kindern Lügen aufzutischen. Am Ende führt es zu nichts.

Und nun?

Ohne Plan gehe ich in die Hocke, um mit ihr auf Augenhöhe zu sein. „Alejandra, du wirst nie mein Kind sein, du bist meine kleine Schwester, die die wunderschönen Augen ihrer Mutter geerbt hat."

Alejandra nickt, sieht mich aber nicht an. Schweigend bewegt sie die Zehen und zappelt auf der Stelle.

Mit Wehmut greife ich nach ihren Händen und nehme sie in meine. Es missfällt mir, dass sie traurig ist. Alejandra vermisst ihre Mutter, da ist es nur verständlich, dass sie in Porscha einen Ersatz sucht.

„Aber..." Es muss eine Möglichkeit geben sie aufzuheitern.

„Sollten Porscha und ich irgendwann heiraten, werden wir drei eine Familie sein." Der Blick meiner Schwester schnellt hoch. „Porscha bekommt uns nur im Doppelpack." Aufmunternd drücke ich ihre Hände. „Sie wird nie deine Momia ersetzen können, aber wir drei werden ein Team – ein Trio – sein ... und dann wird es sich für dich anfühlen, als wärst du unser Kind."

Gut gemacht.

Das überglückliche Lächeln, welches ich als Antwort bekomme und das mir, wie so oft, den Boden unter den Füßen wegreißt, zeigt mir, dass ich die richtigen Worte gefunden habe.

7

Porscha

„Du hast die Wahl", sage ich und blättere in dem Flyer, den Thomas mir vor dem Frühstück besorgt hat. „Steilküste und Kiefernwald oder ein Nationalpark mit international bedeutsamem Vogelparadies? Beides eignet sich hervorragend zum Wandern."

Thomas und ich liegen auf je einer Hotelpool-Liege und lassen es uns in der Sonne gut gehen. Voller Ungeduld und Tatendrang plane ich die nächsten Tage, während Thomas nur bis zum nächsten Cocktail denkt.

„Hmm." Mein Verlobter dreht den Kopf in meine Richtung und blinzelt mich gegen die Sonne an. „Steilküste hört sich nach vielen Höhenmetern an", stellt er nüchtern und ein wenig zu gleichgültig für meinen Geschmack fest.

Nickend sehe ich auf der Rückseite des Flyers nach, wo die Zusammenfassung steht. „Fünfhundert Höhenmeter, acht Kilometer Weglänge. Die reine Laufzeit wird mit drei bis vier Stunden angegeben."

Genau dein Ding, Porscha.

„Dann lieber die Vögel." Thomas schließt die Augen und lässt den Kopf zurück nach hinten fallen. Er gibt ein erschöpftes Schnaufen von sich, als hätte er heute bereits irgendwas geleistet.

Verdammt. Falsche Antwort.

„Das Vogelparadies?" Enttäuschung schwingt in meiner Stimme mit. „Bist du dir sicher?" Auch hier studiere ich die Eckdaten auf der Rückseite. Gott, wie langweilig. Die Tour ist viel kürzer und enthält sogar eine stundenlange Pause, um Fotos zu machen oder die verschiedenen Vogelarten zu studieren. Warum habe ich Thomas überhaupt nach seiner Meinung gefragt? Ein klarer Fehler.

„Jep, bin mir sicher. Die Vögel sind es." Er streckt mir, ohne den Kopf zu bewegen oder die Augenlider zu heben, den Daumen entgegen.

„Was muss ich tun, damit du dich für die Tour Steilküste und Kiefernwald entscheidest?" Meine Stimme ist zuckersüß. So leicht gebe ich nicht auf.

„Du möchtest verhandeln?" Belustigtes Interesse ist aus seiner Stimme herauszuhören.

Bereits in meinen Gedanken nach einem Kompromiss suchend, zucke ich mit den Schultern, obwohl Thomas mich gar nicht ansieht. „Warum nicht? Das Vogelparadies ist sicher toll, aber ich möchte wandern, und zwar stundenlang. Dafür bin ich schließlich hergekommen."

„Ich dachte, wir sind hergekommen, um Urlaub zu machen." Nicht mehr belustigt öffnet Thomas die Augen und sieht mich an.

„Das eine schließt das andere nicht aus."

„Stimmt." Mein Verlobter gibt nach, setzt sich auf und nimmt auf meiner Seite die Füße von der Liege. Sein Blick ist nun eindringlich, ganz anders als gerade eben. „Was sagt Dr. Fanghoff dazu, dass du dich in eine waghalsige Wandertour stürzen möchtest? Hat er die Strapaze mit all ihren Eventualitäten abgesegnet?"

Mit Mühe und mehr Selbstkontrolle als ich für gewöhnlich für solchen Quatsch übrighabe, unterdrücke ich einen Seufzer.

Bitte nicht wieder diese Leier. „Was soll er dazu sagen? Ich bin schließlich nicht krank oder so." Am liebsten würde ich die Diskussion an dieser Stelle abbrechen. Anscheinend können wir uns momentan nicht unterhalten, ohne uns zu streiten. Besser ich zähle bis zehn, bevor ich weiterrede. Es soll Leute geben, denen diese Technik hilft Ruhe zu bewahren. Leider funktioniert es bei mir nur selten.

Thomas nimmt die Sonnenbrille vom Kopf und hebt eine Augenbraue. „Du könntest dich verletzen, oder dich stoßen. Schon eine leichte Prellung könnte sich zu einer ernst zu nehmenden inneren Blutung entwickeln." Er schüttelt den Kopf, als wäre ich ein unnachsichtiges Kind. „Du kennst die Risiken, Porscha. Warum willst du unbedingt leichtsinnig sein und ein Wagnis eingehen?"

Am liebsten würde ich ihn an den Schultern packen und kräftig schütteln. Gleich, nachdem ich bis zehn gezählt habe.

Was soll das?

„Du hast die Situation richtig erkannt." Luftholen – ausatmen. „Ich bin mir des Risikos bewusst, und es ist gering. Zweifellos bin ich kein bisschen leichtsinnig. Ist es so schwer zu verstehen, dass ich unseren Urlaub in vollen Zügen genießen möchte?"

Die Hitze kriecht mir den Hals herauf und lässt mein Gesicht glühen. Wenn er mich noch höher auf die Palme treibt, platzt mir eine Ader am Hals und ich verblute vor seinen Augen.

„Nein, das ist nicht schwer zu verstehen. Ich möchte unseren Urlaub ebenfalls voll auskosten. Trotzdem solltest du ein paar Eventualitäten abwägen. Durch die Gerinnungshemmer, die du einnimmst, ist dein Blut dünner und die Wahrscheinlichkeit eine Blutung nicht stoppen zu können, höher." Sorge schwingt in seiner Stimme mit, die meine hochkochende Wut auf sein übervorsichtiges Verhalten minimal besänftigt. „Du nimmst die neuen Medikamente erst seit drei Monaten. Gib dir ein bisschen Zeit und setz dich nicht diesem Unterfangen aus, von dem du nicht weißt, wie es enden wird."

Warum fühle ich mich, als würde ich mit dem nächsten Zug schachmatt gesetzt werden? Das ist nicht fair.

Thomas hat nur keine Lust sich Blasen zu laufen. Deshalb und weil er kein Abenteurer ist, spielt er den Übervorsichtigen. So eine Zimperliese!

„Mein Blut ist nicht dünner als deins", setze ich zu einer Erklärung an, aus der ich die Empörung nicht heraushalten kann. „Lediglich die Gerinnungsfähigkeit ist durch die Medikamente vermindert."

Thomas blickt zu Boden und weicht mir für einen Moment aus. „Versuche dich nicht mit Haarspalterei herauszureden. Du kannst nicht nahtlos an früher anknüpfen, Porscha. Damals war deine Blutgerinnungsstörung unerkannt. Heute wird sie behandelt und damit ist die Situation eine andere. Außerdem fehlt dir die Kondition, von der du vor zehn Jahren profitiert hast. Du musst zusätzlich auf deinen Körper achtgeben, diese Tatsache ist ein Fakt. Keine gute Kombination, wenn du mich fragst."

Von der Zimperliese zur Spaßbremse.

Das Fass ist endgültig voll. Seine Einstellung trifft mich hart. Noch bin ich nicht schwach und gebrechlich. Ich bin kein ungezogenes Kind und werde mich sicher nicht bevormunden lassen. Von Niemandem. Was denkt Thomas sich bloß und warum plustert er sich derart auf?

Miesmacher.

„Wenn ich dich frage?", wiederhole ich seine letzten Worte. „Ich frage dich aber nicht. Meine Entscheidungen treffe ich immer noch selbst." Mit den Worten lege ich den Flyer weg, lehne mich zurück, schließe die Augen und wende mein Gesicht der Sonne zu. Es gibt nichts mehr zu besprechen. Die Stimmung ist im Eimer.

***

Sobald ich leise Schnarch-Geräusche von links höre, stehe ich auf und verlasse fluchtartig den Poolbereich.

Ich habe lange genug in der Sonne vor mich hin geköchelt. Thomas meint es nicht böse, dessen bin ich mir bewusst. Der Gute macht sich einfach nur Sorgen und möchte nicht, dass ich unerwartet in Not gerate. Womöglich sollte ich mich wirklich nicht auf eine anspruchsvolle Bergtour in den Kiefernwald begeben. Aber es fühlt sich falsch an hier in *Costa de la Luz* zu sein und nicht in die Natur zu gehen. Wer weiß, wann ich das nächste Mal die Möglichkeit dazu bekomme. Dies ist mein erster richtiger Urlaub seit ... Ewigkeiten.

Thomas hat recht, mit dem, was er über mein Arbeitspensum gesagt hat. Mein Vater übertreibt es hin und wieder und verlangt totale Aufopferung für die Firma. Die drei Wochen Urlaub am Stück hat er mir nur gewährt, weil es bei dieser Reise darum geht, meine Mutter, seine Ex-Frau, darüber zu informieren, dass ich plane Anfang des Jahres zu heiraten. Die Bitte mit meiner Mutter ins Reine zu kommen und dafür zu sorgen, dass ich bei der Trauungszeremonie meine vollständige Familie um mich habe, konnte er mir nicht abschlagen. Dafür liebt er mich, seine einzige Tochter, zu sehr.

Es ist höchste Zeit, dass ein oder andere Problem aus der Welt zu schaffen. Das schulde ich auch mir selbst.

Hoffentlich gelingt es mir, hier vor Ort ein paar Altlasten abzuwerfen. Hoffentlich ist meine Mutter bereit, mir zu vergeben und die Vergangenheit ruhen zu lassen. Hoffentlich freut sie sich für mich. Hoffentlich mag sie Thomas so sehr wie ich.

Verdammt!

Das sind viele Hoffentlichs.

Alles der Reihe nach. Erst gönnst du dir eine Wanderung, bekommst den Kopf frei und danach besuchst du deine Mutter.

Guter Plan.

Genau aus dem Grund werde ich mich auch nicht ins abwechslungsreiche, aber langweilige Vogelparadies begeben. Zur Not bewandere ich ohne Thomas die geführte Trekkingtour. Eine Gelegenheit wie die, lasse ich mir nicht entgehen. Gut möglich, dass die Ärzte nach den kommenden Blutuntersuchungen beschließen, dass ich die Gerinnungshemmer ein Leben lang einnehmen muss. Darüber ist das letzte Wort noch nicht gefallen. In den nächsten Monaten stehen noch weitere Tests an, die tief in die Genetik hineinreichen. Aktuell sorgt ein leichter Protein-S-Mangel für ein erhöhtes Thromboserisiko. Ob mehr dahintersteckt, wird sich in weiteren Untersuchungen zeigen.

Stopp!

Nein!

Ich weigere mich unter der Sonne am Pool liegend über Krankheit und ungelöste Probleme nachzudenken. Die Urlaubstage gehören mir und die lasse ich mir nicht durch wilde Was-wäre-wenn-Spekulationen oder Übervorsicht kaputtmachen. Auch nicht von einem sich sorgenden Verlobten.

Als erfahrene Crossläuferin blicke ich gelassen auf die Herausforderung. Mangelnde Kondition hin oder her. Früher habe ich mich bei weitaus waghalsigeren Touren nicht verletzt, warum sollte ich es also heute tun? Durch den Wald zu laufen ist schließlich kein Hobby, das als gefährlich bezeichnet wird. Die Unfallgefahr ist gering. Und sollte ich mir, warum auch immer, die Hand oder das Knie aufschürfen, werde ich daran nicht direkt sterben. Für eine Operation am offenen Herzen müsste ich die Gerinnungshemmer absetzen. Schürf- und Kratzwunden oder Prellungen sollten hingegen kein Problem sein. Da kann mir in Frankfurt zur Hauptverkehrszeit beim Überqueren der Straße Schlimmeres passieren.

Nachdem ich das alles durchdacht und meine Entscheidung getroffen habe, ohne Thomas zu wandern, geht es mir besser. Und sobald ich am Meer bin und meine Füße ins salzige Nass tauchen kann, wird es mir noch wunderbarer gehen.

Thomas hatte heute Morgen den Pool vorgeschlagen, obwohl ich lieber zum Strand wollte. Die Nähe zum Getränkenachschub war ihm wichtiger als der leuchtend blaue Ozean. So hat eben jeder seine Vorlieben.

Ich werde ihm eine Nachricht an der Rezeption hinterlassen, meine Strandtasche und den Sonnenhut holen und das machen, was ich schon nach dem Frühstück hatte machen wollen.

Meer ... ich komme.

Gut gelaunt gehe ich zu den Aufzügen, nur um festzustellen, dass beide außer Betrieb sind.

Verdammt. Das ging schnell. *Hat das Karma bereits zugeschlagen?*

Der linke Aufzug ist mit einem rot/weiß gestreiften Band abgesperrt. Bei dem anderen ist ein Werkzeugkoffer zwischen die Türen geklemmt, sodass sie sich nicht automatisch schließen können. Leise Arbeitsgeräusche dringen aus dem Inneren des etwa zwei mal zwei Meter großen Kastens aus Edelstahl.

Langsam, und wenig erfreut aufgehalten zu werden, trete ich vor.

Ein Mann steht vor der Bedientafel und flucht auf Spanisch. Die Klappe zum Sicherungskasten steht offen und gibt den Blick auf ein paar ordentlich aufgereihte Kabel und Sicherungen frei.

„Sind beide Aufzüge außer Betrieb?", erkundige ich mich und bereue meine Worte sofort. *Wie blöd ist denn diese Frage?* Es ist schließlich offensichtlich, dass hier aktuell nichts geht. Ich werde Treppen steigen müssen.

„Jep", antwortet der Handwerker, der mir den Rücken zuwendet und es nicht für nötig hält meinen Blickkontakt zu suchen. „Wenn Sie Gepäck aufs Zimmer bringen müssen ...", spricht er in fließendem Deutsch, „... übernimmt das Señor Díaz mit dem Lastenaufzug, der nur durch die Serviceräume des Personals zu betreten ist. Sie finden den Hotelmanager an der Rezeption."

Etwas hält mich fest und lässt mich innehalten.

Die Stimme ... der Klang wirkt irgendwie vertraut.

Nein.

Es ist die Kleidung. Eindeutig.

Der Mann trägt beigefarbene Cargo-Shorts und ein rosa T-Shirt. Teufel, ja! Ich würde auf meine eingelaufenen Trekkingschuhe wetten, dass ein Rad fahrendes Alpaka mit Regenbogenstirnband auf der Vorderseite des T-Shirts abgedruckt ist. Vor mir steht der Hausmeister des Hotels, der mir schon beim Einchecken durch seine Unhöflichkeit aufgefallen ist. Dass er es nicht mal für nötig hält sich umzudrehen und mir ins Gesicht zu sehen, sagt eine Menge über seine Manieren aus. Es hat fast den Anschein, als wolle er unerkannt bleiben. Schon an der Anmeldung konnte ich ihm nicht ins Gesicht schauen. Dabei lässt sich an der Körpersprache eines Menschen einiges ablesen.

„Danke für die Information. Zum Glück habe ich kein Gepäck, ich werde die Treppe nehmen", antworte ich in einem Tonfall, der um ein Vielfaches höflicher ist als der dieses Miesmuffels. Kaum ausgesprochen, flucht der Mann, an dessen Namen ich mich nun wieder erinnere, von Neuem.

Señor Ximénez!

So hat der Hotelmanager ihn gestern gerufen.

Bitte sprich weiter, und zwar auf Deutsch.

Die Stimme lässt mich nicht los. *Wieso klingelt da was aus weiter Ferne?*

Ich zweifele nicht daran, dass vor mir ein Einheimischer steht, der der spanischen Sprache mächtig ist, aber ...

An Ort und Stelle festgefroren wünsche ich mir, dass dieser Señor Ximénez mehr sagt. Zu gern würde ich seine deutsche Stimme erneut hören, um sie mit der mir vertrauten abzugleichen. Schon gestern hatte ich den Verdacht, etwas nicht sofort Greifbares an diesem Mann wiederzuerkennen.

Könnte es sein?

Nein, das kann nicht sein, Porscha. Du irrst dich. Dein Rom von früher würde niemals beim technischen Hausdienst arbeiten. Zugegeben er hat gern an Sachen herumgeschraubt und war handwerklich geschickt, aber ein Hausmeister? Nein, den Beruf hätte er niemals gewählt. Er war von jeher zu Größerem bestimmt.

„Entschuldigung", sage ich und trete näher, in der Hoffnung, dass der mürrische Kerl sich zu mir umdreht. Ich möchte eine Bestätigung, dass ich mich irre. Dass mich nur ein kindisches Wunschdenken annehmen lässt, dass mein Ex-Freund gerade vor mir steht.

Keine Reaktion.

Der Mann arbeitet einfach weiter und ignoriert mich. Wie nett.

„Entschuldigung", lasse ich nicht locker und schlucke ein wenig Spucke hinunter. Mein Mund fühlt sich trocken an. „Sind Sie Romeo Ximénez?" Es ist verrückt, so direkt zu fragen. Geradezu lächerlich. Noch verrückter ist es, dass meine Handflächen plötzlich schweißnass werden und sich mein Herzschlag beschleunigt. *Könnte es wirklich sein? Reagiere ich so, weil mein Körper mehr weiß als ich?*

Es liegt eindeutig etwas in der Luft. Die Spannung ist greifbar. Es knistert förmlich ...

Fehlen nur noch die Funken.

Ein Seufzen kommt meinem Gegenüber über die Lippen, außerdem sacken seine Schultern nach unten, bevor er sich in Zeitlupentempo zu mir umdreht.

Mein Herzschlag stoppt, nur um im nächsten Augenblick unkontrolliert loszustolpern.

Nein!

Schockstarre!

Das gibt es nicht ...

„Hallo Porscha."

8

Romeo

Meine Worte klingen wie Eis und hallen von den Wänden des Aufzugs wider. Ohne mir über die direkten Folgen meiner Reaktion klar zu sein, habe ich einen Großteil meines Hasses in die zwei Worte gelegt. Soll Porscha ruhig spüren, dass wir keine Freunde mehr sind ... und niemals mehr sein werden.

Die Frau, die unschuldig dreinblickend vor mir steht, hat Alejandra und mich verraten und ist einfach abgehauen. Sie ist Geschichte. Alles, was uns jemals verbunden hat, ist aus und vorbei. Porscha hat es höchstpersönlich kaputtgemacht.

„Rom ..." Das Wort ist nur ein Flüstern. Ein Flüstern, das voller Emotionen ist. Scham, Traurigkeit und etwas, das wie Selbsthass aussieht, ist in ihren Augen zu lesen. Hat sie Schuldgefühle? Hoffentlich. Das wäre zumindest eine kleine Genugtuung, aber noch lange kein Grund ihr hier und heute zu verzeihen, einfach so.

Meine Ex-Freundin blinzelt, schüttelt den Kopf und sämtliche Emotionen sind so schnell wieder verschwunden, wie sie gekommen sind. Es hat keine Minute gedauert, bis diese Frau sich wieder im Griff hatte. Beeindruckend.

„Romeo Alejandro Ximénez", spricht sie meinen vollen Namen aus und erlaubt sich sogar zu lächeln. Traurig zu lächeln.

„Porscha Kanz", erwidere ich, ohne zu lächeln.

„Du reparierst den Aufzug?"

Ihr fassungsloser Blick fällt auf meine Hände, in denen ich einen viel zu großen Schraubenzieher halte, mit dem ich nichts anzufangen weiß. Ich habe nämlich keine Ahnung von Aufzügen. Für die Reparatur und Wartung ist eine Firma für Fahrstuhltechnik verantwortlich. Niemals würde ich daran herumfummeln. Sicherheit geht vor. Ich habe Porscha vom Pool kommen sehen und hatte blitzschnell eine Entscheidung treffen müssen. Zum Glück habe ich nach einem Schraubenzieher gegriffen und nicht nach einer Wasserpumpenzange. Wie ich mit einem Klempnerwerkzeug den Aufzug repariere, hätte sich nur schwer erklären lassen.

„Ja." Bevor ihr meine Unfähigkeit auffällt, werfe ich den Schraubenzieher in den Werkzeugkasten, den ich zwischen die Aufzugtüren geklemmt habe. „Ich versuche es. Vorerst müssen alle Gäste die Treppe nehmen." Mit Genugtuung deute ich auf das Schild, das zum Treppenhaus führt und das ich erst kurz zuvor aufgehängt habe. „Oder den Lastenaufzug auf der Rückseite des Hauses."

Meine Ex schüttelt erneut den Kopf. Dieses Mal fliegen die langen blonden Haare und das Lächeln auf ihren Lippen verbreitert sich.

Verflixt!

Das ist meine Porscha in voller Lebensgröße und absolut echt.

Sie ist noch schöner geworden. Obwohl ihre Haut nicht mehr so gebräunt wie früher ist, sieht sie umwerfend aus. Attraktiv – anziehend. Aus dem zwanzigjährigen Mädchen, das deutsche Wurzeln hat, aber in Spanien zu Hause war, ist eine atemberaubende Frau geworden, der man die besondere Persönlichkeit sofort ansieht.

Ich müsste nur die Hand ausstrecken …

Stopp!

Konzentrier dich.

Porscha ist gewissenlos und bringt Unheil über die Familie Ximénez. Diese Tatsache sollte ich mir stets vor Augen führen. Ihre Persönlichkeit, egal wie die heute aussehen mag, ist nichts wert.

Die Frau vor mir ist der Feind.

„Mit dem Treppensteigen habe ich kein Problem", sagt sie zwinkernd. Ihre Geste hat etwas Vertrautes, als würden wir immer noch eine Verbindung teilen. „Daran solltest du dich noch erinnern."

Gut zu wissen. In dem Fall kann ich mir den Affentanz mit den Aufzügen sparen. Hugo hat mich angesehen, als wäre ich unzurechnungsfähig, als ich ihn eben nach dem Absperrband gefragt habe.

Vielleicht haben die zehn Jahre in der Großstadt Porscha nicht so stark verändert, wie ich gedacht habe.

Das kann dir egal sein.

Mit dem Fuß stoße ich den Werkzeugkoffer aus der Tür und trete aus dem Aufzug. Dass der schwere Metallkoffer ihren zarten Fuß, der in einem Flipflop steckt, nur knapp verfehlt, war nicht beabsichtigt.

Obwohl ich Porscha am liebsten aus meinen Erinnerungen verbannen möchte, würde ich sie niemals verletzten. Nicht mal ein bisschen. So ein Mensch bin ich nicht.

Meine erhabene Coolness beginnt zu bröckeln.

Porscha tritt zurück und fixiert mich mit ihrem Blick. Sie scheint überrascht und verstört zu sein. Offenbar hat sie sich eine andere Reaktion von mir erhofft.

Du meine Güte. Wie hat sie sich unser erstes Aufeinandertreffen nach zehn Jahren denn vorgestellt? Um den Hals fallen werde ich ihr sicher nicht.

Verdammt! Sie kann froh sein, dass ich überhaupt Hallo gesagt habe.

Überfordert von dem unerwarteten Zusammenstoß schaue ich ihr nicht ins Gesicht, sondern greife nach der Rolle Absperrband. Ihre ablehnende Musterung spüre ich dennoch. Sie fragt sich offenbar gerade, was mit mir los ist.

Die Fahrstuhltüren hinter mir schließen sich und geben mir die Gelegenheit mich umzudrehen. Die Rolle anhebend, sehe ich ihr nun doch in die Augen. „Entschuldige, ich muss weiterarbeiten", erteile ich ihr eine Abfuhr, die unverfrorener nicht sein könnte. Bevor sie antworten oder ich ihren verletzten Gesichtsausdruck analysieren kann, mache ich mich daran auch den zweiten Fahrstuhl abzuriegeln.

Porscha versteht meine Körpersprache anscheinend. Mit einem zögerlich ausgesprochenen *Mach's gut* verabschiedet sie sich.

Na bitte, unser erstes Aufeinandertreffen ist geschafft. Sollte es nach mir gehen, können wir auf weitere Zusammenstöße verzichten.

Um einen klaren Kopf zu bekommen und Schlimmeres abzuwenden, mache ich mich auf den Weg zu Alejandra, die sich höchstwahrscheinlich in ihrem Atelier aufhält. Seit ich meine improvisierte Baustelle vor den Aufzügen verlassen habe, ist mir ein wenig schlecht. Ich hatte schon immer einen nervösen Magen, deshalb wundert mich das nicht sonderlich.

Wenn ich verhindern möchte, dass meine Schwester auf Porscha trifft, sorge ich besser dafür, dass sie für ein paar Tage zu einer Freundin geht. Nur für den Fall der Fälle, dass mein Plan, Porscha aus dem Hotel zu vergraulen, missglücken sollte.

Denk nicht ans Scheitern.

Leider tut Alejandra selten, was ich von ihr verlange, weswegen ich mein Unterfangen gut durchdenken muss. Zum Glück weiß ich, wie das einzige Mitglied meiner Familie tickt. Hoffentlich habe ich nicht verlernt sie zu lenken, ohne dass sie meine Führung bemerkt.

Mit der Hand auf meinem nervösen Magen biege ich um die nächste Ecke. Meine Schwester steht vor der geschlossenen Tür ihres Ateliers, hat das Gesicht der Sonne zugewandt und hält eine Tasse in der Hand. Wie immer, wenn sie ihrer Kreativität freien Lauf lässt, trägt sie eine Art Maleranzug, der ihren Körper komplett einhüllt und vorne mit einem langen Reißverschluss geschlossen wird. Ihre Haare hat sie zu einem lockeren Pferdeschwanz gebunden.

Anscheinend macht sie gerade eine schöpferische Schaffenspause.

Perfekt für mich. Der Zeitpunkt mit ihr zu sprechen, könnte nicht besser sein.

„Hallo ... Schwesterherz." Im letzten Moment verhindere ich, dass mir die Bezeichnung *Floh* über die Lippen kommt. Sie schon bei der Begrüßung zu verärgern, wäre wenig förderlich.

„Rom." Sichtbar erfreut schenkt sie mir ein Lächeln. „Welch seltener Besuch in meinem Reich. Du näherst dich freiwillig meiner Werkstatt?" Ihr Blick bekommt etwas Prüfendes. „Die Ehre habe ich selten."

Leider hat sie recht. In den letzten Monaten habe ich sie vernachlässigt. Es gab mehrere Ausfälle beim Personal und die Probleme mit dem neuen Koch ... ich hatte einfach keine Zeit für sie.

„Entschuldige. Mein Verhalten war nicht in Ordnung. Du hast allen Grund sauer auf mich zu sein. In Zukunft werde ich mich bessern. Versprochen." Einen durstigen Blick in die Tasse werfend, stelle ich mich neben sie. „Ist da Kaffee drin?" Alejandra trinkt in den Pausen immer Kaffee, egal wie heiß es ist.

Sie nickt. „Möchtest du?" Ihr Blick wandert zu meiner Hand. „Oder hast du Bauchweh? Du siehst ein bisschen blass um die Nase herum aus."

Warum ist sie so aufmerksam? Sieht man mir die Sorgen, die ich mir um sie mache, so deutlich an?

„Männer haben kein Bauchweh." Ich greife nach ihrer Tasse und nehme einen Schluck. Er ist nur noch lauwarm, aber das ist egal. „Warum stehst du vor der Tür?" Es ist offensichtlich, aber ich frage trotzdem.

Alejandra deutet auf die spezielle Atemschutzmaske, die sie bei der Arbeit mit dem Kunststoffgranulat trägt und die nun zu ihren Füßen liegt und mir bisher nicht aufgefallen ist. „Zwischendurch muss ich das Ding mal absetzen und tief durchatmen." Sie reibt mit beiden Händen über ihr Gesicht. Sofort fallen mir die Druckstellen auf ihrer zarten Haut auf, die das Tragen der eng sitzenden Maske, die sie neben dem Raumluftfilter vor den gesundheitsschädlichen Aerosolen schützen soll, hinterlassen hat. Wenn sie mit Wasserfarben auf Papier malen würde, bräuchte sie ihre Augen und Schleimhäute nicht vor den krebserregenden Schadstoffen zu schützen. Aber das wäre ja zu einfach. Alejandra möchte haushohe Kunst aus Plastik erschaffen. Hätte sie nicht schon unzählige Preise für ihre stets spektakulärer werdenden Arbeiten gewonnen, würde ich vielleicht versuchen ihre Kreativität in weniger gesundheitsschädliche Bahnen zu lenken. Aber ihre Erfolge sprechen für sich. Sie ist eine begnadete Künstlerin und beherrscht ihr Handwerk wie keine andere.

„Verstehe. Mich würde das Ding auch stören." Wie stelle ich es am besten an? Wie kann ich sie von einem Besuch bei ihrer Freundin überzeugen? Eine Eingebung würde jetzt genau richtig kommen.

„Hast du mit Hugo gesprochen?", fragt Alejandra mich. „Wegen des Diebes, meine ich." Ohne, dass sie es merkt, liefert sie mir mit der Frage die perfekte Vorlage für meinen Plan.

Danke.

„Äh – ja. Deswegen bin ich hier." Ein bedeutungsschweres Nicken, für das ich mich schämen sollte, folgt meinen Worten. „Hugo und ich sind der Meinung, du solltest das Atelier für ein paar Tage abschließen, pausieren und zu einer Freundin gehen. Du könntest

Belinda besuchen und dir eine wohlverdiente Auszeit nehmen."

Du bist grandios, Rom.

Misstrauisch beäugt meine Schwester mich. Belinda ist Alejandras beste Freundin aus früherer Schulzeit. Besonders häufig haben die beiden sich in den letzten Jahren nicht gesehen.

Oh dios! – Oh Gott! Hoffentlich habe ich nicht zu enthusiastisch geklungen.

„Meinst du das ernst?" Entsetzen liegt in ihren Worten. „Ich soll das Atelier abschließen? Pausieren? Meine unfertigen Arbeiten einfach liegen lassen?"

Gelassenheit vortäuschend zucke ich mit den Schultern. „Du warst die, die mit der Überzeugung zu mir kam, wir hätten einen unheilbringenden Dieb im Hotel."

Meine trotzige Schwester überkreuzt die Arme und starrt mich an. „Unheilbringend habe ich nicht gesagt. Außerdem warst du der, der meine Befürchtungen als lächerlich abgetan hat."

„Ich habe meine Meinung geändert", sage ich und schaue kurz zum Himmel. „Jetzt finde ich sie nicht mehr lächerlich."

„Warum nicht?"

Kleine Schwestern sind nervig.

„Weil ich es mir anders überlegt habe, verdammt. Das muss ich nicht begründen." Diese Diskussion erinnert mich an die unzähligen, die ich mit Alejandra geführt habe, als sie im Grundschulalter war.

Ihr Körper spannt sich an und lässt mich erkennen, dass sie sich gerade Fürchterliches ausmalt. „Hat Hugo etwas herausgefunden? Hat sich mein Verdacht bestätigt? Bin ich in Gefahr?" Ohne die Arme zu lösen, tritt sie näher.

Mein Lachen steigt automatisch in mir hoch. Alejandra reagiert dramatisch wie eh und je. „Bitte, bleib locker. Niemand ist hier in Gefahr", sage ich, nachdem ich mich wieder gefangen habe. „Hugo hat nichts Alarmierendes bemerkt", beruhige ich meine Schwester.

Sofort kommt der misstrauische Ausdruck zurück. Vielleicht hätte ich sie nicht auslachen sollen. Das war ein Fehler.

„Warum zum Geier soll ich dann Urlaub machen?" Empört und mit dem gewohnten Trotz lässt sie die Arme sinken und vergräbt die Hände in den übergroßen Taschen ihres Anzugs.

„Sind alle Geschwister so schwierig?" Meine Augen werden zu Schlitzen und meine Brauen ziehen sich zusammen.

Obwohl das eine rhetorische Frage war, bekomme ich eine Antwort. „Nein, nur ich bin so. Du hast Glück."

Unverzüglich, als hätte der einzige Teil meiner Familie einen Knopf gedrückt, entspannen sich meine Gesichtszüge. „Ich habe wirklich großes Glück mit dir." Mit der Schulter stupse ich sie kumpelhaft an. „Es ist nur ein Vorschlag, Floh. Wenn du eine Freundin besuchen fährst und den Werkraum während deines Fernbleibens abschließt, können Hugo und ich überprüfen, ob der Dieb einen neuen Versuch startet einzubrechen. Deine Abwesenheit würde ihn in Sicherheit wiegen." Sollte sie den Grund nicht akzeptieren, weiß ich auch keine Lösung. Dann habe ich meine Chance vertan.

Alejandra denkt nach. Die kleinen Falten auf ihrer Stirn sind der Beweis dafür. Außerdem beginnt sie die Unterlippe zwischen die Schneidezähne zu ziehen. Eindeutig ein Zeichen dafür, dass sie aufgewühlt ist.

Hoffentlich kommt sie zu dem einzig richtigen Schluss. Hoffentlich gibt sie mir eine Chance, alles zu regeln und verlässt das *Hermosas Palmeras*.

Bitte!

Bittebitte!

„Ich überlege es mir."

Was hast du erwartet? Dass sie ihre geliebten unvollendeten Arbeiten liegen lässt und umgehend die Koffer packen geht?

Bevor meine Emotionen mich verraten, dränge ich die Enttäuschung zurück. Mehr, als dass sie darüber nachdenkt, kann ich nicht verlangen. „Mach das. Aber warte nicht zu lange. Wenn wir den Dieb überführen wollen, sollten wir schnell handeln."

Vergangenheit

„Porscha hat mir versprochen, dass ich mitgehen darf."

„Auf eine Wanderung, an der atlantischen Steilküste mit unzähligen Höhenmetern?" Das wage ich zu bezweifeln.

„Jaaaa." Die Lüge ist deutlich herauszuhören.

„Wann?"

„Gestern hat Porscha es mir versprochen."

„Das meine ich nicht. Wann möchte sie dich mitnehmen? Wie alt musst du sein?", präzisiere ich meine Frage.

Meine Schwester schweigt. Natürlich schweigt sie. Ihr Versuch, mich über den Tisch zu ziehen, ist offensichtlich.

„Wie alt musst du sein, Alejandra?", wiederhole ich mich, dieses Mal strenger. Porscha ist waghalsig, aber nicht unvernünftig. Obwohl sie meinem kleinen Augenstern nichts abschlagen kann, bezweifele ich, dass sie Alejandra etwas derart Unrealistisches versprochen hat.

„Zwölf."

Teufel nein! Unter keinen Umständen lasse ich Alejandra mit zwölf Jahren auf eine von Porschas halsbrecherischen Trekkingtouren gehen. Never ever. Die beiden werden sich gemeinschaftlich und Hand in Hand den Hals brechen.

Tief durchatmen. Es ist noch viel Zeit bis dahin.

„Und wie alt bist du jetzt?"

„Sechs."

Was für ein Glück. Mitfühlend und zugleich glücklich, dass sie noch so klein ist, streiche ich ihr über den Kopf. „In dem Fall würde ich vorschlagen, wir verschieben unser Gespräch auf einen späteren Zeitpunkt. Lass uns an deinem zwölften Geburtstag noch mal darüber diskutieren. Das ist früh genug."

9

Porscha

Mein Ex-Freund hat sich verändert. Mein Romeo hat sich verändert.

Vielleicht ist es Rom unangenehm, dass du ihm bei Reparaturarbeiten über den Weg gelaufen bist, denke ich, während ich die sieben Etagen zur Suite hinaufsteige, und dabei, zu meiner Freude, kaum aus der Puste komme.

Niemals hätte ich gedacht, dass der zielorientierte Erfolgsmensch von damals im Hausdienst eines Hotels enden würde. Nicht, dass das eine schlechte oder mindere Arbeit wäre, weiß Gott nicht, aber Roms Ziele waren von jeher höhergesteckt. Sogar höher als meine, und das mochte damals schon etwas heißen. Der plötzliche Tod seiner Eltern und die anschließende Sorge um Alejandra, als ihr Vormund, haben ihn sein Wirtschaftsstudium unterbrechen lassen. Ob er es nie wieder aufgenommen hat?

Hätte ich raten müssen, wo er nach zehn Jahren beruflich steht, hätte ich ihn mir als Besitzer einer Firma mit eigenen Immobilien vorgestellt.

Eventuell ist etwas Unerwartetes vorgefallen ... etwas Lebensveränderndes, das seine Pläne durchkreuzt und ihn zurückgeworfen hat. Möglicherweise arbeitet er gar nicht für das Hotel, sondern für eine Firma, die sich mit Fahrstuhltechnik beschäftigt.

Fragen über Fragen.

Immer noch nachdenklich schließe ich die Zimmertür auf, trete ein und werfe meine Sonnenbrille aufs Bett. Nach der unerwarteten Begegnung und Roms Unfreundlichkeit mir gegenüber, habe ich es noch nötiger zum Strand und zum Meer zu kommen. Ein bisschen Ruhe, Frieden und Meeresrauschen, um mir das unvermeidliche Grübeln zu erleichtern, wird mir guttun.

Mein Kopf schwirrt wie ein Schwarm wildgewordener Bienen. Es summt und brummt und lässt einen Schmerz hinter meiner Stirn aufziehen.

Romeo Ximénez – Superheld und bester Freund. Der erste Mann, der die Welt für dich auf den Kopf gestellt hat, ist im gleichen Hotel wie du. Zumindest solange der Fahrstuhl kaputt ist.

Irgendwie fühle ich mich zittrig. Meine Knie sind außerdem ganz weich. In meiner grenzenlosen Fassungslosigkeit habe ich überhaupt nicht darauf geachtet, ob Rom sich in den letzten Jahren äußerlich stark verändert hat. Hätte ich ihn nicht schon bei unserer ersten Begegnung, beim Einchecken im Hotel erkennen müssen? Was sagt das über mich aus?

Wie nachlässig und unaufmerksam von mir.

Am liebsten würde ich zurückgehen und ihn mir genauer ansehen. Außerdem würde ich ihn gerne mit Fragen bombardieren. Warum habe ich mich nicht nach seiner Schwester erkundigt? Verdammt. Alles Wichtige fällt mir immer erst ein, wenn es zu spät ist. Wie selten dämlich von mir ... an Alejandra hätte ich sofort denken müssen. Selbstverständlich war ich von dem unerwarteten Zusammenstoß aus der Fassung gebracht, trotzdem hätte ich mich nach ihr erkundigen sollen. Wir beide standen uns so nah wie es sonst nur Familienmitglieder tun. Hoffentlich geht es Alejandra gut und Rom hat in den letzten Jahren auf den Wirbelwind, dem kein Abenteuer zu groß war, achtgegeben.

Ohne Plan und über mich selbst ärgernd greife ich nach meiner Strandtasche und werfe ein Handtuch, meinen Sonnenhut und die Brille hinein. Ich muss raus ... ein paar Schritte gehen. Beim Gehen, sobald mein Körper in Bewegung ist, kann ich besser denken. Und danach ... danach könnte ich mich an der Rezeption nach Rom erkundigen. Vielleicht könnte ich sogar nach Alejandra fragen. Gut möglich, dass der Hotelmanager Roms kleine Schwester kennt. Alejandra ist ein Mädchen, das im Gedächtnis bleibt, sobald man sie einmal gesehen hat. Sie müsste jetzt ... Moment ... sie müsste ... zweiundzwanzig sein.

Wow, sie ist kein kleines Mädchen mehr.

Ob der Manager Alejandra kennt, hängt wohl davon ab, wie lange Rom schon im *Hermosas Palmeras* arbeitet. Unter Umständen ist er erst seit Kurzem hier beschäftigt. Dass er für einen Aufzugservice arbeiten könnte, erscheint mir immer unwahrscheinlicher. Etwas Spezielles wie das würde nicht zu Rom passen. Er war immer schon handwerklich geschickt, aber überdies nie besonders technikaffin.

Verrückte Welt. Mein Ex-Freund arbeitet höchstwahrscheinlich in dem Hotel, welches mein Verlobter für unseren Urlaub ausgewählt hat.

Was für ein Zufall. Bei der Buchung war es mir egal, welches Hotel Thomas für uns aussucht. Es musste nur in der Nähe des Hauses meiner Mutter sein, damit wir sie besuchen und zu unserer Hochzeit einladen können.

Ist das Karma oder Zufall?

Ein Schmunzeln huscht über meine Lippen. Rom hat nie an Zufälle geglaubt. Für ihn war stets alles vorherbestimmt.

Einen Moment später reiße ich mich zusammen und schüttele alle Gedanken an damals ab. Es wird Zeit. Gerade greife ich nach meinem Handy, um dem schlafenden Thomas am Pool eine Nachricht zu schreiben, da geht die Zimmertür auf.

Luftschnappend und mit rotem Gesicht tritt mein Verlobter ein. „Ich habe dich gesucht", beschwert er sich, kaum dass er mich mit der Strandtasche über der Schulter entdeckt. Dafür, dass er wöchentlich ins Fitnessstudio rennt, hat er eine äußerst schlechte Kondition.

„Entschuldige, ich wollte dir gerade eine Nachricht schreiben", antworte ich und hebe zum Beweis das Handy. „Ich möchte einen kurzen Ausflug zum Strand machen, bin aber in zwei Stunden zurück."

„Beide Fahrstühle sind abgeriegelt", beschwert sich Thomas, ohne auf das von mir Gesagte zu reagieren. In einer empörten Geste streicht er sich ein paar verschwitzte Strähnen aus dem Gesicht.

„Ist mir aufgefallen." Meine Lust ein Gespräch über defekte Aufzüge anzufangen, geht gegen Null. Thomas Leidenschaft sich an unvorhersehbaren Schwierigkeiten hochzuziehen, kann ich gerade nicht ertragen. Hoffentlich beschließt er nicht, mich zum Strand zu begleiten. Ich möchte wirklich wirklich allein sein. Die Brise am Meer muss mir das Gehirn durchpusten, damit ich meine Gedanken neu strukturieren kann.

„Ich habe uns angemeldet", reißt Thomas mich freudestrahlend aus meinen sich ständig im Kreis drehenden Überlegungen, bei denen Rom die Hauptrolle spielt. Er winkt zum Beweis mit dem Flyer, den ich am Pool habe liegen lassen.

Wie bitte?

„Du hast uns angemeldet?", wiederhole ich, was er gesagt hat. In den letzten Minuten habe ich die Trekkingtouren vollkommen vergessen.

„Ja." Er zieht die Anmeldebestätigung zwischen dem Flyer hervor. „Für die Steilküste und Kiefernwald-Tour." Im nächsten Augenblick werde ich von Thomas in den Arm genommen und gehalten. „Dein Herz hängt offensichtlich an dem Ausflug, deshalb habe ich beschlossen, dass wir uns nicht ins Vogelparadies stürzen." Seine Hand streichelt sanft meinen Rücken. „Ich war sowieso nie sonderlich an der Tierwelt interessiert."

Was für eine nette Geste. Thomas bemüht sich wahrlich, Frieden zwischen uns zu stiften.

Emotional aufgewühlt drücke ich mein Gesicht gegen seine vom Hanteltraining gestählte Brust. Er hat sich für den Weg in unsere Suite ein T-Shirt übergestreift, die Sonnencreme darunter rieche ich trotzdem. Wärme und Sonnencreme, eine wohltuende Kombination, die mich sofort beruhigt.

„Du bist der Beste." Mich an ihn drückend, schlucke ich ein *Ich liebe dich* runter. Warum auch immer ... es will mir gerade nicht über die Lippen kommen.

„Dessen bin ich mir bewusst." Thomas streicht mir erneut über den Rücken und lässt die Hände anschließend auf meinen Schultern liegen. „Ich bin der Beste und du liebst mich, weil wir perfekt zusammenpassen. Wir sind ein Team."

„Äh – Ja." Plötzlich habe ich einen Geistesblitz, der neue Unruhe in mir aufkommen lässt. „Darf ich den Flyer noch mal sehen?", frage ich und weiche etwas zu abrupt zurück.

Kaum halte ich das aufwendig gestaltete Faltblatt in der Hand, schlage ich die letzte Seite auf. Dort, wo die Zusammenfassungen der Touren stehen, ist auch angegeben, welcher Guide die Touristen auf den unterschiedlichen Routen begleitet.

Treffer versenkt.

Du hattest den richtigen Riecher, Porscha.

Romeo Ximénez ist der Guide auf der Steilküste und Kiefernwald-Tour. Hausmeister/Handwerker und Tourguide. Warum wundert mich diese Kombination nicht?

Im nächsten Augenblick wird mir die Tragweite der Angelegenheit bewusst.

Grundgütiger.

Wie es scheint, gehe ich schon sehr bald mit Thomas und Rom zusammen wandern. Der Urlaub hat definitiv

mehr Herausforderungen im petto als ursprünglich angenommen.

10

Romeo

Zwei Tage später

Tief durchatmend stehe ich vor Porschas Suite in der siebten Etage und überlege, wie ich am besten vorgehe. Die Aktion mit den abgesperrten Aufzügen ist mit Volldampf gescheitert.

Hugo hat sich bereits nach vier Stunden geweigert, das Gepäck der ankommenden Gäste mit dem Lastenaufzug zu befördern. Er hat mit seiner eigentlichen Arbeit schon genug um die Ohren und keine Zeit sich mit dem von mir provozierten Unsinn zu befassen. Das waren seine Worte, bevor er das Absperrband entfernt und die Aufzüge wieder freigegeben hat.

Ganz unrecht hat er nicht. Unter Umständen war es nicht mein bester Einfall die Fahrstühle für alle Gäste zu blockieren, um einer Person zu schaden. Vor allem, weil es meiner Ex-Freundin offensichtlich nichts ausmacht die Treppe zu nehmen. Sie scheint fit wie eh und je zu sein.

Mein Hotelmanager würde sicher mehr Verständnis für meine Bemühungen zeigen, würde er Porscha und die Geschichte um ihr Verschwinden im Einzelnen kennen. Wüsste er, dass Alejandra damals fast gestorben wäre, weil sie Porscha nach ihrem überstürzten Verschwinden nachgeeifert hat, würde er meinen Hass und die Bitterkeit, die in mir schwelen garantiert verstehen.

Hugo Díaz ist seit der Gründung des *Hermosas Palmeras* vor acht Jahren als Manager bei mir tätig. Der Spanier mit marokkanischen Wurzeln war der erste Angestellte, den ich eingestellt habe. Wir stehen uns nah und sind über die Jahre hinweg Freunde geworden. Ich sehe einen großen Bruder in ihm, den ich nie hatte.

Hugo hat Alejandra mit vierzehn kennengelernt und mir geholfen sie durch die anstrengenden Teenagerjahre zu bringen. Ratschläge hat er mir nicht erteilt, aber er hat als Friedensstifter zwischen uns agiert, wenn jeder Ximénez mal wieder seinen eigenen Kopf durchsetzen wollte.

Möchte ich Hugos volle Unterstützung in der Sache mit Porscha haben, muss ich ihm wohl oder übel von damals erzählen. Er muss verstehen, wie wichtig es ist, meine Ex aus dem Hotel zu bekommen, bevor sie Alejandra über den Weg läuft.

Dass meine Schwester mich heute Morgen darüber informiert hat, dass sie meinen Vorschlag ablehnt und in den nächsten Tagen nicht zu Belinda fahren wird, hat der Angelegenheit eine neue Dringlichkeit verpasst. Alejandra darf niemals erfahren, dass die Frau, die für sie wie eine Mutter war ... die sie in einer wichtigen Phase ihres Lebens im Stich gelassen hat, zurzeit im Hotel wohnt.

Es würde meine Schwester verletzen, sie emotional aufwühlen und ... keine Ahnung. Über das, was passieren könnte, möchte ich nicht nachdenken. Seit dem Tod unserer Eltern, beschütze ich Alejandra mit allem, was mir zur Verfügung steht. Nie hätte ich mir träumen lassen, dass ich sie mal vor Porscha Kanz beschützen muss.

Einmal noch durchatmen ... dann hebe ich die Hand, um an die Tür vor mir zu klopfen. Hier herumzustehen und über Vergangenes nachzudenken bringt mich nicht weiter.

Warum fühle ich mich, als würde ich mich ohne Schutz in die Höhle eines Löwen wagen? *Einer Löwin.*

Die Tür wird umgehend geöffnet und Porscha, die sich bereits fürs Abendessen umgezogen hat, öffnet mir.

Für einen Moment verschlägt es mir die Sprache. Meine Ex-Freundin sieht umwerfend aus. Ihr Gesicht ist leicht geschminkt und ihre blonden Haare sind zu einem lockeren Knoten aufgesteckt. Genau wie damals. Sie trägt ein buntes Sommerkleid, das unter der Brust gebunden ist und ihre Kurven vorteilhaft in Szene setzt. Porscha ist wunderschön – nein, sie ist atemberaubend. Immer noch – oder besser gesagt, mehr denn je. Die zusätzlichen Pfunde stehen ihr ausgezeichnet. Sie betonen ihre Weiblichkeit.

Mein Mund wird trocken.

Dios mío! – Oh Gott! Jetzt habe ich vergessen, warum ich hergekommen bin.

„Rom", begrüßt sie mich freudig überrascht und tritt zur Seite, um mich einzulassen.

Bevor sie falsche Schlüsse ziehen kann, hebe ich die Hand. Ich möchte nicht hereinkommen. Unter keinen Umständen. Nein, besser nicht. Was ich zu sagen habe, sagt sich besser auf dem Gang mit genügend Abstand. Porschas magnetische Wirkung auf mich, scheint sich in den letzten Jahren und trotz unseres Konfliktes nicht abgeschwächt zu haben. Dieses Problem hätte ich im Vorfeld in meine Überlegungen miteinbeziehen müssen.

„Hallo Porscha." Ein Räuspern kommt mir über die Lippen. „Dürfte ich kurz mit dir reden?", frage ich und warte bis sie nickt. „Was ich zu sagen habe, kann ich dir vom Gang aus erklären. Es gibt ein Problem mit der Suite, in der du mit deinem Freund wohnst." Mit trockenem Mund lässt es sich kaum sprechen. Ein Glas Wasser wäre jetzt nicht schlecht. Bei dem Wort Freund hätte ich mich fast verschluckt.

„Ein Problem? Bei uns ist alles in Ordnung. Thomas und ich haben nichts gemeldet. Wir sind rundum zufrieden mit der Suite." Sie fährt sich mit der Zunge über die Unterlippe. Wenn ich es nicht besser wüsste, würde ich denken, dass ihr Mund so trocken ist wie meiner.

„Entschuldige, ich habe mich unklar ausgedrückt. Das Problem ist vor der Suite. Sozusagen auf dem Gang." Mit hoffentlich bedeutungsschwerem Blick weise ich auf den Teppich. „Wir müssen am Bodenbelag arbeiten. Eventuell müssen wir ihn sogar rausreißen und einen neuen verlegen. Das wissen wir erst, wenn wir uns die Sache genauer angesehen haben." Damit meine Ausrede nicht sofort auffliegt, fahre ich mir durch die Haare und senke den Blick. Ich war nie gut im Lügen. Meist verraten mich meine Augen. „Und da ihr die einzigen Gäste auf der Etage seid ..." Den Rest des Satzes lasse ich offen. Sie wird schon die richtigen Schlüsse ziehen.

„Wir sollen umziehen?" Die Enttäuschung in ihrer Stimme ist deutlich herauszuhören. Kein Wunder, Hugo hat ihr unsere schönste Suite gegeben. Das Panorama von dieser Seite des Hotels aus ist unschlagbar.

„Ja." Obwohl es unnötig ist, fange ich an zu nicken.

„Okay." Porschas Gesicht hat jede Freude verloren. „Sollen wir heute noch umziehen, oder reicht es morgen nach dem Frühstück?", fragt sie, pragmatisch wie sie früher schon war.

Schuldgefühle breiten sich in mir aus und verursachen mir einen unangenehmen Druck auf dem Brustkorb. „Morgen reicht." In kreisenden Bewegungen streiche ich unauffällig über die Stelle, aber es hilft nicht.

„Hoffentlich hat das neue Zimmer auch einen schönen Ausblick. Welches hast du denn für uns vorgesehen?" Sie bemüht sich, eine fröhlichere Miene aufzusetzen.

„Kein anderes Zimmer", kläre ich sie auf, „sondern ein anderes Hotel." Dafür werde ich büßen. Gerade habe ich mir den Weg zur Hölle geebnet.

Glückwunsch, Rom. Ein nonstop One-Way-Ticket ganz für dich allein.

Porscha legt den Kopf schief und scheint nicht zu verstehen. Wie auch? Meine Erklärungen waren bisher eher dürftig.

„Entschuldige, ich sollte mich deutlicher ausdrücken. Ich bin mit dem Besitzer des *Spain Royal* befreundet. Das Hotel hat mehr Komfort als das *Hermosas Palmeras* und liegt näher am Haus deiner Mutter. Sie haben eine Suite frei, die dieser sehr ähnlich ist. Nein, die Suite im *Spain Royal* ist sogar noch schöner und der Ausblick aufs Wasser spektakulärer. Du liebst das Meer doch immer noch, oder?"

Warum habe ich das gefragt? Im letzten Moment unterdrücke ich ein Kopfschütteln. *Wie blöd kann man sich verhalten?*

Porschas Augenbrauen heben sich ruckartig. Verstehen blitzt auf. „Du möchtest mich aus dem Hotel haben? Mich ausquartieren?"

Gut kombiniert.

„Ja." Sie hat Ehrlichkeit verdient. Zumindest in diesem Punkt. Und auch in jedem anderen. „Unsere Zeit ist vorbei. Ende. Aus. Wir sollten die Vergangenheit ruhen lassen."

Porschas Verblüffung verschwindet so schnell, wie sie gekommen ist. War ja klar. So leicht lässt sie sich nicht überrumpeln. Jetzt ist da nur noch die Starrköpfigkeit, die mich früher schon um den Verstand gebracht hat und mich Dinge hat tun lassen, die ich gar nicht hatte tun wollen.

Das Gespräch wird nicht gut für dich enden.

Erstaunt von ihrer Schnelligkeit weiche ich zurück, als sie einen Schritt auf mich zumacht und auf den Gang tritt. Sie senkt den Blick und sieht sich um. „Der Boden sieht für mich vollkommen in Ordnung aus." Eindeutig eine Feststellung.

„Täusche dich nicht." Auf Abwehr gehend stoße ich ein Brummen aus. Wenn ich nicht aufpasse, verliere ich die Oberhand. „Die Schäden sitzen unter dem Teppich."

„Es scheint kein akutes Problem zu sein." Porscha macht ein paar Schritte von mir weg, tritt besonders fest auf, als wolle sie den Boden testen und wackelt dabei provozierend mit den Hüften. „Es scheint nichts kaputt zu sein."

Oh Dios! – Oh Gott!

Meine Konzentration schwindet mit jedem Hüftschwung.

„Äh …" Mit Mühe reiße ich mich zusammen. „Nimm das Angebot an, Porscha. Bitte. Im *Spain Royal* bist du mit deinem Freund besser aufgehoben." Mein Tonfall klingt viel zu vertraut und mitfühlend. *Wo ist der sachliche Hotelbesitzer mit dem Master in Wirtschaftswissenschaft hin?*

„Nein, wir bleiben." Sich umdrehend kommt sie zurück, direkt auf mich zu. Verflixt, bestimmt trägt sie unter dem Kleid keinen BH. Ihre prallen Brüste werden nur von ein paar dünnen Bändern gehalten. Dieses Kleidchen, aus dem durchscheinenden Stoff, sollte verboten werden. Es ist viel zu aufreizend, um damit zu einem gewöhnlichen Abendessen zu gehen.

„Porscha …", versuche ich zu ihr durchzudringen und meinen Blick auf ihr Gesicht zu richten.

„Nein, Rom!" Sie bleibt vor mir stehen und ist nur einen Wimpernschlag davon entfernt mir mit dem Finger in die Brust zu pieken. „Du hast ein Problem mit mir? Du verachtest mich? Ich werde deine Meinung über mich akzeptieren, aber ich werde mich nicht von dir aus dem Hotel vertreiben lassen. Wenn du ein Problem mit meiner Anwesenheit hast, solltest du gehen – nicht ich. Unter Umständen bekommst du kurzfristig ein paar Tage Urlaub und kannst selbst im *Spain Royal* einchecken."

Ihr Gesicht hat mit jedem Wort mehr Farbe bekommen. Jetzt ist sie wunderbar erhitzt und knallrot. Sogar ihr Hals und das Dekolleté zeigen hektische Flecken. Zu gern würde ich sie küssen. Einfach, weil eine Porscha in erregtem Zustand unglaublich sexy ist. Früher wie heute.

Stopp!

Was hat sie gesagt? Ich soll mir Urlaub nehmen? Denkt sie, ich würde für das Hotel arbeiten?

Natürlich ... warum sollte sie etwas anderes schlussfolgern? Sie hat dich bisher nur in deiner verschwitzten Handwerkerkluft gesehen.

Meine Mundwinkel beginnen zu zucken. Obwohl Porscha, Lava spuckend, nur wenige Zentimeter vor mir steht, verringere ich den Abstand weiter. Unsere Nasen berühren sich fast. Ich spüre ihren hektischen Atem und rieche das Parfüm, welches sie aufgelegt hat. Es ist das gleiche wie früher. Lavendel und irgendwas Süßliches, das mich an reife Äpfel erinnert. Verdammt berauschend.

„Ich muss dich enttäuschen. Urlaub kann ich mir leider nicht nehmen, liebste Porscha." Ihr Atem geht jetzt schneller. Ihre Brust hebt und senkt sich heftig und lässt mich erahnen, wie flatterig ihr Herz schlägt. „Denn das *Hermosas Palmeras* ist mein Zuhause." Genugtuung, für die ich hart geschuftet habe, erfüllt mich.

„Mir gehört das Hotel“, bringe ich es auf den Punkt. „Ich bin der Eigentümer.“

Ihre verblüffte Miene spricht Bände.

Endlich versteht sie es.

Gut.

Einen Moment lang stehen wir da und starren uns an. In Porschas Miene spiegeln sich eine Vielzahl Emotionen wider. Sie wirbeln so schnell durcheinander, dass ich mir unsicher bin, wie ihre nächste Reaktion ausfallen wird.

Lange muss ich nicht warten. Kaum hat sie eine Entscheidung getroffen, nickt sie und weicht zurück. „Ein eigenes Hotel.“ Sie weicht noch weiter zurück. „Das passt zu dir.“

„Finde ich auch.“

Zeit zu gehen. Hau ab!

Meinen eigenen Rat befolgend, hebe ich die Hand. „Denk bitte über mein Angebot nach und melde dich bei Hugo an der Rezeption, solltest du und dein Freund ausziehen wollen. Das *Spain Royal* ist wirklich schön. Ich kann es euch wärmstens empfehlen und würde die zusätzlich anfallenden Kosten übernehmen.“

Kaum ausgesprochen wird mir mein Fehler bewusst. Porscha würde sich nie aushalten lassen, geschweige denn ein Geschenk annehmen, das nicht aus vollem Herzen gegeben wurde.

„Danke, aber wir bleiben.“

Was hast du erwartet? Du hast es verkackt.

Innerlich fluchend gehe ich zu den Fahrstühlen und drücke den Rufknopf. „Es ist deine Entscheidung“, sage ich und drehe mich um. „Aber sei auf der Hut“, lasse ich meinem Frust freien Lauf. „Es könnte sein, dass wir einen Dieb im Hotel haben, der sein Unwesen treibt. Besser du hältst die Augen auf und lässt keine Wertsachen herumliegen."

Die Bemerkung ist kindisch, albern und höchstwahrscheinlich eine Lüge, aber gerade habe ich das dringende Bedürfnis Porscha den Urlaub zu versauen.

Vergangenheit

„Porscha kann nicht mit mir zum Trampolinpalast fahren, weil sie ihre Tage hat."

Beinahe hätte ich den Kaffee in meinem Mund über den Frühstückstisch gespuckt. Nur mit Mühe schlucke ich ihn runter, bevor ich ein hilfloses Röcheln von mir gebe. „Äh. Okay", sage ich und stelle die Tasse weg. Porscha und ihre direkte Art, einem Kind Dinge zu erklären, haben mich schon in so manche Schwierigkeiten gebracht.

„Nein, es ist nicht okay", beschwert sich Alejandra, überkreuzt die Arme und hebt das Kinn.

„Porscha hat Bauchschmerzen, Floh, deshalb kann sie nicht Trampolinspringen." Mit der Hand wische ich mir einen Tropfen Kaffee aus dem Mundwinkel.

„Ich habe ganz oft meine Tage und kann dann sogar schwimmen, tauchen und springen."

Meine Mundwinkel fangen an, unkontrolliert zu zucken. Am liebsten würde ich das Gespräch mit dem Handy aufzeichnen und es meiner Schwester vorspielen, wenn sie älter ist.

„Porscha hat gesagt, ich soll dich fragen, ob du mit mir in den Trampolinpalast fährst. Sie hat gesagt, du bekommst deine Tage nie."

Meine Freundin die Verräterin. Sie wusste genau, dass Alejandra mir das brühwarm aufs Brot schmieren würde. Na warte, Porscha.

Gerade möchte ich zu einer Antwort ansetzen und ihr erklären, dass ich keine Zeit zum Trampolinspringen habe, da spricht Alejandra weiter. „Aber das stimmt nicht. Du bekommst deine Tage wohl."

Du meine Güte.

„Ach ja?", frage ich mehr als überrascht. „Jetzt bin ich gespannt", flüstere ich leise, sodass Alejandra mich nicht versteht.

„Erinnerst du dich nicht? Beim letzten Mal, als du deine Tage hattest, hast du vorher schlechte Shrimps gegessen."

11

Porscha

Am nächsten Morgen

Auch nach einem wunderbaren Abend mit Thomas geht mir das Gespräch mit Rom nicht aus dem Kopf. Mein ehemaliger Freund hat sich stark verändert. Im Grunde erkenne ich ihn kaum wieder. Früher war Rom nie gehässig oder in irgendeiner Form nachtragend. Diese feindselige Art, die gestern in jedem seiner abweisenden Worte mitschwang, ist mir vollkommen unbekannt. Was wohl der Grund für die Veränderung seines sanftmütigen Wesens ist? Er war immer schon groß und brummig, aber im Inneren kuschelweich. Jetzt scheint er nur noch groß und brummig zu sein.

„Sollten wir deiner Mutter nicht Blumen oder etwas Ähnliches mitbringen?", fragt Thomas und drückt meine Hand, um meine Aufmerksamkeit zu bekommen. Armer Thomas. Heute Morgen bin ich nicht gesprächig und überhaupt nicht ich selbst, was natürlich an meinen ständigen Grübeleien über einen verbitterten Ex-Freund liegt.

„Hm", brumme ich nachdenklich, lasse seine Hand los und lege ihm den Arm um die Hüften. Innig, Schulter an Schulter, gehen wir nebeneinander über die Straße in Richtung Süden. Meine Mutter besitzt am Stadtrand ein kleines Haus mit Blick auf einen naturbelassenen Korkeichenwald. „Nein, Blumen nicht, aber ich hätte daran denken können, etwas anderes zu besorgen, etwas aus Deutschland."

Zu spät.

Thomas bleibt stehen und zieht mich in seine Arme. Schon beim Frühstück war er einfühlsam und hat mein nervöses Schweigen, welches nicht ausschließlich mit dem Besuch meiner Mutter zu tun hat, kommentarlos hingenommen. Er weiß genau wie sehr mich dieses erste Treffen nach zehn Jahren aufwühlt.

Handele ich kopflos und vorschnell?

Verdammte Kurzschlusshandlung!

Warum hatte ich es heute Morgen plötzlich so eilig Valeria Kanz wiederzusehen? Ich hätte ihr die Nachricht, dass wir sie heute Vormittag besuchen kommen, nicht schreiben müssen. Ich hätte mir mehr Zeit lassen können und zuerst den Urlaub genießen sollen. Schließlich wusste sie bis jetzt nicht, dass ich in *Costa de la Luz* bin. Die Begegnung mit Rom muss für mein überstürztes Handeln verantwortlich sein. Er hat irgendetwas in meinem Unterbewusstsein ausgelöst. Ihn verbinde ich automatisch mit der Vergangenheit, genau wie meine Mutter. Beide habe ich vor zehn Jahren verlassen. Zu beiden habe ich den Kontakt eingestellt.

Nein, nur zu Rom habe ich den Kontakt komplett abgebrochen, es war zu schmerzhaft an ihn zu denken. Mit meiner Mutter habe ich nach einem Jahr Funkstille wieder angefangen zu telefonieren. Eine Zeit lang haben wir uns sogar Postkarten geschrieben, so als wäre der jeweils andere lediglich im Urlaub. *Ob sie sich genauso sehr verändert hat wie Rom?*

Mich durchläuft ein Schauder. *Warum graut es mir plötzlich vor der Begegnung?*

„Porscha, sieh mich an", reißt Thomas mich aus meinen Überlegungen. „Du besuchst sie und lädst sie zu deiner Hochzeit ein. Du bist die, die den ersten Schritt wagt und für ein persönliches Treffen sorgt. Deine Mutter kann froh sein, dass sie eine starke Tochter wie dich hat. Blumen oder Geschenke sind unwichtige Kleinigkeiten. Es war dumm von mir danach zu fragen. Entschuldige. Ich habe nicht nachgedacht."

Thomas findet natürlich genau die richtigen Worte. Die findet er immer. Seine Aufmunterung ist wie Balsam und lässt das ungute Gefühl in meinem Magen kleiner werden. Sofort geht es mir minimal besser.

„Du hast recht. Geschenke oder Mitbringsel sind unwichtige Kleinigkeiten", sage ich und ringe mir ein Lächeln ab. „Es fühlt sich nur komisch und zugleich vertraut an hier zu sein. Wahrscheinlich hätte ich mich schon eher zu einem Besuch durchringen sollen. Immer nur schreiben, telefonieren und facetimen ist nicht das Gleiche."

Thomas gibt mich frei. „Da werde ich nicht widersprechen. Du hast deine Zelte in Spanien abgebrochen und dir in Frankfurt ein Leben aufgebaut, trotzdem hättest du deine Mutter hin und wieder besuchen können."

Die Aussage, die Thomas mit milder Strenge ausgesprochen hat, lasse ich unkommentiert. Schließlich hat er keine Ahnung, was damals vorgefallen ist. Er war bei dem großen Krach, der unsere Familie in zwei Teile gespalten hat, nicht dabei. Außerdem kommt er aus einer gefestigten Umgebung, in der sich alle lieb haben und sich gegenseitig unterstützen. Ich bin hingegen ein Scheidungskind mit Spätfolgen.

Schweigend setze ich mich in Bewegung und erwarte, dass mein Verlobter mir folgt. „Unter Umständen hätte ich hin und wieder nach Spanien reisen können", setze ich nun doch zu einer Rechtfertigung an, als Thomas neben mir auftaucht. „Aber ich habe mich, heute wie damals, geweigert der Spielball meiner sich ständig streitenden Eltern zu sein. Es gibt kaum etwas Schlimmeres, als von jedem Elternteil in eine andere Richtung gezogen zu werden. Mein Vater wollte mich in Deutschland wissen und hat mir eine Karriere mit Aufstiegschancen versprochen. Meine Mutter wollte mich in Spanien an ihrer Seite behalten und hat einen Keil zwischen Papa und mich getrieben. Ihre Gründe waren nicht immer leicht zu durchschauen und da ich von jeher ein Papakind war ..." Ich atme tief durch und überlege, wie ich fortfahre. „... egal, hauptsächlich wollte sie meine Gesellschaft nicht verlieren und frühzeitig dafür Sorge tragen, dass jemand da ist, der sich um sie kümmert, sobald sie älter wird."

Die Erklärung muss vorerst ausreichen.

Wind frischt vom Meer her auf und beschert uns eine kurzfristige Abkühlung. Schweigend und den Moment genießend halte ich die Nase in die salzige Luft und ignoriere meine Haare, die sicher durcheinandergeraten und gleich in alle Richtungen abstehen werden.

„Schwierigkeiten in der Familie sind nicht immer leicht zu lösen." Erneut greift Thomas nach meiner Hand und gibt mir Halt. „Du solltest dich nicht schuldig fühlen. Es ist nichts Schlechtes daran, wenn ein junger Mensch sich dafür entscheidet sein Leben zu leben; es selbst in die Hand zu nehmen. Eltern sollten unsere Pläne immer unterstützen."

Genau. Etwas Ähnliches habe ich mir im ersten Jahr in Deutschland beinahe täglich vorgebetet, um meine Schuldgefühle in Schach zu halten.

„Meine Mutter denkt aber nicht so." Ein Seufzen kommt mir über die Lippen. „Du wirst sie gleich kennenlernen. Sie ist eigennützig und stark egozentrisch. Bestenfalls gibt sie sich die Schuld, mich nicht aus ihren Streitereien mit Papa herausgehalten zu haben. Mehr kann ich wohl nicht erwarten."

Thomas drückt meine Hand und streicht anschließend mit dem Daumen über meinen Handrücken. „Porscha ... zehn Jahre sind eine lange Zeit." Sein Mitgefühl ist spürbar. „Vielleicht hat sie sich verändert und unser Besuch wird für dich weniger nervenaufwühlend als gedacht."

Ein schöner Gedanke.

„Ja ... hoffentlich." Den Blick in seine Richtung, schenke ich Thomas ein Lächeln, das mir nach den aufmunternden Worten ein wenig leichter fällt.

Alles wird gut. Und sollte deine Mutter nach all den Jahren kein Verständnis für dich zeigen, hast du immer noch einen Verlobten, der dir den nötigen Halt gibt.

Einen Moment starre ich vor mich hin und lasse meinen inneren Zuspruch wirken. Gerade als ich bereit bin die letzten Meter bis zum Haus zu gehen, entdecke ich über Thomas Schulter, am Gebäude hinter ihm, den Hotelschriftzug *Spain Royal.*

Ach du grüne Neune!

Das ist es? Das ist das *Spain Royal?* Das Hotel, in das Rom uns abschieben möchte?

Beeindruckend. Geradezu pompös. So stelle ich mir einen Palast vor, der einer Königin würdig wäre. Bestimmt steigen hier unzählige prominente Persönlichkeiten ab.

Das Luxushotel, das, wie Rom prophezeit hat, nah am Haus meiner Mutter liegt, hat bestimmt zehn Stockwerke mehr als das *Hermosas Palmeras* und scheint auf den ersten Blick um ein Vielfaches nobler zu sein. Würde mir das nicht die eindrucksvolle Tür aus Gold und der rote Teppich vor dem Eingang vermitteln, würden es die Gäste, die gerade das Hotel verlassen. Obwohl es bereits heiß und schwül ist, tragen der Mann und die Frau herbstliche Designersachen, deren einziger Sinn es offenbar ist, angemessen präsentiert zu werden.

In diesen riesigen Kasten möchte Rom uns umquartieren.

Der Gedanke lässt mich nicht los. Wie unpersönlich und steril allein der Eingangsbereich wirkt. Wo ist die Gemütlichkeit? Wo sind die Palmen, die schon auf den ersten Blick dafür sorgen, dass beim Gast Urlaubsgefühle aufkommen. Plastik hin oder her.

Nein, danke.

Lieber ärgere ich mich den Rest des Urlaubs über einen erbosten Rom, der sich wie ein Kleinkind benimmt und die Vergangenheit nicht ruhen lassen kann, als dass ich in dieses First-Class-Hotel einziehe.

Zum Glück habe ich Thomas nichts von der Unterhaltung mit Rom erzählt. Als mein Ex-Freund gestern Abend vor unserer Tür auftauchte, war Thomas im Bad und hat sich fürs Abendessen fertiggemacht. Bestimmt würde er sich das *Spain Royal* ansehen wollen, wenn er wüsste, dass wir dort ohne zusätzlich anfallende Kosten den Rest unseres Urlaubs verbringen könnten.

Kurz überlege ich, das Gespräch jetzt nachzuholen, verwerfe den Gedanken aber schnell wieder. Den Gefallen, das Hotel zu wechseln, tue ich Rom nicht. Es gibt keinen Grund für ihn mich auf hinterlistige und scheinheilige Art und Weise rauszuekeln. Und da Thomas sich mehr und mehr an den künstlichen Palmen stört, habe ich die Befürchtung, dass er das Angebot, ohne nachzudenken, annehmen würde. Er ist schließlich der Luxusliebende von uns, der sich gern verwöhnen lässt und sämtlichen Komfort auskosten möchte.

„Komm", sage ich und wende mich ab, bevor Thomas sich erkundigt, warum ich das Hotel derart interessiert betrachte. „Lass uns weitergehen; meine Mutter wartet auf uns. Ungern möchte ich sie schon im Vorfeld verärgern, und zu spät kommen."

***

Zwei Stunden später verlasse ich mit Thomas das Haus meiner Mutter. *Bin ich glücklich?* Meine

Gefühlslage als glücklich zu beschreiben wäre übertrieben. Aber ich bin froh, hergekommen zu sein und meine Mutter gesehen zu haben. Von Angesicht zu Angesicht. Zur Begrüßung haben wir uns nicht umarmt, aber als sie uns gerade verabschiedet hat, hat sie mich kurz in den Arm genommen und an sich gedrückt. Richtig gedrückt. Das hat sich gut angefühlt.

Vielleicht bin ich doch glücklich. Nicht überglücklich, aber glücklich.

„Du lächelst." Thomas greift nach meiner Hand, hebt sie und drückt einen Kuss auf meine Fingerknöchel, während wir zurück zum Hotel schlendern.

„Ja. Zufrieden – und glücklich", sage ich und verbreitere mein Grinsen. „Meine Mutter kommt zu unserer Hochzeit", stelle ich fest. „Nach Deutschland."

Thomas lächelt und lässt unsere Hände sinken. „Ich war dabei, als sie dir das versprochen hat, und kann es bezeugen."

„So einfach hatte ich es mir nicht vorgestellt."

„Du fandest das Gespräch einfach?" Seine Überraschung wundert mich nicht. Er kennt Valeria Kanz und all ihre Marotten nicht.

„Oh, ja." Die gute Laune ist eindeutig da. „Ein ganz einfaches Gespräch." Thomas hat keine Ahnung, wie oft wir uns früher angeschrien haben. Wahrscheinlich sind meine Mutter und ich unabhängig voneinander gereift. Ein schöner Gedanke, der mich auf eine weniger turbulente Zukunft hoffen lässt.

„Sie hat mich zu Wort kommen lassen und gelächelt, als ich ihr dich …", ich werfe Thomas einen Blick zu, „… meinen Verlobten vorgestellt habe. Sie hat versprochen zu unserer Hochzeit zu kommen, und …", das ist das Tüpfelchen auf dem i, „… meinem Vater eine Chance zur Wiedergutmachung zu geben. Wenn es nur teilweise gut läuft, kommen wir alle lebend aus der Sache heraus."

„Übertreibst du nicht maßlos?", fragt Thomas mit Humor in der Stimme.

„Wahrscheinlich." Ohne anzuhalten oder Thomas Hand loszulassen lege ich meinen Kopf an seine Schulter und stelle fest, dass wir nicht zum ersten Mal in diesem Urlaub Händchenhaltend spazieren gehen. „Ich glaube erst, dass meine Mutter ihr Versprechen hält, wenn sie in der Kirche, neben meinem Vater in der ersten Bankreihe sitzt und ich dir das Jawort gegeben habe."

12

Romeo

Fünfter Urlaubstag

Der Tag wird in einer Katastrophe enden. Ganz bestimmt sogar. Die Tatsache wird mir bewusst, kaum dass Hugo mir die Liste der heutigen Teilnehmer ausgehändigt hat.

Ist ja klar, dass Porscha Kanz sich für die Trekkingtour in den Kiefernwald entschieden hat. Dem Wald und seinen wunderbaren Gerüchen, die jeden Besucher an einen Kiefernaufguss in der Sauna erinnern, konnte sie sich schon früher nicht entziehen. Wenn sie damals die Woche über nicht durchgängig Zeit hatte ihren geliebten Wald zu besuchen, hat sie Handseife mit Kiefernduft für unser Badezimmer gekauft, um jeden Morgen an die Natur und ihr unverfälschtes Aroma erinnert zu werden.

Zu dieser Zeit haben wir gemeinsam im Haus meiner Eltern gewohnt, welches nach dem Unfall in meinen Besitz übergegangen war. Offiziell lebten nur

Alejandra und ich dort. Aber Porscha, die es leid war, sich bei ihren streitenden Eltern im Dachgeschoss aufzuhalten, hat mindestens fünf Mal die Woche bei uns übernachtet.

Ich war vierundzwanzig und Porscha neunzehneinhalb, als wir mit Alejandra Familie gespielt und unsere Liebe genossen haben. *Dios mío! – Mein Gott!* Was waren wir damals naiv. Jung, dumm und vollkommen ahnungslos.

„Auf was wartest du?", fragt mich Hugo, der mir vor wenigen Minuten die Teilnehmerliste in die Hand gedrückt hat. „Stimmt etwas nicht?" Er wirft einen Blick auf das Papier in meinen Händen. „Habe ich zu viele Reservierungen angenommen? Zehn Personen pro Tour sind okay, das waren deine Worte."

Es geht nicht um die Anzahl der Personen. Es geht um eine bestimmte Person.

Da ich meine Gedanken nicht laut aussprechen kann, falte ich das Blatt mit einem unverständlichen Brummen zusammen und stecke es mir in die hintere Hosentasche meiner Cargo-Hose. „Du hast alles richtig gemacht. Wir werden planmäßig gegen Abend zurück sein", sage ich und versuche, eine Ausgeglichenheit auszustrahlen, die ich nicht empfinde. „Halte genügend Getränke für die erschöpften Abenteurer bereit. Sie werden durstig sein, wenn ich mit ihnen fertig bin. Heute wird ein heißer und ziemlich sonniger Tag."

„Bitte, denk dran ...", warnt Hugo mich und legt mir eine Hand auf die Schulter. „... diese Leute machen bei uns Urlaub. Sie trainieren nicht für die Besteigung des Mount Everest, sondern wollen sich in der Natur entspannen."

Mit der Ermahnung, die durch einen festen Händedruck über meinem Schultergelenk unterstrichen wird, erinnert mein Hotelmanager mich an die Tour vor vier Wochen. Gleich drei Teilnehmer hatten sich im Anschluss über mich beschwert. Der Schwierigkeitsgrad sei für unerfahrene Touristen zu hoch gewesen und die Tour zu anstrengend. Außerdem hätten die Informationen im Vorfeld nicht ausgereicht, um die körperliche Belastung einschätzen zu können.

„Todo está bien, relájate – *Alles ist in Ordnung, entspann dich*", weise ich Hugo auf Spanisch an, damit die ersten Wandervögel, die sich gerade zu uns an den Treffpunkt gesellen, mich nicht verstehen. „Alle Gäste werden auf ihre Kosten kommen. Versprochen." Das sage ich laut und wende mich besagten Gästen zu. „Buenos días – *Guten Morgen*."

Zehn Minuten später sind wir vollzählig und bereit uns auf den Weg zu machen. Porscha, die – wie ich aus erster Hand weiß – die mediterrane Vegetation über alles liebt, wirkt aufgeregt und voller Tatendrang. Ihre Wangen sind gerötet und ihr Blick leuchtet, wie damals, als ich mit ihr in aller Frühe den Küstenweg nach Roche gelaufen bin, um ihr den traumhaft schönen Sonnenaufgang zu zeigen, für den die Region bekannt ist.

Gott bewahre, denke ich und schiebe die Erinnerung hastig beiseite. Hoffentlich bleibt sie nicht an jedem Blümchen stehen, um daran zu riechen.

Ich muss mich abwenden, um nicht der Versuchung zu erliegen, ihre Vorfreude zu genießen. Früher war es mein höchstes Ziel sie glücklich zu machen. Um diesen erwartungsvollen Ausdruck auf ihrem Gesicht zu sehen, hätte ich alles getan, ihr jeden Wunsch erfüllt.

Stopp!

Abbruch!

Bevor mich die Erinnerung sentimental werden lässt, reiße ich mich zusammen und wende den Blick ab. Es ist besser so. Mich von ihrem für alle sichtbaren Hochgefühl einlullen zu lassen, wäre äußerst unprofessionell. Vor allem, weil ich den stillen und hässlichen Wunsch hege, ihr Schaden zuzufügen. Wenigstens ein ganz kleines Bisschen. Nur der Gerechtigkeit halber, versteht sich.

Umständlich räuspere ich mich und hebe die Hand, damit mich alle ansehen. Es wird Zeit, dass wir starten.

„Darf ich um Ihre Aufmerksamkeit bitten." Geduldig warte ich, bis sich zehn Augenpaare auf mich richten und die leisen Unterhaltungen eingestellt werden. „Ich hoffe, Ihre Schuhe sind bequem und gut eingelaufen", starte ich meine Rede mit einem lahmen Witz, den ich nicht zum ersten Mal reiße.

Da ich heute eine rein deutsche Gruppe Touristen führe, muss ich nichts ins Englische übersetzen. Da meine Mutter deutschstämmige Wurzeln hat, hat sie Wert darauf gelegt, dass ich zweisprachig aufwachse. Nur aus dem Grund, spreche ich deutsch so gut wie spanisch.

„Ein paar Regeln gibt es allerdings, die ich loswerden und an die sich jeder, der mit mir wandert, halten muss." Aufmerksame Blicke treffen mich. „Zuallererst ... niemand braucht eine Karte oder ein Handy. Ich führe! Wir bewandern ein weitverzweigtes Wegenetz, das einige wenige Anforderungen an Sie stellen wird.

Konzentrieren Sie sich darauf. Den Regenschutz, auf den ich für gewöhnlich bestehe, können Sie heute getrost im Hotel lassen." Ich deute auf ein Cape, das aus einem Rucksack lugt. „Heute wird es heiß. Stattdessen sollten Sie Hut und Sonnenbrille einpacken. Ebenso sollten Sie sich mit einem hohen Lichtschutzfaktor eingecremt haben."

Gemeinschaftliches Nicken und leises Gemurmel ist die Antwort.

„Unser Tempo wird dem schwächsten Mitglied der Gruppe angepasst sein, sodass wir gemeinschaftlich unser Ziel erreichen werden. Machen Sie kleine Schritte und teilen Sie sich Ihre Kraft ein. Achten Sie auf den Körperschwerpunkt, wir möchten Stürze und Unfälle nach Möglichkeit vermeiden. Für Notfälle, die sich nicht vermeiden lassen …", ich lächele, um meine Ansprache, die an dieser Stelle immer etwas ernst wirkt, aufzulockern, „… habe ich ein Erste-Hilfe-Kit dabei. Für benötigte Pflaster ist also gesorgt."

Wieder ist Nicken und Gemurmel die Antwort. Dieses Mal sind auch ein paar argwöhnische Blicke dabei.

„Schön, dass alle verstanden haben." Jetzt ist es an mir zu nicken. „Meine wichtigste Regel, bevor es endlich losgeht, gibt es zum Schluss." Erneut warte ich, bis es still ist und ich die Aufmerksamkeit von sämtlichen Anwesenden habe. „Wir werden durch ein Naturschutzgebiet laufen. Die Wege und der Wald werden sauber gehalten! Ohne Ausnahme. Jeder behält seinen Abfall bei sich. Sehe ich wie jemand unauffällig sein Müsliriegelpapier fallen lässt, beabsichtigt oder unbeabsichtigt, kehren wir um und die Trekkingtour ist beendet."

Augenrollen von wenigen und zustimmendes Murmeln von dem Großteil der Gruppe sind die Antworten. Touristen, die sich in den Wäldern nicht benehmen können, sind mir ein Dorn im Auge. Aus meiner Abneigung mache ich kein Geheimnis.

Wie ich es immer bei einer gespaltenen Gruppenreaktion mache, speichere ich mir die Augenroller ab und nehme mir vor, diese besonders im Blick zu behalten. Wenn ich Glück habe, sorgt einer der Umweltsünder dafür, dass es eine kurze Tour wird und wir umkehren können, bevor ich mit Porscha aneinandergerate.

Vergangenheit

„Porscha hat mir Schuhe gekauft", ruft Alejandra und kommt zu mir in die Küche gestürmt.

„Schuhe?", frage ich und lege den Löffel weg, mit dem ich in unserem Abendessen gerührt habe.

„Ja-ha! Schuhe. Wenn ich mit Porscha oder dir wandern will, muss ich neue Schuhe haben. Mit Sandalen geht das nicht." Ein Du Dummerchen schwingt zwischen den Zeilen mit.

Überrascht wende ich mich meiner kleinen Schwester zu, die zu meinem Leidwesen alles toll findet, was meine Freundin toll findet.

Alejandra liebt ihre rosafarbenen Sandalen mit der Schmetterlingsschnalle über alles. Schwer zu glauben, dass sie diese in Zukunft für ein paar braune, langweilige Wanderschuhe stehen lassen wird.

Stolz hebt Alejandra den rechten Fuß und präsentiert mir einen ockerfarbenen, halbhohen Kinderwanderschuh mit rosa Schnürsenkeln, der, das muss ich zugeben, etwas ziemlich Niedliches an sich hat. „Schau mal." Mit den Händen unter der Kniekehle versucht sie, das Bein höher zu heben und fällt dabei fast um. „Wenn ich die Schuhe eingelaufen habe, darf ich mit euch auf Tour gehen, das hat Porscha mir versprochen.

13

Porscha

„Porscha, du bildest das Schlusslicht", weist Rom mich schroff und mit dem Finger auf mich zeigend an. Mit einer Hopp Hopp-Geste, weil ich mich nicht umgehend in Bewegung setze, deutet er auf den mir zugedachten Platz am Ende der Gruppe. „Dort kannst du nach Belieben und in aller Ruhe den Kiefernduft genießen und an den unzähligen Blümchen am Wegesrand schnuppern." Sein Tonfall kombiniert mit einem gelangweilten Schulterzucken, hat etwas Selbstgefälliges an sich.

Frechheit.

Seine Äußerung ist ein unerlaubter Tiefschlag. Möchte er mir damit sagen, dass ich das schwächste Mitglied der Gruppe bin? Oder dass ich auf das schwächste Mitglied aufpassen soll? Und was soll überhaupt diese kindische Blümchen-Bemerkung?

Gerade ist er zum nervigsten Ex aller Zeiten aufgestiegen.

Während seiner Ansprache hat er mich kaum eines Blickes gewürdigt. Auch Thomas ist er aus dem Weg gegangen. Trotzdem konnte ich sein Missfallen über meine Anwesenheit auf dieser von ihm geführten Wanderung in jeder Faser meines Körpers spüren. Höchste Zeit, ihm zu zeigen, dass ich nicht auf mir herumtrampeln lasse. Nachher versaut er mir mit seiner griesgrämigen Art noch den Tag. Das möchte ich unter keinen Umständen riskieren. Wenn Thomas erst mal spitzbekommen hat, wie anstrengend Trekkingtouren sein können, wird er mich womöglich kein zweites Mal begleiten wollen.

Ich räuspere mich, bevor ich Rom einen Du-meinst-das-tatsächlich-ernst-Blick zuwerfe. Er möchte mich aus seinem Blickfeld und so weit wie möglich weg wissen. Nur deshalb muss ich hinten laufen.

Lass dir die Kränkung nicht anmerken.

„Gerne bilden Thomas und ich das Schlusslicht", sage ich mit aufgesetzter Freundlichkeit und einem messerscharfen Blick, der ihn hoffentlich direkt zwischen die Augen trifft. „Wir möchten kein Tempo vorgeben", presche ich weiter vor. „Für meinen Verlobten ist es schließlich die erste große Wanderung."

Kaum habe ich Verlobter gesagt, greift Thomas nach meiner Hand und zieht mich an sich. Beschützend legt er mir seinen Arm um die Schultern. Seine Miene ist weich und zeigt seine tiefe Liebe zu mir.

Trotz der Aufmerksamkeit, die meine Rede bei den Leuten um mich herum ausgelöst hat, entgeht mir Roms Reaktion nicht. Sein Körper zuckt sogar leicht zusammen. „Dein Verlobter?" Entsetzen und Fassungslosigkeit schwingen in den Worten mit.

Interessant.

Seine erhabene Coolness ist also nur aufgesetzt. Interessant. Bestimmt sehen seine gemeißelten Wangenknochen nur so scharf aus, weil er gerade die Zähne zusammenbeißt.

Wusste ich es doch, dass er die Äußerung nicht ohne nachzufragen stehen lassen kann. Warum verhält er sich nur so unglaublich kindisch? Er ist unfreundlich, griesgrämig und möchte mich sogar aus dem Hotel werfen lassen. Warum? Unmöglich, dass er immer noch sauer auf mich ist und mir meine Flucht nach Deutschland nachträgt. Das ist immerhin zehn Jahre her. Wir haben uns weiterentwickelt und sind erwachsen geworden.

Außerdem ... nicht nur ich habe den Kontakt abgebrochen. Er hat sich ebenfalls nicht mit Ruhm bekleckert, als ich vor ein paar Jahren den Kontakt wieder aufnehmen wollte. Auf keinen meiner Briefe hat er geantwortet. Kein Lebenszeichen, keine Abfuhr habe ich bekommen. Nichts. Nur Schweigen.

„Ja, mein Verlobter.“ Ich nicke, obwohl das unnötig ist. „Darf ich vorstellen? Romeo, das ist Thomas Kaster, der Mann, der mich bald zum Altar führen wird.“ Mit einem entschuldigenden Blick, weil diese Offenbarung unerwartet kommt, wende ich mich Thomas zu. „Thomas, das ist mein Ex-Freund. Rom und ich waren ein Paar, bevor ich zurück nach Deutschland gegangen bin.“

Geschafft.

Fall erledigt.

Jetzt wissen alle, wie der Hase läuft. Wir können dieses lästige Herumtänzeln um Unausgesprochenes einstellen und uns wie Erwachsene benehmen.

Thomas tut mir fast ein wenig leid.

Vielleicht war es nicht fair von mir ihn ohne Vorwarnung ins kalte Wasser zu werfen. Aber er ist nicht dumm. Die Spannungen zwischen Rom und mir sind schließlich greifbar. Noch vor Ende der Wanderung hätte er mich gefragt, was zwischen mir und unserem Guide vorgefallen ist. Sein Blick, als Rom mich vertraut und mit Vornamen angesprochen hat, ist mir nicht entgangen. Da schwangen viele unausgesprochene Fragen mit. Fragen, die ich durch meine Ansage hoffentlich geklärt habe.

„Porscha no tener pelos en la lengua – *Porscha nimmt kein Blatt vor den Mund*", murmelt Rom leise auf Spanisch und schmunzelt in sich hinein.

Mit dem Kiefer mahlend funkele ich den Selbstgefälligen an und presse sogar die Lippen aufeinander. Es scheint Rom Befriedigung zu verschaffen, dass er mich aufziehen kann ohne, dass Thomas ihn versteht.

Halt die Klappe, Porscha, erwidere nichts. Schlucke jedes spanische Schimpfwort, das dir auf der Zunge liegt, hinunter, sonst wird aus der geplanten Trekkingtour eine Auseinandersetzung, die nirgendwohin führt.

Nach gerade mal zwei Stunden steht fest, das Thomas mich bis ans Ende unserer noch nicht geschlossenen Ehe verfluchen wird. Offensichtlich sind seine neuen Schuhe eine halbe Nummer zu klein und drücken. Sie foltern seine Füße vorne und hinten, wie er mir gefühlt bei jedem Schritt versichert. Dass seine Kondition unzureichend ist und es minütlich heißer und heißer wird, macht es für keinen von uns leichter. Wenn Thomas sich noch einmal beschwert, dass ihm die Zehen wehtun, vergesse ich mich und schubse ihn die

Steilküste hinunter – sollte er jemals da ankommen. Derart gejammert hat nicht mal Alejandra, als Rom und ich sie zum ersten Mal mit auf Tour genommen haben, und damals war sie gerade mal zehn Jahre alt. Rom wollte die Kleine bewusst überfordern, damit sie aufhört zu betteln. Überall musste sie dabei sein. Auf jede noch so anstrengende Wanderung wollte sie uns begleiten.

Ein Lächeln huscht über meine Lippen, als mir eine weitere Erinnerung durch den Kopf schießt. Ohne Alejandra, nur mit Rom an meiner Seite, durch den Wald zu marschieren, hatte auch etwas für sich. Hinter Rom zu gehen war ... die Aussicht war es jedenfalls wert hinter ihm zu bleiben und ihn nicht zu überholen. Zumindest so lange, bis wir fernab der Wege waren, die häufig von den Touristen frequentiert wurden.

Rom hat diese kostbaren Momente, in denen wir ungestört blieben, oft ausgenutzt und mich geküsst. Er hat bei der Stelle direkt unter meinem Ohr angefangen und sich dann weiter ...

Oh Gott, Hitze schießt mir den Hals rauf. Daran sollte ich nicht denken. Abseits der verschlungenen Pfade haben wir uns nicht nur geküsst. Wir haben deutlich mehr gemacht. Diese ungestörten Plätzchen waren für einen Alleinerziehenden wie Rom einfach zu verlockend. Für mich allerdings auch. Wir waren unter uns, ein liebendes Pärchen, niemand hat uns gesehen oder gehört. Verständlich, dass Rom Alejandra so lange wie möglich davon abhalten wollte uns zu begleiten.

Der Gedanke an das energiegeladene Mädchen von damals lässt mich innehalten. Wehmütig und voller Zuneigung denke ich an die kleine Alejandra zurück.

Glück war zu der Zeit etwas, das wir im Übermaß hatten. Leider haben wir es nicht festhalten können.

Bevor diese Wanderung endet, muss ich Rom nach seiner Schwester fragen, egal wie schlecht seine Laune noch wird, oder wie sehr er versucht, mir aus dem Weg zu gehen. Zugern würde ich Alejandra treffen, bevor ich zurück nach Deutschland fliege. Bestimmt ist sie nicht so griesgrämig wie ihr Bruder. Ganz sicher nicht. Der quirlige Feger ist garantiert immer noch der Sonnenschein in Roms Leben.

Im nächsten Augenblick trete ich in ein Loch und verliere das Gleichgewicht. Verdammt. Nur mit Mühe kann ich mich abfangen und verhindern, dass ich mit dem Kopf gegen einen Baum krache.

Was für ein Glück, dass ich jetzt nicht ohnmächtig auf dem Waldboden liege und am taghellen Himmel Sterne funkeln sehe.

Blöder Fehler. Durch meine Unaufmerksamkeit habe ich das Loch übersehen. Die Strecke ist uneben, anspruchsvoll und nicht dazu geeignet, um in Erinnerungen zu schwelgen. Daran hätte ich denken sollen.

Mit einer Hand am Baum abstützend und dem Vorsatz, ab jetzt konzentriert bei der Sache zu sein und mich nicht von Tagträumen ablenken zu lassen, bewege ich vorsichtig das Fußgelenk. In mich reinhorchend lasse ich es nach rechts kreisen, anschließend nach links. Es tut weh, aber verstaucht ist es nicht. Noch mal die Zehenspitzen rauf und runter bewegen. Alles gut. Ich habe mich nur vertreten, vielleicht die Bänder etwas überdehnt. Mein Fußgelenk wird nicht anschwellen und ich kann weitermarschieren. Ein paar Schritte, dann wird sich der Schmerz verziehen und ich kann mir meinen Anfängerfehler verzeihen.

Den Blick hebend suche ich das Ende der Gruppe, um mich bemerkbar zu machen und aufzuschließen. Gerade war Thomas noch vor mir. Um seinem Gejammer zu entkommen und in Ruhe nachdenken zu können, habe ich mich zurückfallen lassen. Aber mehr als zehn Meter waren nicht zwischen uns.

Dachte ich jedenfalls ...

Wo sind denn alle hin?

Diese lärmende Gruppe kann doch unmöglich so schnell so weit vorgelaufen sein. Mit fokussiertem Blick halte ich die Luft an und spitze die Ohren. Wieso höre ich keine einzige Stimme? Nur Vogelgezwitscher und das leise Rauschen der Bäume im Wind.

Du hast nicht aufgepasst. Du hast ein bisschen zu viel gegrübelt und in Erinnerungen geschwelgt.

Egal.

Die Gruppe brauche ich nicht, um den Weg nach Hause zu finden. Genauso wenig wie den übel gelaunten Rom oder den jammernden Thomas. Den Kiefernwald kenne ich wie meine Westentasche, weswegen es mich auch nicht sorgt, dass mein Handy so weit draußen keinen Empfang hat. Da ich an meiner Situation momentan nichts ändern kann, gehe ich weiter und genieße die Natur in vollen Zügen – ganz für mich allein.

Als aus erschlossenen Wegen Trampelpfade werden, muss ich mir eingestehen, dass der Wald sich in den letzten zehn Jahren verändert hat. Nichts sieht mehr aus wie damals.

Es ist Zeit, den Tatsachen ins Auge zu schauen.

Porscha, du hast dich verlaufen.

14

Romeo

Zurück im Hotel muss ich mir eingestehen, dass der Ausflug nur halb so stressig war, wie ich zunächst befürchtet hatte. Alle haben meinen Anweisungen Folge geleistet, niemand hat Müll entsorgt und zum Ende des Tages hin gab es sogar ein paar Wolken am Himmel, die uns wohltuenden Schatten gespendet haben. Meine beste Entscheidung war es, Porscha und ihren Verlobten ans Ende der Gruppe zu stecken. Auf die Art habe ich, bis auf den einen oder anderen Streit, weil ihrem geliebten Thomas die Füße wehtaten, nichts mitbekommen.

Kaum durch die Tür des Hotels getreten, stöhnt Porschas Thomas und hält sich die Hand auf den Magen. „Ich bin so hungrig. Wenn ich nicht wüsste, dass das Grünzeug in der Lobby aus Plastik ist, würde ich es anknabbern."

Wie bitte?

Mein Blick heftet sich an den lackierten Affen mit dem Sonnenbrand im Gesicht. Die Umgebungsgeräusche werden leiser, mein Ärger über seine passiv-aggressive Aussage größer.

Eingebildetes Großmaul.

Am liebsten würde ich ihn bitten, sich in Luft aufzulösen.

Mehrere Teilnehmer der Gruppe blicken Thomas mit verwirrter Miene an. Alle wirken von der Information überrascht, aber niemanden scheint es eine Erwiderung wert zu sein. Entweder sind alle zu erschöpft oder es stört keinen. Mich verwundern die verhaltenen Reaktionen nicht im Geringsten. Nur selten fällt einem Gast auf, dass ein Großteil der Pflanzen des *Hermosas Palmeras* Kunstobjekte und aus Plastik sind. Alejandra ist gut in dem, was sie tut. Ihre Preise und Promovierungen sprechen für sich. Hätte ich ihre Erlaubnis, würde ich ein paar ihrer Auszeichnungen einrahmen und in der Lobby aufhängen. Aber meine Schwester ist von jeher bescheiden und wenig auf Lob aus. Es gefällt ihr überhaupt nicht die Berühmtheit, oder das Aushängeschild, meines Hotels zu sein.

Vielleicht sollte ich mich über sie hinwegsetzen und ein paar ihrer Preise ausstellen. Als großer Bruder hätte ich das Recht dazu. Gleich neben dem Empfang, am besten in einer Vitrine. Das wäre ein guter Platz. Dann könnten sich Gäste wie dieser Thomas ihre selten dämlichen Kommentare sparen.

Wieso lässt Porscha ihren Verlobten überhaupt von der Leine? Warum weist sie ihn nicht zurecht oder bringt ihn wenigstens dazu, den Mund zu halten?

Zur Hölle! Wo ist sie überhaupt? Sie steht nicht bei dem Sprücheklopfer. Gerade habe ich meinen Ärger auf ein Minimum heruntergeschraubt, und beschlossen Thomas Bemerkung unkommentiert zu lassen, da zieht neuer in mir auf.

Suchend lasse ich meinen Blick über die Gruppe schweifen. Hugo ist da und verteilt gekühlte Getränke, die jeder gern annimmt. Schnell zähle ich durch. Eins, zwei, drei, vier, fünf ... neun.

Neun. Neun Personen und ich.

Einer fehlt. *Eine.*

Porscha ist nicht da.

Das Thomas genüsslich das gereichte Wässerchen schlürft und wenig panisch wirkt, lässt darauf schließen, dass er weiß, wo sich seine Verlobte aufhält. Sorgen scheint er sich um sie jedenfalls nicht zu machen. Vielleicht hat Porscha sich auf dem letzten Kilometer abgesetzt, um bei ihrer Mutter vorbeizuschauen. Das Haus von Valeria Kanz hat schließlich am Schluss auf unsere Route gelegen.

Neue Wut, dieses Mal auf meine Ex, flammt in mir hoch. Alle gehen los, alle kommen an. Das ist ein ungeschriebenes Gesetz, welches Porscha bekannt sein sollte. Hat die Zurechtweisung am Anfang und meine Missachtung auf der Tour sie derart verärgert, dass sie sich abgesetzt hat? Möchte sie mir einen Denkzettel verpassen? Mich zwingen, mich bei ihrem Verlobten nach ihr zu erkundigen?

Nein, das ist nicht Porscha. So sehr kann sich ihr Wesen in den letzten Jahren nicht verändert haben.

Mit stampfenden Schritten steuere ich auf Thomas zu. „Wo ist Porscha?", frage ich ihn ohne Einleitung.

Thomas trinkt in Ruhe weiter, um seine Mundwinkel herum spielt ein selbstgefälliges Lächeln. Nur aus den

Augenwinkeln mustert er mich. Es scheint ihm Freude zu bereiten mich zappeln zu lassen.

Meine Wut lässt mich mit den Zähnen knirschen und mein Kiefer verkrampft sich. Wäre ich nur halb so verantwortungsbewusst, wie ich bin, würde ich mich umdrehen und verschwinden. Dieses Machtgehabe ist absolut kindisch und lächerlich.

„Du siehst aus, als wolltest du mich beißen“, sagt Thomas, nachdem er die Flasche abgesetzt hat. So ruhig wie er getrunken hat, so ruhig schraubt er den Deckel auf die leere Flasche.

„Nein, danke. Kein Bedarf. Ich möchte nur wissen, wo deine Verlobte ist.“ Ich benutze absichtlich das Wort Verlobte. Er soll wissen, dass mir ihr Beziehungstand vollkommen egal ist. „Wenn wir Porscha auf der Tour verloren haben, muss ich das wissen.“

„Warum?“

Ist der Typ so naiv oder tut er nur so?

„Weil ich die Verantwortung für jeden trage, der mit mir wandert.“

Ein Nicken ist die Antwort. Ein Nicken und ein Starren auf den Boden.

„Keine Ahnung an welcher Stelle Porscha beschlossen hat ihren eigenen Weg zu gehen“, antwortet Thomas nach einer gefühlten Ewigkeit. „In einem Moment hat sie sich über meine Probleme, wegen der zu kleinen Schuhe beschwert und im nächsten Moment wollte sie weit hinter mir laufen. Quasi mit Abstand.“

„Vielleicht konnte sie dein Gejammer nicht ertragen.“

Thomas Augenbrauen ziehen sich bei meinen ehrlichen Worten zusammen. „Ich hatte Schmerzen. Die habe ich immer noch.“ Empört, weil mein Mitgefühl sichtbar gegen Null geht, zeigt er auf seine Schuhe, bei denen er bereits die Schnürsenkel gelockert hat.

Du meine Güte. Seine Problemchen sind mir gerade herzlich egal, Porschas allerdings nicht.

Wieso setzt sie sich ab und verhält sich wie eine blutige Anfängerin? Über so viel Unvernunft kann ich nur den Kopf schütteln.

Im nächsten Augenblick kommen mir erste Zweifel. Für ein solches Verhalten ist sie viel zu erfahren. So würde sie sich niemals aufführen. Es muss etwas passiert sein.

„Du bist dir sicher, dass sie nicht bei ihrer Mutter ist, für einen kurzen Besuch?" Nachher stelle ich einen Suchtrupp zusammen und meine Ex-Freundin sitzt gemütlich bei Kaffee und Kuchen in Valerias klimatisierter Küche. Das wäre ein Reinfall, auf den ich gern verzichten möchte.

„Nein, bei ihrer Mutter waren wir gestern. Da ist sie auf keinen Fall." Thomas tritt mit der Spitze gegen die Ferse des rechten Schuhs und schiebt ihn sich vom Fuß. Kaum hat er sich davon befreit, stöhnt er so laut auf, dass sich alle zu uns umdrehen.

Dieser Typ hat eindeutig ein Aufmerksamkeitsproblem.

„Wann hast du Porscha das letzte Mal gesehen?"

Thomas antwortet nicht, sondern befreit auch den linken Fuß aus seinem Gefängnis. Wieder stöhnt er auf. Dieses Mal, zum Glück, verhaltener. „Weiß nicht."

„Dann denk nach, verdammt!"

„Vor etwa vier Stunden", antwortet er widerstrebend, nachdem er einen Blick auf seine Uhr geworfen hat.

„Vor vier Stunden?"

Meint er das ernst? „Du hast Porscha vor vier Stunden zuletzt gesehen?" Meine Stimme zittert vor Fassungslosigkeit und fehlendem Verständnis. *Was stimmt mit dem Kerl nicht?*

„Hast du was an den Ohren?", blafft mich der Verpeilte an. „Genau das habe ich gesagt."

„Und da bist du zwischendurch nicht auf die Idee gekommen, mich zu gegebener Zeit darüber zu informieren, dass wir ein Mitglied der Gruppe verloren haben?" Von der Gleichgültigkeit erschüttert sehe ich zu, wie Thomas seine Schuhe in die Hand nimmt und Anstalten macht die Lobby zu verlassen. Macht er sich wirklich keine Sorgen oder ist er nur nicht bereit es vor mir zuzugeben?

„Reg dich ab, großer allmächtiger Trekkingführer!" Er wendet sich mir zu und jetzt bin ich mir sicher, er ist nur halb so gelassen, wie er tut. Seine verkniffene und leidgeplagte Miene spricht Bände. „Porscha kennt sich im Wald aus. Das hat sie mir unzählige Male erzählt. Sie ist ein großes Mädchen und wird schon klarkommen." Kaum ausgesprochen, dreht sich der Blödmann, der keine Courage hat, mich um Hilfe zu bitten, um und geht davon. Dass seine grauen Wollsocken an den Fersen blutige Stellen aufweisen, ist mir gerade kein Trost. Mit ihm hat Porscha sich wahrlich keinen Helden geangelt.

„Hugo ...", wende ich mich an meinen Manager, „... sollte eine Porscha Kanz, klein, blonde lange Haare und umwerfend große Augen, nicht in zehn Minuten durch den Hoteleingang marschieren, stellen wir einen Suchtrupp zusammen."

Vergangenheit

„Alejandra? Bist du bereit für ein paar Überlebensregeln?"

„Überlebensregeln? Ernsthaft?" Meine Schwester schnürt ihre Schuhe und sieht von unten zu mir hoch.

„Das ist kein längerer Sonntagsspaziergang, meine Kleine. Natürlich gibt es Überlebensregeln. "

„Ich bin zehn und kein Kind mehr. Außerdem sind du und Porscha bei mir. Zusammen habt ihr mehr Erfahrung als wir jemals bei irgendeiner Wanderung brauchen könnten. "

„Umso besser für dich. Trotzdem musst auch du dir über ein paar grundsätzliche Dinge im Klaren sein." Mit verschränkten Armen baue ich mich vor meiner zehnjährigen Schwester auf. „Sonst hebt unser Flugzeug heute nicht ab", witzele ich. Warum fühle ich mich gerade wie ein Flugbegleiter, kurz bevor er die Einweisung mit der Schwimmweste macht?

Alejandra schmunzelt, stellt sich hin und gibt mir mit einem Nicken zu verstehen, dass sie bereit ist, mir zuzuhören. „Also gut, großer Bruder, dann schieß los. Du hast meine volle Aufmerksamkeit. "

Na also. Geht doch. „Mentale Stärke ist enorm wichtig", starte ich meinen Vortrag und halte Augenkontakt. „Wer in einer Notsituation in Panik gerät, hat bereits verloren. "

15

Porscha

Karma, Schicksal oder Vorherbestimmung. Keine Ahnung was mich davon kalt erwischt hat, aber ich bin allein im Wald und habe mich verlaufen. Etwas, das ich heute Morgen noch nicht für möglich gehalten habe, ist eingetroffen.

Dass mein Fuß höllisch wehtut, ist auch keine Hilfe. Wenigstens hat er beschlossen, nicht anzuschwellen. Ich brauche den Schuh also nicht auszuziehen und auf der Socke durch den Wald zu humpeln.

Weil ich es versuchen muss, obwohl kein einziger Balken auf meinem Handy zu sehen ist, entsperre ich das Display und überlege, wen ich versuchen könnte, anzurufen. Thomas? Rom? Oder wähle ich direkt den Notruf? Zumindest einen Versuch, mir selbstständig Hilfe zu holen, muss ich starten. Wer weiß ... vielleicht habe ich Glück und der Anruf geht doch irgendwie raus, auch bei schlechtem bis gar keinem Empfang. Die Hoffnung stirbt bekanntlich zuletzt.

Ich entscheide mich für den Notruf, wähle und halte mir das Handy ans Ohr. Thomas ist nicht ortskundig und Rom möchte ich nicht anrufen. Er hasst mich. Mein Verhalten mag kindisch sein, aber der Notruf scheint die beste Wahl.

In der Regel sollte Rettung innerhalb von vierundzwanzig Stunden da sein. Aber dazu müssten die Bergretter erst mal wissen, dass ich verschwunden bin, und wo ich zu finden bin – das wäre auch nützlich.

Leider bleibt mein Versuch ohne Erfolg. Mein Handy ist tot.

Himmel ... was würde ich für ein GPS-Signal geben.

Auf einfaches Rufen kann ich getrost verzichten. Das kostet nur unnötig Kraft und bringt meist nichts. Nicht so weit ab von den befestigten Wegen.

Mich über mich selbst ärgernd, weil ich allein für mein Dilemma verantwortlich bin, stecke ich das Handy weg und bewege mich mit kleinen Schritten in die Richtung, in die ich glaube, gehen zu müssen. Es ist längst später Nachmittag, was bedeutet, dass die Zeit gegen mich arbeitet, weil sich der Tag dem Ende zuneigt. Je eher ich auf befestigten Wegen lande, desto besser. Trotz meiner prekären Lage ist es zu früh, um sich von Angst und Panik lähmen zu lassen. Ich bin schließlich nicht allein im Wald. Unzählige Touristen wandern durch den Kiefernwald im Naturpark von Barbate. Vielleicht stoße ich an der nächsten Ecke auf eine spät gestartete Gruppe. Alles ist möglich.

Auf irgendjemanden werde ich schon treffen, muntere ich mich auf.

Genau Porscha, du befindest dich schließlich nicht auf einer Expedition durch die Wildnis Alaskas. Keine

*klirrende Kälte und kein Eisbär bedrohen dein Leben.
Zur Not verbringst du eine Nacht im Wald. Das wäre
zwar wenig bequem, aber nicht lebensbedrohlich. Es
würde frisch werden, aber du würdest dir keine Erfrie-
rungen zuziehen.*

Kopf hoch.

Gerade will ich haltsuchend nach einem Baum greifen, da gibt der Ast unter meinen Füßen nach und zer-
bricht. Zum zweiten Mal an diesem Tag gerate ich aus
dem Gleichgewicht und muss mich abfangen, damit ich
nicht zu Boden gehe. Oder schlimmer noch ... mir den
Kopf anschlage und ohnmächtig werde.

Fluchend mache ich einen wackeligen Ausfallschritt
und werde von dem nächsten Ast behindert. Seit wann
bin ich so ungelenkig? An Tollpatschigkeit mangelt es
mir heute wirklich nicht.

„Aua! Verdammt!“

*Wann zum Teufel ist der Himmel so dunkel gewor-
den?* Irgendwie hatte ich gedacht, das Tageslicht würde
mir noch etwas länger erhalten bleiben. Wie naiv von
mir.

Weil das Glück heute offiziell nicht auf meiner Seite
steht, habe ich mir jetzt auch noch das Schienbein verletzt. Klasse! Durch die Hose hat das Mistding von Ast
mich gestochen. Natürlich ist es das Bein, das auch
schon ein schmerzendes Fußgelenk hat. Toll. Grandios.
Besser geht es nicht. Jetzt kann ich nur noch humpeln.

Die Dämmerung macht mein Vorhaben durch den
Wald zu irren, ohne zu wissen, wohin ich laufen soll,
wesentlich schwieriger. Schwieriger und gefährlicher.

Ich sollte den Tatsachen langsam ins Auge blicken.

Besser ich suche mir ein Plätzchen und harre aus. Die Alternative wäre, auf der Suche nach einem besseren Handyempfang in Bewegung zu bleiben.

Die Entscheidung wird mir abgenommen, als ich spüre, wie mein Hosenbein sich nass und klebrig an meine Haut legt. Auch meine Socke fühlt sich plötzlich feuchter und warm an.

Entsetzt und mit einem mulmigen Gefühl im Bauch lasse ich mich an Ort und Stelle zu Boden sinken und hebe das verletzte Bein hoch, um auf die Wunde zu drücken.

Verflixte Mistkacke! Muss denn eine Katastrophe die nächste jagen?

Ich blute ...

16

Romeo

Vor fünf Minuten ist Porschas Verlobter auf Socken zu den Aufzügen marschiert. Seit sich die Fahrstuhltüren geschlossen haben, überlege ich, ihm nachzugehen. Warum weiß ich selbst nicht. Für seine Leichtsinnigkeit gehört er gevierteilt.

Beruht sein Verhalten auf Unwissenheit oder hat er es unter Umständen darauf angelegt, dass Porscha unterwegs verloren geht? Habe ich mir die Sorgenfalten auf seiner Stirn nur eingebildet? Womöglich liebt er sie nicht und wollte sie auf subtile Art und Weise loswerden.

Nein. Stopp. Diese Gedanken grenzen an Lächerlichkeit und sind eindeutig meinen Sorgen geschuldet. Sorgen, die ich mir um jeden machen würde, der vermisst wird. Das hat nichts damit zu tun, dass ich Porscha früher geliebt habe.

Was für ein Dilemma.

Mit beiden Händen reibe ich mir über Wangen und Augenpartie. Meine Gesichtsmuskeln fühlen sich angespannt an. Nicht nur meine Gesichtsmuskeln, eigentlich alle Muskeln in meinem Körper. Von dem Knoten in meinem Magen, der sich mit jeder Minute mehr zusammenzieht ganz abgesehen.

Ich habe Mist gebaut und nicht auf das Schlusslicht der Gruppe geachtet.

Ich bin schuld – ich ganz allein.

Noch nie habe ich eine Person verloren, die mir auf einer Trekkingtour unterstellt war. Auch sonst habe ich niemals jemanden verloren. Es grenzt an Komik, dass ausgerechnet Porscha die Frau ist, die verschwunden ist.

Vor zehn Jahren habe ich sie verloren und heute … auch. Nur auf eine andere Art und Weise – eine schlimmere. Heute könnte sie ernsthaften körperlichen Schaden nehmen, wenn wir sie nicht vor dem Dunkelwerden finden. Obwohl die Tage heiß sind, wird es nachts extrem kalt. Schutzlos und ohne die nötige wärmende Kleidung, könnte sie sich eine Unterkühlung holen.

Komm runter. Porscha weiß, was zu tun ist. Ihr wird nichts geschehen. Die Gefahr, in der sie schwebt, ist überschaubar.

„Hugo?", rufe ich meinen Manager zu, der bereits wieder hinter der Anmeldung steht und mit einem Hotelgast spricht. „Ich gehe noch mal los. Informiere die Bergwacht und teile ihnen meinen Standort mit." Ich deute auf das Outdoor-Navigationsgerät an meinem Gürtel, das mit dem Computersystem des Hotels verbunden ist. Auf Handys ist in der freien Natur nicht immer Verlass, auf die Multi-Frequenz-Technologie dieses Schätzchens hingegen schon. Im Notfall oder an

Tagen wie heute, kann ich damit überall aufgespürt werden.

Weil ich plötzlich das Gefühl habe, dass jede Minute zählt, warte ich nicht, bis mein Manager mir das Okay gibt, verstanden zu haben, sondern steuere schnellen Schrittes den Ausgang an.

„Halt! Stopp!", höre ich jemanden hinter mir rufen. „Warte ... ich weiß, wo Porscha steckt."

Umgehend erstarre ich mitten in der Bewegung.

Langsam und gespannt, wie ein Flitzebogen drehe ich mich um. Thomas steht abgehetzt und immer noch ohne seine Schuhe am Ende der Treppe. Das Handy in der Hand, ein Grinsen im Gesicht.

„Ich habe sie geortet. Ich habe Porscha gefunden. Zuerst ging es nicht, aber als ich in der siebten Etage aus dem Fahrstuhl gestiegen bin, hatte ich plötzlich ein Signal." Er reicht mir sein Handy. Ungläubig starre ich auf den roten blinkenden Punkt, bevor mich Erleichterung überkommt und ich aufatmen kann.

Dieser Vorfall ist anders als der mit Alejandra. Eine Reise in die Vergangenheit fällt aus. Dem Himmel sei Dank.

Es kostet mich einiges an Selbstbeherrschung mir meine Emotionen nicht anmerken zu lassen. Vor diesem polohemdtragenden Großmaul werde ich ganz sicher keine Miene verziehen oder mir irgendetwas anmerken lassen. Nachher habe ich eine Klage oder wilde Schuldzuweisungen am Hals.

Meine wirren Gefühle für Porscha gehen nur mich etwas an.

„Zum Glück weiß ich, wo dieser Ort ist", sage ich und gehe mit Thomas Handy in der Hand zu Hugo. Der

Punkt bewegt sich nicht, das bedeutet, Porscha hat Schutz gesucht. Braves Mädchen. Dann hat sie keine Regel vergessen. Etwas, das sich wie Stolz anfühlt, und das ich nicht empfinden sollte, überkommt mich.

Mit dem Verlobten meiner Ex-Freundin im Nacken erkläre ich Hugo, wo ich hinwill und welchen Weg ich einschlagen werde. Mein Manager nickt und versucht, in meinem Gesicht zu lesen. Ich sehe ihm an, dass ihm einiges auf der Zunge brennt, und nicht nur Gutes.

Jetzt nicht. Später ist noch Zeit genug, um ihm zu erklären, woher ich Porscha kenne und warum ich mich gerade benehme wie ein überfürsorglicher Vater.

„Verstanden. Ich werde die Bergrettung informieren, aber sie bitten, auf deine Nachricht zu warten. Wenn diese Porscha …", er hebt eine Augenbraue, um mir etwas zu signalisieren, das ich nicht verstehe, „… sich nur verlaufen hat, bringst du sie allein zurück – ohne professionelle Hilfe."

„Genau. So machen wir es." Hoffentlich hat Porscha nur Schutz gesucht und liegt nicht ohnmächtig abseits der Wege. „Ich halte Kontakt", bestätige ich und klopfe erneut auf das Navi an meinem Gürtel.

„Kann ich mein Handy wiederhaben?", kommt eine Frage aus der zweiten Reihe.

Der Typ hat eindeutig zu wenig Hirnzellen.

„Nein!" Fassungslos starre ich ihn an. „Dein Telefon nehme ich mit. Ich möchte informiert sein, falls Porscha sich vorwärtsbewegt. Sonst kann es passieren, dass wir zehn Meter aneinander vorbeilaufen, ohne es zu wissen. Spätestens in einer halben Stunde setzt die Dämmerung ein, dann wird die Sicht schlechter."

Meine eigenen Worte erinnern mich daran, dass ich mich beeilen sollte.

Thomas zieht die ausgestreckte Hand zurück und nickt widerwillig. „Na gut." Seine Unterlippe schiebt sich, in einer lächerlichen Geste, die eher zu einer Frau als zu einem Mann passt, ein Stück weit vor.

„Gib mir bitte den Code, um das Handy entsperren zu können."

„Warum?" Er verschränkt die Arme vor der Brust und presst die Lippen aufeinander.

Was für eine Niete. „Stell dich nicht dumm. Wenn das Display ausgeht, muss ich es wieder einschalten können. Keine Sorge ...", ich rolle mit den Augen „... deine geheimen Pornofilmchen interessieren mich nicht."

Mit einem Blick, der mich einen Besserwisser schimpft, löst Thomas die Arme und nennt mir die sechsstellige Zahl.

Na endlich.

„Danke. War doch gar nicht so schwer." Am liebsten würde ich ihn fragen, warum er seine Verlobte getrackt hat, aber das geht mich nichts an. Keine Ahnung welche Art von Beziehung die beiden führen. Schwer vorstellbar, dass Porscha sich wie ein Kleinkind von einem Mann wie Thomas überwachen lässt. Mir hätte sie das niemals erlaubt. Sie hat sich sogar darüber aufgeregt, dass ich den Ortungsdienst auf Alejandras Handy einstellen wollte, als meine Schwester noch jünger war. Das würde Alejandras Privatsphäre verletzen, hat sie mich zurechtgestutzt.

„Sollte Porscha sich nur verlaufen haben, sind wir in zwei Stunden zurück. Wenn sie verletzt ist, informiere ich die Bergwacht und lasse sie ins Krankenhaus bringen. Hugo kann dich in dem Fall informieren."

„Danke. Sollte Porscha tatsächlich verletzt sein, solltest du wissen, dass sie Blutverdünner einnimmt. Eine offene Wunde oder eine Stoßverletzung könnte unverhältnismäßig stark bluten."

Die Information kommt überraschend. Im ersten Moment fällt mir keine Antwort ein, so sprachlos bin ich. Früher hat Porscha keine Medikamente einnehmen müssen.

Da jetzt keine Zeit für Nachfragen ist, nicke ich einfach. „Ich muss los."

„Alles klar. Pass auf mein Handy auf, es ist nagelneu und kein Billiggerät."

Reg dich nicht auf, Rom. Porscha würde es bestimmt nicht gefallen, wenn du dieser Nervensäge den Hals umdrehst.

„Ich muss mich beeilen."

Nicht zu fassen. Dem Armleuchter scheint sein Handy wichtiger zu sein als seine Verlobte. Unter Umständen fällt mir sein nagelneues *Nicht-Billiggerät* runter und schlägt auf einen spitzen Stein auf.

Hin und wieder, vor allem in Fällen, wo Menschen mich extrem nerven, bin ich ungeschickt darin etwas festzuhalten.

Vergangenheit

„Alejandra?
„Ja?"

*Hast du alle Überlebensregeln verstanden?", frage
ich, nachdem ich meinen Vortrag abgeschlossen habe.
„Hast du mir überhaupt zugehört?"*

*„Jaaaaaa ... natürlich! Alles abgespeichert." Sie tippt
sich mit dem Finger an die Stirn. „Ich bin bereit für die
Tour."*

17

Porscha

Es wird langsam dunkel. Mein rechtes Bein an einem Baumstamm hochgelagert, starre ich in den düsterwerdenden wolkenlosen Himmel zwischen den Kiefernzweigen. Wenn mein Ich von früher mich so sehen könnte, das Bein mit einem behelfsmäßigen Druckverband fast senkrecht gelagert und mutterseelenallein, abseits der Wege, würde es mich bis ins dorthinaus verfluchen. Zurecht. Ich habe mich nicht nur wie eine Anfängerin verhalten, ich habe auch kein Erste Hilfe-Kit auf die Tour mitgenommen. Und dass, obwohl mir bewusst war, dass ich aufgrund meiner Gerinnungsstörung gefährdeter bin als andere. Leichtsinniger geht es wohl kaum.

Im Grunde genommen hätte ich Rom, heute Morgen, vor Antritt, über meinen Zustand informieren müssen. Aber ich hatte Angst, er würde meine Blutgerinnungsstörung als Grund vorschieben, mich auszugrenzen. Mich eventuell sogar zwingen im Hotel zu bleiben.

Schließlich hatte er so viel Lust mich auf die Wanderung mitzunehmen, wie ich Lust habe jetzt hier zu liegen und in den Himmel zu starren. Dass er mich ans Ende der Gruppe geschoben hat, ist mir Beweis genug.

Die Tatsache, dass ich Thomas angefahren und mich nicht angemessen um seine wunden Füße gesorgt habe, hat die Abwärtsspirale in Gang gesetzt. Warum habe ich nur frühzeitig so viel Abstand zu ihm und der Gruppe gelassen? Da das nicht meine erste anspruchsvolle Wanderung ist, hätte ich aufmerksamer sein müssen. Ich hätte mich nicht ablenken lassen und den Anschluss nicht verlieren dürfen.

Leider bringen meine Selbstvorwürfe mich keinen Schritt weiter. Sie demotivieren mich lediglich und lassen mich an mir selbst zweifeln.

Könnte Rom mich jetzt sehen, wäre ich geliefert. Ich würde eine meiner Nieren darauf verwetten, dass er mit dem Kopf schütteln und mich anschließend anschreien würde. Unvernünftig, leichtsinnig und selten dämlich wären Wörter, die er in den Mund nehmen und mir vor den Latz knallen würde.

Und du könntest es ihm nicht mal ankreiden, weil er zu hundert Prozent Recht hätte.

Obwohl es das Letzte ist, was ich möchte, schleicht sich eine Träne in meinen Augenwinkel. Sie hält sich wacker am Rand und in Warteposition. Jetzt bloß nicht blinzeln. Vielleicht zieht sie sich wieder zurück.

Meine Situation beweinen, ist das Letzte, was ich will.

Bitte nicht. Ich möchte keine Heulsuse sein, die Anfängerfehler macht.

In der Hoffnung, dass meine provisorische Erstversorgung endlich Wirkung zeigt, löse ich vorsichtig den

Druck, den ich mithilfe eines Stöckchens auf die Wunde ausübe. Wofür ein Stück abgerissener T-Shirt-Saum gut sein kann.

Kaum lässt das Druckgefühl nach, spüre ich, wie mir Wärme in den unteren Teil meines Beines schießt. Verdammt! Womöglich habe ich zu schnell und früh losgelassen.

Mit zusammengekniffenen Augen spanne ich die Bauchmuskeln an, ziehe mich hoch und versuche, im Dämmerlicht, das Gesicht nah über der Wunde, etwas zu erkennen. Die Hose habe ich mir bis zum Knie aufgerissen. Ungern möchte ich mit dem Handy für Licht sorgen. Wer weiß, wofür ich den Akku noch brauche. Hin und wieder tauchen tatsächlich zwei Balken in der oberen rechten Ecke auf. Bis jetzt hat es nicht geklappt zur Notrufzentrale durchzukommen, aber das muss nichts heißen. Eventuell habe ich später noch Glück. Ein wenig Hoffnung habe ich jedenfalls.

Zurück zu dem Wichtigsten meiner vielen Probleme.

Die Blutung ist weniger geworden, aber aufgehört hat sie nicht. Obwohl mir bereits die Finger wehtun, drehe ich das Stöckchen und baue mit dem Stoffstreifen erneut Druck über der Wunde auf. Weniger als zuvor, aber hoffentlich so viel, dass ich nicht an Ort und Stelle verblute.

Wie viel Blut kann ein Mensch verlieren, bevor es kritisch wird? Irgendwo habe ich mal gelesen, dass ein Liter bei einer zierlichen Person schon zum Problem werden kann.

Nachdenklich sehe ich auf den Waldboden. Ist das ein Liter Blut?

Nein ... wohl eher nicht. Letzte Woche ist mir eine Milchpackung aus dem Kühlschrank direkt auf den Boden geknallt und geplatzt. In meiner Küche war eindeutig mehr Milch, als hier Blut ist. Natürlich könnte ich aufgrund der aktuellen minütlich schlechter werdenden Lichtverhältnisse und dem Feuchtigkeit aufsaugenden Waldboden auch falsch liegen, aber da mir noch nicht schwindelig ist ...

Wird schon gut gehen. Schließlich bin ich auch kein bisschen zierlich. Höchstwahrscheinlich kann eine Frau mit meiner Körperstatur locker mit einem größeren Blutverlust umgehen.

Bein hochlegen.

Blutzufuhr abdrücken.

Warten.

Immer wieder versuchen den Notruf abzusetzen.

Mehr kann ich in meiner misslichen Lage nicht tun. Leider. So leichtsinnig und unbesonnen, mit dem verletzten Bein loszumarschieren, bin ich dann doch nicht. Den Fehler vermeide ich lieber, denn Fehler habe ich heute wahrlich genug gemacht.

Thomas müsste sich längst fragen, wo ich abgeblieben bin. Zunächst wird er vor sich hin köcheln, weil ich ihm und seinen Schmerzen zu wenig Beachtung geschenkt habe. Unter Umständen möchte er es mir mit gleicher Münze heimzahlen und ignoriert mein Fehlen vorerst, so wie ich ihn ignoriert habe. Leider ist mein Verlobter hin und wieder etwas klein kariert. Aber irgendwann wird er sich Sorgen machen, mich suchen und im Hotel um Hilfe bitten. Ihm war es schließlich nicht mal recht, dass ich mich überhaupt auf diesen

Ausflug begeben habe, weil ich durch meinen Zustand gefährdeter bin als andere.

Schuldgefühle und Erkenntnis treffen mich mit voller Wucht.

Ich werde mich bei Thomas entschuldigen und mit gesenktem Haupt zu Kreuze kriechen müssen, für mein Desinteresse an seinen schmerzenden Füßen und für mein Abtun einer Gefahrensituation, die er vorausgesehen hat.

Wie ich meinen Zukünftigen kenne, wird er mir meine maßlose Fehleinschätzung in zehn Jahren noch aufs Brot schmieren.

Erst mal muss dich jemand finden, Porscha.

Jetzt ist die Träne doch aus meinem Augenwinkel gerollt.

Hör auf! Reiß dich zusammen!

Rettung wird kommen. Ganz bestimmt. Du bist nur ein wenig vom Weg abgekommen. Nicht die Hoffnung verlieren.

Ein Ast knackt. Ich höre es laut und deutlich. Entweder ein Tier oder ... Hilfe?

Bitte lieber Gott, lass es Hilfe sein.

„Hallo?", rufe ich etwas zögerlich und viel zu leise. Aber, sollte es ein Tier sein, möchte ich es lieber nicht auf mich aufmerksam machen. Zu meiner Schande muss ich gestehen, dass ich mir nicht sicher bin, welches Getier sich hier im Naturpark um diese Jahreszeit aufhält und ob es für mich gefährlich sein könnte.

In der Regel geht die Gefahr in Spanien eher von Schlangen oder Spinnen aus. Auch Skorpione gibt es hier, deren Stich zwar schmerzhaft, aber nicht giftig ist. Trotzdem möchte ich nicht ausschließen, dass sich der ein oder andere Luchs hier herumtreibt. So genau habe ich mich damit noch nie beschäftigt.

Ich bin wirklich erbärmlich schlecht vorbereitet.

„Hallo?", rufe ich erneut, dieses Mal entschlossener und mit fester Stimme. Um mich festzuhalten oder mich verteidigen zu können, greife ich nach dem Ast, der neben mir liegt.

„Porscha?", kommt die Antwort laut und deutlich.

Beim Klang der Stimme, die ich überall erkennen würde, durchströmt mich Erleichterung wie ein Schnellzug mit doppeltem Turboantrieb. Ein Knoten, von dem ich gar nicht wusste, dass er auf meiner Brust liegt, löst sich und erleichtert mir das Atmen.

„Hier. Ich bin hier!", rufe ich und schalte das Handy ein, um die Taschenlampen-App zu aktivieren. Ohne das Bein vom Baum zu heben, winke ich mit dem leuchtenden Handy über meinem Kopf von rechts nach links. Ich hole soweit aus wie möglich und rufe noch mal: „Ich bin hier."

Danke. Danke. Danke.

Ein griesgrämiges Brummen ist zu hören, das mir in den letzten Tagen vertrauter denn je geworden ist. Noch nie war ich so froh, mich von einem Mann anbrummen zu lassen.

Romeo Alejandro Ximénez ist da! Mein Schutzengel.

Als Rom näherkommt, lasse ich den Arm sinken und atme lange aus. Zum Glück brauche ich die Nacht nicht im Wald zu verbringen. Dankbarkeit gepaart mit einem Wirrwarr aus Gefühlen, endlich loslassen zu können, überkommen mich. Sogar meine Augen werden feucht.

Meine Rettung hat eine Lampe dabei und erhellt die Gegend um mich herum.

„Rom." Meiner Stimme ist die unendliche Erleiterung anzuhören. Nur mit Mühe kann ich ein Schluchzen zurückhalten. Bei den Tränen habe ich längst aufgegeben. Sie rollen unaufhaltsam über meine Wangen und sorgen dafür, dass ich nachher verschmierter denn je aussehen werde.

„Porscha." Mein Name klingt aus seinem Mund wie ein Schimpfwort und lässt mich jeden Gedanken an mein Aussehen vergessen.

Da ist aber jemand sauer. Vielleicht halte ich meine überschäumende Freude, gefunden worden zu sein, noch einen Moment zurück.

Sekunden später ist Rom so nah, dass ich seine verbissene Miene erkennen kann. Die Gesichtszüge wirken bei dem wenigen Licht scharfkantiger als sonst und seine Nasenflügel blähen sich leicht auf, als würde er schwer atmen. „Da bist du ja ... zum Glück." Seine Kehle bewegt sich, als er schluckt.

„Ja." Meine Stimme bricht und die Tränen laufen weiter. „Hier bin ich."

„Geht es dir gut?" Sein Lichtstrahl trifft mich mitten im Gesicht, sodass ich für den Moment geblendet bin. Mit einem Fluchen lässt er erst die Lampe und anschließend seinen Blick zu meinem hochgelagerten Bein wandern. „Dir geht es nicht gut", stellt er fest und betrachtet das Stöckchen, mit dem ich den Druck auf die Wunde stabil halte. „Du bist verletzt." Sein Tonfall ist angespannt, die Ruhe, die ich kurz in seinen Augen habe aufblitzen sehen, ist verschwunden.

„Irgendwie ... ja. Im Grunde ist es nichts Wildes, nur ein dummer Kratzer, der nicht aufhören will zu bluten.“

„Was ist passiert? Bist du gestürzt?“ Rom geht in die Hocke und betrachtet mein Schienbein, bevor ich zu einer Antwort ansetzen kann. „Der Schnitt scheint tiefer zu gehen, als es äußerlich den Anschein hat.“ Während er das sagt, zieht er ein Erste-Hilfe-Kit aus der Seitentasche seiner Cargo-Shorts und holt das Verbandzeug und einige Kompressen heraus.

„Äh ...?“ *Was sage ich jetzt am besten?*

Sobald ich ihm erkläre, dass ich Gerinnungshemmer einnehme und deshalb vermehrt stark blute, wird er mir an Ort und Stelle den Kopf abreißen. In dem Fall habe ich mein schönes Leben verwirkt. Kurz überlege ich, ob ich die Tatsache verschweigen soll, aber irgendwie muss ich ins Hotel zurück. Entweder wir versuchen es gemeinsam oder die Bergrettung muss kommen. Die erste Variante würde mir besser gefallen.

Mir bleibt also nichts übrig, als Rom reinen Wein einzuschenken und zu beten, dass er meinen Kopf unversehrt an Ort und Stelle lässt. Schweigen ist in meiner Situation keine Lösung, dessen bin ich mir bewusst.

„Bist du noch irgendwo anders verletzt?“ Er entfernt das Stöckchen und wickelt fachmännisch und mit genügend Druck, als wäre er in einem vorherigen Leben Rettungssanitäter gewesen, eine Bandage um mein Bein.

„Nein, nur das rechte Schienbein hat etwas abbekommen.“

Sag es ihm.

„Seit wann sitzt du hier?" Der Verband ist fertig. Als wären wir bei einem Verhör, leuchtet er mir wieder ins Gesicht, sodass ich die Augen zusammenkneifen muss.

„Vor zwei Stunden bin ich gestolpert und habe mich an einem hochstehenden Ast verletzt." Ein Lachen, das nicht lustig klingt, kommt mir über die Lippen. „Nie hätte ich es für möglich gehalten, dass ich das mal sagen würde: Aber ... ich habe mich verlaufen. In meinem eigenen Wohnzimmer habe ich mich verlaufen." Erneut lache ich. Es klingt schrill und nicht, wie ich sonst lache. „Jemand hat in den letzten zehn Jahren offensichtlich die Möbel umgestellt", witzele ich, immer noch fassungslos.

Rom tastet unglaublich vorsichtig mein Fußgelenk ab. Gut möglich, dass es in der letzten Stunde angeschwollen ist. Die Lichtverhältnisse waren zu schwach, um es überprüfen zu können. „Der Wald verändert sich jedes Jahr. Du warst lange weg, da kann das passieren." Höre ich Schuldgefühle aus seiner Stimme heraus? Fühlt er sich verantwortlich, weil ich unter seiner Führung verloren gegangen bin? Ein solches Denken wäre typisch für Rom.

„Es war mein Fehler. Ich hätte es besser wissen müssen", fühle ich mich genötigt zu sagen. „Wäre ich am Ende der Gruppe geblieben und hätte den Abstand zu Thomas nicht vergrößert, wäre das alles nicht passiert. Ich habe mich und meine Fähigkeiten überschätzt."

„Das hast du wohl." Rom drückt eine besonders empfindliche Stelle über meinem Knöchel.

„Aua. Vorsicht." Etwas zu schroff schiebe ich seine Hand weg. „Ich bin froh, dass ich die Blutung so gut wie gestoppt habe. Wenn du daran rumdrückst, fängt es nur wieder an."

Undeutbare Emotionen und Fragen huschen über Roms Gesicht, verschwinden aber, bevor ich mir meinen Teil dazu denken kann. „Kannst du laufen?"

„Keine Ahnung. Aber ich würde es gerne versuchen", antworte ich und stelle das verletzte Bein auf den Boden, sodass es sich an die tiefergelagerte Position gewöhnen kann. „Aber bevor du mir eine Hand reichst, um mir aufzuhelfen, muss ich dir noch etwas gestehen." Höchste Zeit, die Karten auf den Tisch zu legen.

Rom hebt die Lampe, blendet mich dieses Mal aber nicht. „*Was?*" Misstrauen schwingt mit. Mein Ex-Freund kennt mich gut und weiß daher, dass Unangenehmes vor der Tür steht.

Augen zu und durch.

„Anfang des Jahres wurde bei mir eine Gerinnungsstörung entdeckt", sage ich mit einem leidgeplagten Seufzen. „Bis alles geklärt ist und die Untersuchungen abgeschlossen sind, muss ich Blutverdünner einnehmen." Mit dem Kinn nicke ich in Richtung der Verletzung. „Nur aus dem Grund blutet der kleine Kratzer so stark."

Rom antwortet nicht. Er sieht mich nur an, als hätte ich ihm gerade erzählt, die Erde wäre eine Scheibe und wir würden über den Rand fallen, wenn wir uns von hier wegbewegen.

Diese steile Falte zwischen seinen Augenbrauen hat schon früher nie etwas Gutes bedeutet. Innerlich wappne ich mich für die Strafpredigt, die mich unweigerlich treffen wird.

„Dein Verlobter hat mir bereits davon erzählt, bevor ich los gegangen bin, um dich zu suchen. Warum hast du mir das nicht heute Morgen vor Beginn der Tour erzählt?" Seine Stimme ist trügerisch sanft. Lediglich, dass er die freie Hand zur Faust geballt hat, zeigt mir, wie wütend er tatsächlich ist. Rom die Gewitterwolke. So habe ich ihn früher immer genannt, wenn er außer sich war und versucht hat sich unter Kontrolle zu halten.

„Warum ich es dir nicht erzählt habe?" Auch bei mir steigt das Gewitterrisiko. „Weil du mich behandelt hast, als wäre ich der Staatsfeind Nummer eins. Du hättest mich nicht mitgenommen, wenn du es gewusst hättest."

Natürlich habe ich mit meiner Aussage den Nagel auf den Kopf getroffen. Das wissen wir beide.

„Stimmt. Hätte ich nicht." Mit einer einzigen fließenden Bewegung richtet Rom sich auf und geht ein paar Schritte von mir weg. Auf Spanisch fluchend bückt er sich, hebt einen Ast auf und schleudert ihn in die Dunkelheit.

18

Porscha

„Es tut mir leid", sage ich, als Rom zu mir kommt und mir die Hand reicht, um mir aufzuhelfen.

„Das sollte es auch." Sein Blick ist eindringlich, aber auch besorgt. Anscheinend regt er sich auch über sich selbst auf. Ich bin nicht der einzige Grund für seine schlechte Laune.

Mich an ihm festhaltend, suche ich nach meinem Gleichgewicht. „Könntest du mich beim Gehen stützen? Die Blutung hat zwar vorerst aufgehört, aber sobald ich den Fuß abrolle, besteht die Gefahr, dass es wieder losgeht." Mir kommt ein Gedanke. „Mit einem starken Ast als Gehhilfe könnte es auch funktionieren."

„Ich trage dich."

„Wie bitte?", frage ich nach. Der Vorschlag kann unmöglich ernst gemeint sein. „Nein! Ganz sicher wirst du mich nicht tragen. Wenn ich mich auf deiner Schulter abstützen kann oder wir einen geeigneten Ast finden, wird Laufen kein Problem sein." Ein verlegenes Räuspern kommt mir über die Lippen. „Ist dir nicht aufgefallen, dass meine Hüften in den letzten Jahren um einiges runder geworden sind?"

Habe ich das tatsächlich gerade gefragt?

Rom grinst. Es ist das erste echte Grinsen, das ich bei ihm entdecke, seit wir uns wiedergesehen haben. Und es ist im Dämmerlicht deutlich zu erkennen, da er die Lampe noch nicht ausgeschaltet hat. „Deine Hüften sind der Hammer. Natürlich sind sie mir aufgefallen." Als ihm bewusst wird, mit welcher Bewunderung er gesprochen hat, senkt er den Blick und räuspert sich. „Ich werde dich huckepack tragen. Das ist kein Problem für mich. Wir sind näher am Hotel, als du denkst. Vertrau mir. Es ist nicht weit nach Hause."

„Niemals. Ich wiege eine Tonne", protestiere ich. Hoffentlich kann Rom bei dem schlechten Licht nur erahnen, dass mir die Röte den Hals heraufkriecht.

„Nein, wiegst du nicht." Rom packt das Verbands-Kit und die jetzt leere Umverpackung weg und befestigt die Lampe an seinem Gürtel, sodass er die Hände frei hat.

Bitte nicht. Erbarmen ... ich hatte genug Demütigung für einen Tag.

Ein Stöhnen, das mehr verzweifelt als genervt klingt, entschlüpft mir. Ich möchte Rom keine Umstände machen. Es ist mir unangenehm, weil er offensichtlich beschlossen hat, mich für den Rest meines Lebens zu verachten. Dieser nachtragende Mensch vor mir hat nichts mit meinem Freund von früher gemein. Vor zehn Jahren wäre ich in der gleichen Situation mit Freude und Anlauf auf seinen Rücken gesprungen, aber jetzt ...

„Porscha." Streng und eindringlich sieht er mich an und vergrößert damit das unbehagliche Gefühl, welches sich mehr und mehr in meinem Magen breit macht. „Entweder trage ich dich oder ich funke die Bergrettung an. Deine Entscheidung.“

Auf keinen Fall. Das ist Erpressung.

„Wir können nicht die Bergrettung rufen. Nicht für einen harmlosen Kratzer, der nur ein großes Pflaster benötigt.“

„Sehe ich auch so.“ Er wendet mir den Rücken zu und geht in die Hocke. „Hüpf rauf.“

Ich zögere – starre auf seine breiten einladenden Schultern. *Wie wird es sich anfühlen mit Rom auf Tuchfühlung zu gehen? Wird mich ein elektrisierendes Kribbeln erfassen, so wie es früher der Fall war, wenn wir uns in innigen Momenten berührt haben? Soll ich meine Arme um seinen Hals schlingen oder es lieber bleiben lassen?*

„Porscha!“

„Ist ja schon gut.“ Übervorsichtig lege ich meine Hände auf seine Schultern, die sich im Vergleich zu früher um einiges muskulöser anfühlen, und drücke meinen Körper gegen seinen Rücken. Bevor ich ihm sagen kann, dass ich bereit bin, hat Rom seine Arme unter meine Oberschenkel geschoben und ist aufgestanden.

„Geht es so?“ Er fasst nach und schiebt mich höher.

„Ich bin zu schwer“, antworte ich, obwohl Rom kaum Mühe hatte mit mir auf seinem Rücken aufzustehen.

Du meine Güte, jetzt erfasst mich doch ein wohliges Kribbeln. Mein Ex-Freund riecht genau wie früher. Nach Holz, Sonne und frischer Wäsche. Wobei der frische Wäscheduft bereits zu verblassen beginnt. Mir ist aufgefallen, dass seine Kleidung die gleiche ist, wie heute Morgen und deshalb nicht mehr ganz frisch sein kann. Zum Glück. Es würde mich stören, wie ein dreckiger Iltis zu stinken, während er sauber und wohltuend nach Weichspüler duftet.

Rom setzt sich in Bewegung. Die Lampe an seinem Gürtel leuchtet uns den Weg.

„Bist du nicht", antwortet er verspätet auf meinen Kommentar, dass ich zu schwer bin. *Ob es sich für ihn ebenfalls komisch anfühlt mir so nah zu sein?* Die Antwort darauf sollte ich nicht wissen wollen. *Was ist nur los mit mir?*

„Wenn ich aus dem Urlaub zurück bin, werde ich eine Diät machen." Keine Ahnung, warum ich das Bedürfnis verspüre, ihm das mitzuteilen. Vielleicht, um mich von seinem Duft abzulenken.

Rom stößt ein Glucksen aus und schüttelt den Kopf. Dabei bewegt sich sein Oberkörper, sodass ich nun doch gezwungen bin meine Arme um seinen Hals zu schlingen, damit ich nicht nach hinten kippe.

„Möchte dein Verlobter das?", fragt er, mit Verachtung in der Stimme.

„Nein, er hat es nicht direkt von mir verlangt", nehme ich Thomas in Schutz. „Aber er hat sich über verschiedene Schlankheitskuren informiert und mich gebeten ihn bei seiner Diät zu unterstützen, indem ich mitmache."

„Armleuchter."

Spielerisch, wie wir eigentlich nicht mehr miteinander umgehen, gebe ich ihm einen Klaps auf die Brust. „Sei still. Du kennst den Mann nicht, den ich heiraten möchte. Thomas darf sich durchaus wünschen, dass seine Zukünftige für das Brautkleid ein paar Kilos abwirft. Vor allem, wenn er selbst bereit ist, abzuspecken. Meine Hüften sind nun mal ausladend.“

Rom fasst nach, verlagert mein Gewicht auf seinem Rücken und schiebt seine Hände unter meinen Hintern. „Dein Po und deine Hüften sind der Traum eines jeden Mannes.“ Er tätschelt mich vertraut. „Lass dir bloß nichts anderes einreden.“

Plötzlich fühle ich mich seekrank. Und das liegt nicht an dem Schaukeln, das von Roms Rücken ausgeht. Mein Ex-Freund hat es schon früher verstanden, mir Komplimente zu machen.

Dein Don Juan!

Da ich das Thema nicht weiter diskutieren möchte – meine zunehmende Seekrankheit verwirrt mich –, sage ich einfach nur: „Danke.“

Die nächsten Minuten schweigen wir gemeinschaftlich.

Offensichtlich bin ich wirklich nur minimal vom Weg abgekommen, denn als wir um die nächste Biegung kommen, weiß ich plötzlich wieder, wo ich bin.

„Wenn ich gewusst hätte, dass das Hotel so nah ist, wäre ich womöglich doch losgestapft“, durchbreche ich die Stille.

„Wahrscheinlich.“

„Lass mich bitte runter“, sage ich und bewege mich auf seinem Rücken.

„Warum? Nur, weil dir gerade eingefallen ist, wo wir sind?“ In seiner Stimme liegt Belustigung.

„Mich von dir durch den Wald tragen zu lassen ist okay, aber gleich kommt die Straße und dann das Hotel. Ich möchte allein in die Lobby gehen.“

„Dann haben wir ein Problem. Denn du bist immer noch verletzt und ich möchte dich und dein Bein schonen."

„Rom!"

„Porscha!"

„Du bist unmöglich." Erneut gebe ich ihm einen Klaps auf die gestählte Brust, bevor ich mich wieder an seinen Rücken schmiege. Diese Diskussion werde ich verlieren, da kann ich auch gleich aufgeben.

Wie von mir vermutet ernten wir neugierige Blicke, als wir in die Straße vor dem Hotel einbiegen. Ich möchte gar nicht wissen, wie mein vom Dreck und Heulen verschmiertes Gesicht aussieht. Zum Glück ist bereits Zeit zum Abendessen und ein Großteil der Touristen sitzt im Speisesaal. Meine peinliche Rückkehr ins Hotel bleibt somit den meisten erspart.

In der Lobby steuert Rom die bequemen Sessel neben der Sitzgruppe an und setzt mich langsam ab. Schwankend aber froh endlich im Hotel zu sein, seufze ich und lasse mich auf einen der Sessel fallen. Mein verletztes Bein strecke ich aus.

„Alles okay?" Rom sieht erst in mein Gesicht und anschließend auf den Druckverband. „Du musst nach dem Duschen eine antiseptische Salbe auftragen und die Wunde neu verbinden. Ich lasse dir alles Nötige in die Suite bringen." Er hebt den Blick und sieht mir direkt in die Augen. „Solltest du Hilfe brauchen, scheue dich nicht Hugo an der Rezeption Bescheid zu geben. Er kann alles regeln. Wir können sogar einen Arzt ins Hotel kommen lassen, sollte das nötig sein."

„Danke." Nickend knete ich meine Finger. Wo kommt die Verlegenheit plötzlich her? „Aber ich denke, ein

Arzt ist nicht nötig. Die Wunde muss sicher nicht genäht werden."

„Gibst du deinem Verlobten sein Handy zurück?" Rom greift in seine hintere Hosentasche und reicht mir das Gerät.

„Du hast Thomas Smartphone?" Meine Überraschung könnte nicht größer sein.

„Jep. Über die Verbindung habe ich dich aufspüren können. Er hat dein Handy getrackt."

„Wie bitte?" Das kann nicht sein. Davon müsste ich schließlich wissen.

„Du wusstest nicht, dass er jederzeit sehen kann, wo du dich aufhältst?" Unglaube kombiniert mit Misstrauen zeigen sich auf Roms Miene. Er kennt mich in und auswendig und weiß genau, wie wichtig mir Privatsphäre und Unabhängigkeit sind.

„Nein, ich hatte keine Ahnung." Ein schockähnlicher Zustand lässt mich erstarren.

„Wie ist das möglich, wenn ich ihm keine Erlaubnis dazu erteilt habe?"

Rom stupst mich mit dem Fuß an und unterbricht das Gedankenkarussell, das gerade Fahrt aufnehmen will. „Kümmere dich um dein Bein und kläre den Rest später."

„Das ist wahrscheinlich ein weiser Rat." Immer noch nachdenklich stecke ich Thomas neues Smartphone in die Hosentasche. „Danke für deine Hilfe." Etwas umständlich erhebe ich mich. „Entschuldige noch mal, dass ich leichtsinnig war und dich im Vorfeld nicht über meinen Zustand in Kenntnis gesetzt habe."

Ein paar Herzschläge lang starren wir uns an und schweigen.

Versucht Rom gerade ein Mundwinkelzucken unter Kontrolle zu bekommen?

„Warum grinst du?"

„Wenn ich dir das sage, wirst du sauer auf mich sein."

„Werde ich nicht." Das ist eine faustdicke Lüge. Meine Nervenstränge sind nach dem heutigen Tag reichlich überstrapaziert. Eine falsche Andeutung und ...

„Also gut." Jetzt grinst der Mistkerl breit und sehr zufrieden. „Dir hat ein Vogel auf den Kopf gekackt." Mit gerümpfter Nase deutet er auf eine Stelle neben meinem Scheitel.

Bevor ich antworten kann, hat Rom das Weite gesucht.

19

Romeo

Ich bin ein Idiot.

Du bist ein Idiot.

Porscha riecht wie früher und fühlt sich an wie früher. Nein, sie fühlt sich anders an – besser. Ihr warmer Körper dicht an meinen Rücken geschmiegt, hat etwas mit mir gemacht. Dass mir das Blut umgehend eine Etage tiefer geschossen ist, war nicht mein einziges Problem. Die Situation hatte etwas Vertrautes an sich, das mir ausgesprochen gut gefallen hat. Mehr gefallen hat, als es sollte.

Grundgütiger. Ich fühle mich, als hätte ich in den letzten Stunden eine Gehirnwäsche bekommen. Porscha ist nicht gut für mich, sie ist eine Persona non grata. Mein Beschluss, sie nicht mehr zu mögen, darf nicht ins Wanken geraten. Das wäre Alejandra gegenüber nicht fair. Nur ihretwegen hat meine Schwester sich beinahe ins Unglück gestürzt.

Warum hat Porscha nur so verdammt bemitleidenswert ausgesehen, mit ihrem verheulten Gesicht und der

Vogelkacke auf dem Kopf? Sie muss zwischenzeitlich vollkommen durch den Wind gewesen sein, sonst hätte sie bestimmt gemerkt, wie der grünliche Schiss sie am Kopf getroffen hat.

Obwohl ich mich innerlich dagegen sträube, muss ich mir eingestehen, dass ich zu gern mehr über ihre Blutgerinnungsstörung erfahren hätte. Es hat mich sämtliche Mühen gekostet, den Mund zu halten und sie nicht mit Fragen zu bombardieren.

Was hat es damit auf sich? Früher hat sie nicht darunter gelitten. Ist sie krank? Vielleicht ein seltenes Leiden, das bisher unentdeckt geblieben ist?

Es kann dir egal sein.

Sobald Porschas Urlaub zu Ende ist, wird sie in ihr geliebtes Frankfurt zurückkehren. In den Schoß, oder besser gesagt die Firma ihres Vaters. Sie hat mich und Alejandra vor zehn Jahren im Stich gelassen und sie wird mich erneut verlassen, sobald der Urlaub zu Ende ist.

Porscha ist verlobt. Sie wird heiraten!

Wir sind kein Paar und keine Freunde mehr.

Mit dieser Ermahnung im Kopf öffne ich die Tür zu meiner Appartementwohnung, die dem Hotel angeschlossen ist und werfe die Schlüsselkarte auf das Tischchen neben der Tür. Es hat Vorteile, ein Hotel zu besitzen und in ihm zu wohnen. Meine Küche ist aufgeräumt, das Bett ist gemacht und der Boden gewischt. Das Housekeeping des *Hermosas Palmeras* kümmert sich um alle Belange. Im gesamten Hotel, in meiner Wohnung und in Alejandras. Meine Schwester bewohnt ein ähnliches Appartement auf der anderen Seite des Gebäudekomplexes.

Als ich das Hotel vor acht Jahren restlos heruntergekommen übernommen habe, war es mein Wunsch, dass wir weiterhin ein Team bleiben. Alejandra und ich sind die einzige Familie, die wir haben.

Mit dem eigenen voll ausgestatteten Atelier, habe ich Alejandra schließlich davon überzeugen können, in meiner Nähe zu bleiben. Die Tatsache, dass sie zum Nulltarif im Hotel wohnen darf, hat letzten Endes den Ausschlag gegeben. Hier kann sie sich auf ihre Arbeit konzentrieren und muss nicht in einem Studentenwohnheim leben und sich die Werkstätten mit anderen Kommilitoninnen teilen.

Irgendwann, wahrscheinlich früher als mir lieb ist, wird Alejandra mich und das *Hermosas Palmeras* verlassen. Sie hat schon jetzt Angebote aus aller Welt. Ihre besondere Kunst findet mit jedem Preis, den sie gewinnt, mehr und mehr Anklang. Einige internationale Kunstschulen haben bereits angefragt, ob sie sich vorstellen könnte, dort zu unterrichten. Ihre Fähigkeit, das ungewöhnliche Material in einer freien Form zu führen, würde auch anderen Studenten von Nutzen sein.

Alejandras Auszeichnungen und Anfragen wie diese machen mich unglaublich stolz. Meine Schwester ist noch jung und hat es schon geschafft sich einen Platz in der hart umkämpften Kunstwelt zu sichern. Sie weiß, was sie will.

Porscha war zwanzig, zwei Jahre jünger als Alejandra heute, als sie nach Deutschland gegangen ist. Meine damalige Liebe hatte ihren Platz im Leben noch nicht gefunden. Dass ihre Eltern im ständigen Streit lagen, war eine zusätzliche Herausforderung für sie.

Hat sie in Frankfurt ihren Lebenstraum gefunden? Ist ihr Vater und die Firma ein Gewinn für sie? Und das Wichtigste ... macht ihr Verlobter sie glücklich?

Erschöpft und dreckig vom Tag lasse ich mich auf einen der Küchenstühle sinken und starre an die Wand über dem Herd.

Warum frage ich mich das? Warum denke ich überhaupt darüber nach? Warum zum Teufel beginnt meine, durch ihren Besuch frisch angefachte Angriffslust, zu schrumpfen?

Wo ist mein jahrelang gezüchteter und gut gepflegter Widerwille hin? Er kann sich doch nicht nach ein paar Begegnungen in Luft auflösen.

Es war immer leicht Porscha die Schuld an allem zu geben und sie zu verabscheuen, solange sie weg war. Aber jetzt ist sie hier im Hotel und ... ich fange an zu grübeln und meinen Unmut zu hinterfragen. Bin ich zu hart mit ihr ins Gericht gegangen? Sie war schließlich erst zwanzig. In dem jugendlichen Alter ist man oft ohne Sorge und gedankenlos. Man macht Fehler und testet Grenzen aus, sucht nach Möglichkeiten sich zu verwirklichen. Das liegt in der Natur eines jungen Menschen.

Ist es an der Zeit meine Feindseligkeit loszulassen? Wie würde Porscha reagieren, wenn sie erfahren würde, was damals nach ihrer Abreise geschehen ist? Würde es überhaupt Sinn machen, dass wir uns aussprechen und ich ihr erkläre, warum ich mich ihr gegenüber so verhalte? Warum ich niemals versucht habe, sie zu kontaktieren und alle Versuche ihrerseits unbeantwortet gelassen habe?

Oder würde es Schuldgefühle bei ihr auslösen?

Möchte ich, dass sie sich schuldig fühlt? Ist das ein stiller Wunsch von mir?

Fragen über Fragen, auf die ich keine Antwort habe. Irgendwie sind, mit Porschas unerwartetem Besuch im *Hermosas Palmeras*, sämtliche Puzzleteile meines Lebens durcheinandergeraten.

Letzte Woche hätte ich die Frage, ob Porscha sich schuldig fühlen soll, mit Ja beantwortet, aber jetzt ...

Verdammt ... ich möchte nicht mehr so empfinden. Es fühlt sich falsch an.

Mit den Händen reibe ich mir über das schmutzige Gesicht und versuche, die Gedankenteile zu sortieren. Diese Frau bringt mich noch genauso durcheinander wie früher. Der äußerst nervige Fakt trifft heute wie damals zu.

Ich sollte duschen gehen und mir alles abwaschen. Den Dreck vom Tag und die seltsamen Gedanken und Gefühle, die ich nicht einordnen kann ... und die mir unter die Haut kriechen.

Langsam und immer noch nachdenklich erhebe ich mich. Warum ist mein Wunsch, sie erneut zu berühren, oder sie ein weiteres Mal auf dem Rücken durch die Gegend zu tragen, so unglaublich groß? Der Kommentar über ihre zu runden Hüften kommt mir in den Sinn und lässt mich schmunzeln. Gut, dass Porscha nicht ahnt, wie gern ich diese neuen und mir unbekannten Rundungen erforschen würde.

Die Frau, die ich früher vergöttert habe, verletzt und verheult auf dem Waldboden sitzen zu sehen, hat etwas mit mir gemacht. Es hat meine weiche Seite geweckt. Die Seite, die ihr früher keinen Wunsch abschlagen konnte. Die Seite, die sie über alles geliebt hat.

Teufel auch!

Was ist nur los mit mir? Ich habe Porscha lediglich einen Kilometer durch den Wald geschleppt und kann jetzt nicht mehr klar denken. Wenn ich nicht aufpasse, träume ich heute Nacht davon, sie im Kiefernwald unter dem Sternenhimmel zu küssen.

Verdammt!

Warum denke ich übers Küssen nach? Stehe ich jetzt vollständig neben mir?

Vergangenheit

Alejandra knallt die Haustür hinter sich zu und lässt ihre Schultasche auf dem Weg in die Küche fallen. Wenn ich Glück habe, räumt sie diese nachher in ihr Zimmer. Wahrscheinlicher ist allerdings, dass mir die Stolperfalle bis morgen im Weg liegt.

„Paco hat mich geküsst ... auf den Mund."

„Was?" Alle Gedanken an Schultaschen, die Staub ansetzen könnten, lösen sich in Luft auf.

Alejandra verdreht die Augen. „Paco hat mich geküsst", ruft sie lauter, als wäre ich schwerhörig. „Wir heiraten, wenn wir älter sind. Du bist zur Hochzeit eingeladen."

„Danke", sage ich vergessend, dass sie für Sarkasmus zu jung ist. „Hat er dich festgehalten? Wolltest du ihn küssen oder hat er dich gezwungen?" Mit jeder Frage spannt sich mein Körper mehr an. Mir ist klar, dass irgendwann der Punkt kommt, wo ich die Männer reihenweise von Alejandra fernhalten muss, aber doch nicht während der Grundschulzeit.

„Ich wollte, dass er mich so küsst, wie du Porscha
küsst." Meine Schwester lässt sich auf einen der Küchenstühle fallen und schüttelt den Kopf. „Zuerst
wollte der Feigling nicht, aber ich habe ihm versprochen, dass er auf meinem Platz neben Fredo sitzen darf,
wenn er sich in der Pause traut seine Lippen auf meine
zu drücken. Natürlich musste er den Kopf schieflegen,
genau wie du bei Porscha."

20

Porscha

Die Tür zu unserer Suite wird aufgerissen, bevor ich die Schlüsselkarte in den Schlitz neben der Tür stecken kann.

„Da bist du ja", werde ich begrüßt und in die Arme geschlossen. „Ich habe mir Sorgen gemacht", flüstert Thomas direkt über meinem Ohr.

Am liebsten würde ich fragen, wann er damit angefangen hat, aber ich bin zu müde und aufgewühlt, um noch vor der Dusche einen Streit vom Zaun zu brechen. Außerdem schmerzt mein verstauchter Knöchel.

„Ich muss ins Bad." Thomas drückt mich fester und streichelt mir über den Rücken. „An mir klebt Dreck, Schweiß und … Vogelkacke."

Treffer!

Kaum habe ich die Vogelkacke erwähnt, lässt Thomas mich los. Er springt sogar ein Stück zurück, als hätte er sich an mir verbrannt. Unauffällig betrachtet er seine Hände und Arme.

„Du hast nichts abbekommen", beruhige ich ihn. „Der Schiss klebt auf meinem Kopf."

Kaum ausgesprochen wandert sein Blick zu meinem Scheitel. Die Nase rümpfend macht Thomas einen weiteren Schritt zurück. Anscheinend möchte er schnellstmöglich aus meiner Riechweite.

Kaum wird ihm bewusst, wie er reagiert hat, macht er wieder einen Schritt nach vorn. Entschuldigend und mit vor Mitleid verzogener Miene sieht er mich an, schweigt aber.

Verwirrt von seinem zwiegespaltenen Verhalten stehe ich da und weiß plötzlich nicht mehr, was ich denken soll.

Wo ist der Mann hin, in den ich mich verliebt habe? Ich bin nicht sicher, ob es an meinem emotional instabilen Zustand liegt, oder an meinem Zukünftigen, aber seit wir diesen Urlaub angetreten haben, verstehen wir uns nicht mehr. Wir streiten und scheinen den anderen nicht mehr zu kennen.

Habe ich diese besondere Situation im Kiefernwald gebraucht, um den echten Thomas Kaster kennenzulernen?

Definitiv bin ich zu erschöpft, um das heute zu ergründen.

Mit so viel Würde wie irgend möglich humpele ich an ihm vorbei in Richtung Badezimmer. Thomas Handy wiegt schwer in meiner Hosentasche, trotzdem behalte ich es. Es zu besitzen, gibt mir das verdrehte Gefühl, ihn entwaffnet zu haben.

Die Badezimmertür fällt hörbar ins Schloss. Entweder ist sie laut oder um mich herum ist es sehr leise und deshalb zucke ich bei dem Geräusch leicht zusammen.

Thomas ortet mich mit einer App auf seinem Handy – ohne mein Wissen! Diese ungeheuerliche Tatsache kann er nach dem heutigen Tag nicht mehr verheimlichen. Emotionen, die aus mehr als nur Wut bestehen, wollen mich überrollen, aber ich lasse es nicht zu. Nicht jetzt ...

Später habe ich noch genügend Zeit alles rauszulassen.

Mit der Rückgabe des Handys möchte ich eine Erklärung für seinen Verrat haben, und zwar eine ausführliche. Da ich mich vor der Dusche für nichts gerüstet fühle, muss die Übergabe warten.

Wasser, Seife, ein neuer Verband, ein wenig Eis für mein Fußgelenk und dann kann ich mit Thomas über seinen Vertrauensbruch sprechen. Mich interessiert brennend, wie er es angestellt hat, ohne dass ich davon etwas mitbekommen habe.

Mit wenigen Handgriffen ziehe ich mich aus, stelle das Wasser an und trete unter den wohltuenden Strahl. Ich lege den Kopf in den Nacken und lasse mir die Tropfen über das Gesicht prasseln. Nach einem Tag wie diesem eine wahre Wohltat.

Seit wann er mich wohl schon trackt? Und was noch viel wichtiger ist: wer hat ihm das erlaubt? Ich jedenfalls nicht. Er muss es eigenmächtig an meinem Handy eingestellt haben. Eine andere Erklärung gibt es nicht.

Noch bevor ich fertig bin, klopft es an der Badezimmertür und Thomas tritt unaufgefordert ein. „Die Rezeption schickt dir Verbandsmaterial und einen Sektkübel voll mit Eis", sagt er und legt eine Kiste mit allerlei Erste-Hilfe-Kram auf den Waschbeckenrand. Unter dem heißen Wasser hat der Kratzer erneut angefangen zu bluten. Zum Glück nicht sehr stark. Ich rechne damit, dass es aufhört, sobald der neue Verband sitzt und ich das Bein hochlegen kann.

„Danke.“

„Sie haben nur das Eis geschickt, den Champagner haben sie vergessen“, versucht Thomas einen Witz zu reißen.

„Gib mir noch einen Moment. Ich komme zu dir, sobald ich mich angezogen und meinen Kratzer versorgt habe. Dann können wir reden.“ Seinen schwachen Versuch die Situation aufzulockern, ignoriere ich. So weit bin ich noch nicht.

„Alles klar.“ Thomas wendet sich zur Tür, bleibt aber dann stehen und dreht sich um. „Hast du mein Handy?“

Schweigend stelle ich das Wasser ab, greife nach dem Handtuch und fange an, mich abzutrocknen. Die Frage, die mehr nach einer Feststellung klingt, beantworte ich nicht.

„Die Rezeption hat mir versichert, dass dein *Ex-Freund* dir mein Handy ausgehändigt hat“, bohrt Thomas weiter nach. Das Wort Ex-Freund betont er.

Möchte er mich verärgern? Was soll die zweideutige Betonung?

„Geh! Ich will mich in Ruhe anziehen und mich um meine Wunden kümmern.“ Das Handtuch vor die Brust gedrückt, sehe ich ihn eindringlich an. „Warte bitte draußen, bis ich fertig bin.“

„Entschuldige, du hast recht.“ Thomas tritt verlegen auf der Stelle. „Es ist nur, weil es ein neues Smartphone ist und ...“

Der nächste Blick trifft ihn zwischen die Augen.

„... schon gut." Er hebt beide Hände. „Dass ich seit Stunden nicht zu erreichen bin, ist nicht wichtig. Wir sind schließlich im Urlaub. Alle, die etwas von mir möchten, können warten. Dafür habe ich Verständnis." Er seufzt. „Natürlich habe ich Verständnis", wiederholt er.

Das nächste wohltuende Geräusch ist das Zuschlagen der Badezimmertür. Es klingt genauso laut und schallend wie eben.

Weil es das einzig Richtige ist, lasse ich mir Zeit. Ich verbinde nicht nur meinen Kratzer, sondern creme mich auch von oben bis unten mit Aloe ein. Trotz Sonnenschutz ist meine Haut nämlich an einigen Stellen gerötet.

Um Klassen besser riechend als vor der Dusche trete ich dreißig Minuten, nachdem Thomas das Bad verlassen hat, in die Suite. Er sitzt auf der Couch, hat die Beine übereinandergeschlagen und wartet. Dabei wippt er mit dem Fuß und schaut sauertöpfisch drein.

Seine Körpersprache verrät mir, dass das Gespräch kein leichtes wird.

„Kann ich jetzt mein neues Smartphone zurückhaben?", fragt er und streckt die Hand aus, bevor ich mich ihm gegenüber auf den Sessel setzen kann.

„Darf ich dich vorher etwas fragen?" Schwerfällig lasse ich mich in das Polster sinken und lege mein Bein auf den niedrigen Tisch zwischen uns. Hochlagern, auch wenn die Schmerzen erträglich sind, erscheint mir eine gute Idee.

„Porscha ...", er lässt die Hand sinken, beugt sich mir entgegen, um mir näher zu sein, „... du bist meine Verlobte, du darfst mich alles fragen."

„Danke." Mein Mund ist plötzlich trocken, also schlucke ich.

„Na los, lass es raus. Ich kann mir denken, was dir auf der Seele lastet", versucht er mich aus der Reserve zu locken.

Weil ich nicht mit der prekären Frage nach der Ortungs-App auf seinem Handy anfangen möchte, starte ich mit der nächst nahe liegenden Frage.

„Im Vorfeld machst du dir übermäßig Sorgen, ich könnte mich auf der Wanderung verletzen und an Ort und Stelle verbluten, doch dann stört es dich kaum, wenn ich plötzlich nicht mehr da bin? Wie passt das zusammen? Warum hast du dich nicht mal zu mir umgedreht? Mich gesucht ..."

An Thomas Miene und der gerunzelten Stirn erkenne ich, dass ich einen wunden Punkt getroffen habe.

„Moment mal ... ich dachte nicht, dass du verloren gegangen bist. Ich habe angenommen, dass du dich im Wald abgesetzt hast, und war stinksauer, dass du mich mit der Gruppe und deinem Ex allein gelassen hast."

„Du warst sauer? Auf mich?" Dafür brauche ich eine Erklärung.

„Ja, natürlich war ich sauer. Was denkst du denn? Du schleifst mich auf eine Wanderung mit deinem Ex-Freund, um mich wie den letzten Deppen dastehen zu lassen. Es kümmert dich einen Dreck, dass ich mir blutige Füße laufe. Hast du eine Vorstellung davon, wie viele Hautschichten ich mir an der Ferse abgelaufen habe? Das alles habe ich nur gemacht, um dir einen Gefallen zu tun, liebste Porscha. Du wusstest, das Wandern nicht mein Ding ist. Daraus habe ich kein Geheimnis gemacht."

Tief atme ich durch und versuche, mich zu sammeln. Den Vorwurf habe ich nicht mal ansatzweise verarbeitet, da spricht Thomas schon weiter.

„Du hättest mich wenigstens vor diesem Trip darüber informieren können, dass dein Ex der Wanderführer ist. Das wäre fair gewesen."

Thomas hat recht.

Ich öffne den Mund ...

„Und jetzt versuche nicht, mir weismachen zu wollen, dass du es nicht gewusst hast. Du hast es im Vorfeld im Flyer gelesen und beschlossen mich nicht darüber zu informieren. Vorsätzlich und ohne Schuldgefühl."

„Es stimmt, ich hätte dir früher von Rom erzählen sollen. Den Fehler gebe ich zu. Trotzdem hättest du dich um mich sorgen müssen, als du mich nicht mehr hinter dir gesehen hast." Da mein Fußgelenk schmerzt, drehe ich den Knöchel hin und her. Eventuell sollte ich ein Kissen unter die Ferse legen. „Wir sollten gegenseitig aufeinander aufpassen. Wenn wir das nicht mal hier, im Kleinen, schaffen, wie sollen wir dann die Zukunft bewältigen?"

Einen Augenblick herrscht Schweigen zwischen uns. Meine Aussage trifft zu sehr ins Schwarze und führt uns vor Augen, dass wir mehr offenbare Probleme haben als ursprünglich angenommen.

„Ich möchte mein Smartphone zurück." Erneut streckt Thomas die Hand aus. Sein Blick verrät, dass er dieses Mal nicht bereit ist, sie leer wieder sinken zu lassen.

Widerwillig hole ich es hervor und gebe es ihm. „Wie kommt es, dass du mich mit deinem Handy orten kannst? Ich erinnere mich nicht, dass ich dem Dienst zugestimmt habe."

„Beschwerst du dich etwa? Heute hat dir meine Voraussicht das Leben gerettet." Thomas steht auf und steckt das Gerät in seine Gesäßtasche.

„Du übertreibst. Möglicherweise hätte ich die Nacht draußen verbringen müssen, aber ich wäre sicher nicht gestorben."

Thomas schüttelt den Kopf. „Schon mal was von Dankbarkeit gehört?" Er überkreuzt die Arme vor der Brust und starrt auf mich hinunter. Sein vorwurfsvoller Blick spricht Bände.

„Selbstverständlich bin ich dankbar, dass ich vor Einbruch der Nacht gefunden wurde." Verdreht er absichtlich die Tatsachen? „Trotzdem möchte ich erfahren, warum du jederzeit wissen möchtest, wo ich mich aufhalte. Seit wann ist das so?"

Er lässt die Arme sinken und entspannt sich. „Reg dich ab. Ich habe mit den neuen Funktionen herumgespielt und die Tracking-App eingestellt. Keine große Sache."

Glaubt er ernsthaft, ich gebe mich mit dieser fadenscheinigen Erklärung zufrieden? Für wie blöd hält er mich?

„Das Orten eines anderen Handys ist wohl kaum eine neue Funktion. Außerdem brauchst du zum Tracken meine Erlaubnis. Du warst in den Einstellungen meines Handys", bringe ich es auf den Punkt.

Thomas starrt mich an.

Ich starre zurück.

Wir schweigen.

„Na und", durchbricht er als Erster die Stille.

„Woher hast du die Pin-Nummer, um mein Handy zu entsperren und Einstellungen daran vorzunehmen?"

„Porscha ...", ein Augenrollen trifft mich, „... die Pin-Nummer ist dein Geburtsdatum. Das war nun wirklich nicht schwer zu erraten."

Mein Atem gerät ins Stocken, weil ich kaum glauben kann, was ich da höre.

Eventuell bin ich zu nachlässig und leichtgläubig, aber ich dachte, ich könnte meinem Verlobten vertrauen. Da habe ich wohl falsch gedacht. Mein Fehler.

„Du hast meine Privatsphäre verletzt." Meiner Stimme hört man deutlich an, dass ich das nicht so einfach verzeihen werde.

Thomas stampft in Richtung Zimmertür. „Nun mach mal halblang. Mir war bis heute gar nicht bewusst, dass ich das vor Wochen in den Funktionen eingestellt habe." Er greift nach der Klinke und zieht die Tür mit Schwung auf. „Ich hätte auch Stillschweigen wahren können. Schon mal darüber nachgedacht? Würde ich dir hinterherspionieren wollen, würde ich mein Handy sicher keinem Fremden aushändigen, damit er nach dir suchen kann." Er dreht mir den Rücken zu. „Wenn du dich eingekriegt hast und wieder klarsiehst, kannst du dich gern bei mir entschuldigen und mir für deine Rettung danken." Ein Schnauben krönt seine Worte. „Wir sehen uns später. Ich brauche frische Luft."

Bevor ich antworten kann, ist er weg und die Tür zu.

Verdattert sitze ich da und lasse die letzten Minuten Revue passieren. Irgendwas läuft hier gehörig falsch.

Obwohl meine Augen plötzlich drohen überzulaufen und mir die Sicht zu trüben, hole ich mein Handy aus

der Tasche des Bademantels und ändere die Pin-Nummer.

Jetzt bloß nicht heulen.

Ich ziehe die Nase hoch und atme tief durch, und
dann, weil ich gerade dabei bin, erneuere ich einige
wichtige Passwörter, von denen ich mir sicher bin, dass
Thomas sie ebenfalls kennt.

21

Romeo

„Unter Umständen haben wir doch keinen Dieb im Hotel." Alejandra klingt ungewöhnlich kleinlaut, als sie zu mir hinter die Rezeption tritt, wo ich Hugo für eine halbe Stunde vertrete, damit er ungestört mit seiner ältesten Tochter telefonieren kann, die unbedingt einen Meerjungfrauenschwanz mit passendem Badeanzug haben möchte.

„Nein? Du meinst es war kein Dieb in deinem Atelier?", frage ich nach. Sollte ich tatsächlich recht behalten haben? Und sollte meine dickköpfige Schwester ihre Fehleinschätzung, ohne von mir unter Druck gesetzt zu werden, zugeben?

Geschehen noch Wunder?

Heute – offenbar ja.

„Nein." Sie schüttelt den Kopf und wird vom Hals bis zu den Ohren rot. „Es gibt keinen Dieb. Auch keinen Einbrecher."

Eine interessante Reaktion. Jetzt bin ich neugierig. Warum steigt ihr die Hitze ins Gesicht? Was ist ihr peinlich?

Ihren rosa Hautton beobachtend, frage ich: „Wie kommst du zu dem Schluss?"

Alejandra weicht meinem Blick aus. „Reicht es nicht, dass ich dir sage, dass du deine Nachforschungen einstellen kannst?"

Ich werde den Teufel tun und ihr verraten, dass ich kein bisschen zu irgendwas nachgeforscht habe, weil ich diesen Dieb von Anfang an für ein Hirngespinst gehalten habe. „Nein, das reicht nicht. Als Besitzer des *Hermosas Palmeras* muss ich wissen, was in meinem Hotel vor sich geht, und ob der Dieb vielleicht plant zurückzukommen."

„Er kommt nicht zurück." Alejandra starrt auf ihre Füße, die in ein paar bunten Flipflops stecken. „Der Nicht-Dieb ist ein Angestellter des Hotels, dessen Absichten geheim bleiben sollen."

Was?

„Wie bitte?" Da hol mich doch ... Perplex richte ich mich auf und gebe meine lässige Haltung auf. „Einer unserer Angestellten bricht in dein Atelier ein?" Eine rote Alarmsirene schrillt in meinem Kopf und ruft: *Sofort kündigen.*

Meine Schwester nickt. Sie blickt mich nicht an, aber ich sehe trotzdem, dass ihr die Antwort unangenehm ist.

Was hat das zu bedeuten?

„Muss ich sämtliche Angestellte des Hotels befragen, oder gibst du mir den Namen des Übeltäters freiwillig?"

Ohne sie aus den Augen zu lassen, knacke ich mit den Fingern. Das Geräusch sollte Aufforderung genug sein.

„Er heißt Juan." Sie reißt den Kopf hoch. „Und untersteh dich, ihn zu befragen oder ihn gar auf mein Atelier anzusprechen, Rom. Ich rede nie wieder ein Wort mit dir, wenn du ihn aufsuchst."

Überraschung! Dieses Verhalten ist neu. Meine kleine Schwester droht mir, wegen eines Mannes. Jetzt bin ich milde beunruhigt. Sofort kommt mir das Gespräch mit Hugo in den Sinn, bei dem er vage Andeutungen gemacht hat, meine Schwester könnte einen festen Freund haben.

„Der Juan aus der Küche? Der unserem neuen Chefkoch assistiert?" Es ist der einzige Juan unter den Angestellten, der mir einfällt.

„Ja, genau der. Juan González."

„Ist der Junge schon volljährig?" Verzweifelt suche ich in meinem Kopf nach einem Bild dieses Jünglings. Da ich nur selten in der Küche bin und das Personal des Chefkochs oft wechselt, fällt es mir schwer, in meinen Gehirnwindungen ein Gesicht zu dem Namen zu finden.

„Juan ist ein Jahr älter als ich", werde ich aufgeklärt.

„Was hat er in deinem Atelier gemacht?", frage ich und beschließe mir die Personalakte von Señor González anzusehen, sobald Alejandra mir einen ruhigen Moment gibt.

„Er hat nichts gestohlen, wie du vielleicht vermutest. Er hat etwas gebracht." Sie streicht sich die Haare zurück, wie immer, wenn sie nervös ist. „Ich habe ein paar Tage gebraucht, um seine Nachricht an mich zu finden."

„Er hat dir etwas gebracht?" Die Sache wird immer interessanter. Also doch ein schmachtender Freund.

„Jep."

„Alejandra, muss ich dir alles aus der Nase ziehen?" Mit Entschlossenheit verschränke ich die Arme, um meiner Schwester zu zeigen, dass ich mein Verhör nicht beenden werde, bevor ich über alles Bescheid weiß. Bestens Bescheid weiß. Männer, die meiner Schwester zugetan sind, möchte ich kennenlernen.

„Kannst du nicht einfach akzeptieren, dass ich es dir nicht verraten möchte?" Sie ahmt meine Körpersprache nach und verschränkt ebenfalls die Arme. Allerdings ist ihr Blick nur halb so furchteinflößend wie meiner.

Kurz halte ich inne und denke an meine eigene Jugend zurück. Im Grunde ist Alejandra alt genug eigene Entscheidungen zu treffen. Ich sollte aufhören, sie wie ein kleines Mädchen zu behandeln, auch wenn es mir schwerfällt.

Meine Haltung lösend gehe ich auf sie zu und lege ihr beide Unterarme auf die Schultern, dabei lasse ich sie nicht aus den Augen. „Lass mich das Ganze kurz rekapitulieren, bevor ich beschließe, dich vom Haken zu lassen. Juan González, von dem ich gerade nicht weiß, wie er aussieht und der ein Jahr älter ist als du, ist in dein Atelier eingebrochen und hat dort etwas für dich hinterlassen. Eine Nachricht. Und bevor er gegangen ist, hat er das Fenster geöffnet?" Stolz erfüllt mich, dass ich diesen Punkt nicht vergessen habe.

„In seiner Tat steckte keine böse Absicht. Juan wusste nicht, dass meine Arbeiten während des Trockenvorgangs keine Temperaturschwankungen oder zu feuchte Luft vertragen. Er hat das Fenster nur geöffnet, um im Notfall gewarnt zu sein. Er wollte die Schritte auf den Bodenplatten hören, falls sich jemand dem Atelier nähert. Sein oberstes Ziel war es, bei der Aktion unentdeckt zu bleiben." Alejandra seufzt. „Leider hat er vergessen, das Fenster wieder zu schließen, bevor er gegangen ist. Bitte, lass ihn in Ruhe. Er ist unschuldig."

Verdammt!

Ich würde lügen, wenn ich behaupten würde, nicht vor Neugier zu platzen. Je mehr Informationen ich bekomme, desto unterhaltsamer wird dieser Fall. Vor allem, wenn ich mir die roten Wangen und den Gesichtsausdruck meiner Schwester ansehe.

Ist sie verliebt? Bedeutet der Typ ihr etwas? Warum schenkt er ihr nicht einfach ein paar Blumen, statt eine Nachricht in ihrem Atelier zu verstecken?

Die Gedanken tauchen unerwartet auf.

Wahrscheinlich ist Alejandra nicht direkt verliebt. Sie gehört nicht zu den Frauen, die sich Hals über Kopf und ohne nachzudenken an einen Mann klammern. Aber der hübsche Rosaton ihrer Wangen und das peinliche Getue lassen darauf schließen, dass sie zumindest verknallt ist, oder sich geschmeichelt fühlt …

Hm.

Womöglich bin ich auch auf dem vollkommen falschen Dampfer und nichts davon trifft zu. Wer weiß das schon?

Mit dem Gefühl, das Richtige zu tun, ziehe ich sie in eine Umarmung und halte sie fest. „Weil ich dich liebe und glaube, dass du alt genug bist, werde ich in der Angelegenheit nicht nachbohren. Aber komm zu mir, sobald du meine Hilfe brauchst oder dieser Juan dir Ärger macht. Ich bin für dich da ... egal, um was es geht."

„Danke. Du bist der beste große Bruder, den man sich wünschen kann."

„Ich bin dein einziger Bruder." Obwohl es mir schwerfällt, lasse ich sie los. Die Zeiten, wo ich mich in alles einmische und Entscheidungen für sie treffe, sind vorbei.

„Stimmt." Sie drückt mir einen Kuss auf die Wange. „Aber du wärst sicher auch der beste, wenn ich noch andere Geschwister hätte."

Verflixt! Mit den Worten wickelt sie mich ganz wie früher um den kleinen Finger.

22

Porscha

Ende der zweiten Urlaubswoche

Unser heutiges Frühstück ist schweigsam, wie in den vergangenen Tagen. Zumindest von meiner Seite aus. Wie immer bemüht Thomas sich um Konversation und eine lockere Stimmung. Doch so leicht kann ich seinen Verrat nicht verzeihen und zur Normalität übergehen. In den letzten Tagen stand ich mehr als einmal davor den Verlobungsring vom Finger zu ziehen und damit ein Zeichen zu setzen.

Die Tatsache, dass ich den Grund hinter Thomas Verhalten nicht verstehe, hält mich davon ab. Was hat er davon mir hinterher zu spionieren? Wir arbeiten in der gleichen Firma, besuchen das gleiche Fitnessstudio und haben denselben Freundeskreis. Besonders spannend kann es nicht sein, stets zu wissen, wo ich mich den Tag über aufhalte. Möglicherweise hat Thomas eine Dummheit in einem unbedachten Moment begangen und längst vergessen, dass er vor Wochen ungerechtfertigterweise an meinem Handy war.

Porscha, du suchst nach Ausreden.

Aber Thomas hat Rom sein Handy gegeben, um mich zu finden. Im Grunde ist er ebenso für meine Rettung verantwortlich wie mein Ex-Freund. Hätte er etwas zu verbergen, hätte er niemals so gehandelt. Er hat mir vertraut und angenommen, dass ich es verstehen und ihm verzeihen werde.

Thomas hat mir noch am selben Abend gesagt, dass er nicht mehr mit mir über die leidliche Handysache sprechen wird. Für ihn ist der Fall mit meiner Rettung erledigt.

Dieses Verhalten ist für die Zukunft wenig vielversprechend. Ob er alle künftigen Probleme mit der Vermeidungsstrategie lösen will?

Verflixter Argwohn!

Warum fällt mir Vertrauen nur so schwer? Wieso kann ich den Funken Zweifel nicht einfach abschütteln?

„Ist alles in Ordnung mit dir? Du wirkst abwesend." Thomas reißt mich mit der Frage aus meinen Grübeleien.

„Entschuldige ... alles gut."

„Möchtest du einen zweiten Kaffee?" Mir ist gar nicht aufgefallen, dass er sich vom Tisch erhoben hat und nun vor mir aufragt.

„Ja, bitte." Mit einem aufgesetzten, aber entschuldigenden, Lächeln reiche ich ihm meine Tasse.

Nachdenklich sehe ich ihm hinterher, wie er an den Kaffeeautomaten tritt und den Knopf für Cappuccino drückt.

In den letzten Tagen ist so viel geschehen wie zu Hause in einem Jahr nicht. Es fühlt sich an, als wäre ich in einen ICE mit Direktverbindung ins Chaos gestiegen und nicht in ein Flugzeug, das mich in den wohlverdienten Urlaub bringt.

Die letzte Woche in Spanien wird unschön zu Ende gehen, wenn ich nichts unternehme. Vier Tage schmollen ist genug. Thomas hat mehr verdient als meine abweisende Art und die Ein-Wort-Sätze.

Einen Entschluss fassend, beobachte ich Thomas, wie auch er seine Tasse mit Kaffee füllt. Offensichtlich spürt er meine Musterung, denn er wirft mir über die Entfernung einen schnellen Blick zu, den ich nicht deuten kann.

Was er wohl gerade denkt?

Ich werde die Verlobung lösen und mich von ihm trennen. Es ist die richtige Entscheidung. Zuerst muss ich aber herausfinden, ob es Liebe ist, die uns verbindet. Zum jetzigen Zeitpunkt fühlt es sich eher nach einer festen Freundschaft an, die einen Knacks bekommen hat.

Heiraten wäre momentan falsch und verfrüht.

Es liegt aber nicht ausschließlich an Thomas Fauxpas. Der ganze Urlaub beweist mir, dass wir noch nicht so weit sind uns für immer aneinander zu binden. Zu viele Fragen stehen ungeklärt im Raum. Wir wissen ja nicht mal, welchen Nachnamen wir nach der Hochzeit annehmen wollen.

Die Stirn reibend stoße ich einen Seufzer aus und merke nicht, wie Thomas die Tasse vor mir auf den Tisch stellt.

„Geht es dir gut?", fragt er und setzt sich auf seinen Platz mir gegenüber. „Schmerzt dein Knöchel? Brauchst du eine Fußmassage? Deine Miene sieht aus wie sieben Tage Regenwetter, dabei scheint die Sonne."

Reiß dich zusammen, Porscha.

„Entschuldige." Nach meiner Tasse greifend schenke ich ihm ein Lächeln, dieses Mal ein echtes. „Nein. Aber danke für dein Angebot. Mein Knöchel schmerzt kaum noch. Es war die richtige Entscheidung, ihn ein paar Tage zu schonen."

Wann sagst du es ihm am besten? Nicht sofort. Auf keinen Fall sofort.

„Gut." Thomas trinkt ebenfalls von seinem Kaffee. „Freut mich für dich."

„Können wir nach dem Frühstück zum Strand gehen und reden?" Eine gute Idee. Das Meer hat schon immer dafür gesorgt, dass ich fokussiert bin. Allein das Rauschen der Brandung sorgt dafür, dass ich mich gut fühle. Am besten ich beende die Beziehung so schnell wie möglich. Es auf die lange Bank zu schieben, macht wenig Sinn.

Thomas runzelt die Stirn. „Glaubst du, das Laufen durch den Sand wäre in deinem Zustand das Richtige für dein Fußgelenk? Du solltest die Muskeln und Bänder besser noch schonen."

Natürlich ... Thomas möchte lieber an den Pool. Wie immer. Und der Cocktail mit Schirmchen darf auch nicht fehlen. Unmut steigt in mir auf und treibt meinen Blutdruck langsam, aber stetig in die Höhe. Wieso sind wir in dem Punkt nur so verschieden?

„Mit meinen Muskeln und Bändern komme ich klar", antworte ich und versuche, ruhig zu bleiben. Es führt zu nichts, wenn wir uns wieder und wieder streiten. „Spazierengehen ist kein Problem. Wir wollen ja keinen Marathon laufen." Genugtuung, ihn mit der Bemerkung aus der Komfortzone locken zu können, überkommt mich.

„Es tut mir leid." Thomas schüttelt den Kopf und greift nach meiner freien Hand, um sie zu drücken. „Aber mit meinen offenen Blasen sollte ich nicht in den Sand, der sicher mit Algen- und Muschelresten versetzt ist. Das wäre unhygienisch. Es könnte Schmutz in die Wunden kommen."

Himmel, wie viel Ausreden er wohl noch finden wird?

„Salzwasser wirkt entzündungshemmend", starte ich einen letzten Versuch. „Deine geschundenen Füße würden sicher keinen Schaden nehmen, wenn du sie im Meerwasser badest."

„Möchtest du mich umbringen? Salz in offenen Wunden brennt wie die Hölle." Ein empörtes Schnauben tönt über den Tisch, sodass sich die Leute am Nachbartisch zu uns umdrehen. „Außerdem sind zu viele Keime im Meerwasser. Nein Danke. Auf eine Infektion noch vor Urlaubsende verzichte ich liebend gern."

„Dann eben nicht." Soll er doch machen, was er möchte. Den Vorschlag, ein wasserdichtes Pflaster auf die Ferse zu kleben, verkneife ich mir. Beende ich unsere Beziehung eben ein anderes Mal.

Gerade will ich mich erheben, um allein zum Strand zu gehen, da tippt mir jemand von hinten auf die Schulter.

„Überraschung!"
Die Stimme kommt mir bekannt vor.

Noch auf dem Stuhl sitzend drehe ich mich um und traue meinen Augen nicht. *Bin ich im falschen Film?*

„Janet", ruft Thomas und springt mit Raketenantrieb vom Stuhl. „Was machst du denn im gleichen Urlaubshotel wie wir? Das ist ja ein Zufall."

Von der Realität überrannt starre ich mit offenem Mund auf die Frau.

„Ich habe meine Ferien auf Balkonien abgebrochen und bin euch nachgereist." Janet stupst Thomas in die Seite und fällt ihm im nächsten Augenblick um den Hals. Ich nutze den Moment, um mich von meinem Stuhl zu erheben und zu verstehen, was ich da vor mir sehe.

Freue ich mich über den Besuch oder eher nicht? Keine Ahnung.

Janet Wenk, unsere Freundin und Trainerin aus dem Fitnessstudio, ist im *Hermosas Palmeras* – um Urlaub zu machen.

Wie kann das sein?

Das riecht nach Absprache. Vor allem, weil heute zwei unserer drei Urlaubswochen vorbei sind. Hat Thomas sich überlegt die letzte gemeinsam mit Janet und mir zu verbringen? Er plant doch nicht ernsthaft, Fitness und Urlaub zu verbinden? Bei dem Gedanken daran wird mir ganz anders.

„Die Überraschung ist dir gelungen", kommt es mir über die Lippen, weil ich irgendetwas sagen muss, nachdem Thomas Janet losgelassen hat. Den Argwohn kann ich allerdings nicht vollständig zurückhalten. Meine Freude ist noch verhalten.

„Porscha ... du Liebe ...“ Im nächsten Augenblick finde ich mich in Janets Armen wieder. „... du siehst schrecklich gut erholt aus ... und so braun ... Wahnsinn!“

Etwas ungelenk herze ich unsere Freundin und befreie mich aus dem Klammergriff. Janet riecht immer ein wenig unangenehm nach Gummi und Turnhalle. Vielleicht ändert sich das, sobald sie sich längere Zeit am Meer und der frischen Luft aufhält. Aber zuerst müsste sie die lange Jeans, die sie offensichtlich für die Anreise angezogen hat, gegen etwas Luftigeres tauschen.

„Was machst du hier?“, frage ich, unfähig mich länger mit Janets unpassender Kleidung zu beschäftigen. Unter Umständen ist unsere Freundin aus Frankfurt genau die Person, die ich brauche, denn sie kennt Thomas und mich gleichermaßen und kann mir sicher gute Ratschläge erteilen.

„Urlaub.“ Mit ihrem bekannten Zahnpastalächeln, mit dem sie im Fitnessstudio für neue Kunden sorgt, zieht sie einen verbeulten Strohhut aus der Umhängetasche und setzt ihn sich auf den Kopf. An der Krempe baumelt noch ein Preisschild des Airport-Shops. „Thomas hat mich eingeladen.“ Sie zwinkert dem Mann, den ich immer weniger zu kennen scheine, zu. „Dein Zukünftiger braucht seine Personaltrainerin.“

Wie bitte?

Ich muss was an den Ohren haben.

Seit wann ist Janet Thomas Personaltrainerin?

Tief durchatmen, Porscha.

„War diese Einladung eine spontane Entscheidung ...“, wende ich mich an Thomas, „... oder hast du das schon in Frankfurt organisiert – quasi als Überraschung für mich?"

Die fehlende Logik hinter meiner Frage ignoriere ich. Janet hat schließlich gerade ausposaunt, dass sie allein für Thomas angereist ist ... nicht als Überraschung für mich.

Thomas öffnet den Mund, um zu antworten, aber die lebhafte Janet lässt ihn nicht zu Wort kommen. „Das ist doch jetzt egal, Freunde. Ich trainiere euch beide, das wisst ihr doch. Wichtig ist, dass wir noch eine Woche Freizeit haben, um die Sonne am Pool zu genießen und im hoteleigenen Fitnessbereich ein wenig zu schwitzen." Sie nimmt den Hut vom Kopf und reißt das Preisschild ab. „Letzte Woche war ich drei Tage auf einer Fortbildung für Funktionsgymnastik. Ihr seid also die ersten, die in den Hochgenuss meiner neu erlernten kräftigenden Bauchmuskelübungen kommen."

Bauchmuskeln? Wenn Janet das Wort ausspricht, klingt es wie eine Bedrohung. Schmerzen inklusive.

„Nein, danke." Lachend aber mittlerweile besser gelaunt weiche ich einen Schritt zurück, aus Janets Reichweite. Unsere Trainerin ist sechsundzwanzig, durchtrainiert und hat eine lockere und ungezwungene Art. Sie ist liebenswürdig und im Fitnessstudio, auf der Yogamatte, lasse ich mich auch gern von ihr motivieren, aber nicht im Urlaub. Never ever. Da kann mir der hochmoderne und vollausgestattete Trainingsbereich, den dieses Hotel sicherlich hat, gestohlen bleiben.

„Was hältst du von einem Strandspaziergang – um deine Ankunft zu würdigen?", versuche ich vom Thema *Bauchmuskeln kräftigen* abzulenken. „Wir sind gerade mit dem Frühstück fertig." Unter Umständen hat das

Schicksal mir Janet nicht nur geschickt, damit ich mir Ratschläge einholen kann, sondern auch um mich bei ihr auszuheulen. Da Thomas den Sand meidet wie die Pest, wäre es eine gute Gelegenheit mit unserer Freundin allein zu sprechen. Mein Herz zu erleichtern, würde mir bestimmt guttun. Womöglich werde ich auf die Weise das schwere Gefühl los, das seit der Wanderung auf meiner Brust lastet.

„Äh … Strand?" Janet sieht von mir zu Thomas. „Ich habe noch nicht mal ausgepackt, Süße." Sie zupft an den Ärmeln ihres langärmeligen Oberteils, das für die aktuellen Temperaturen genauso unpassend ist wie die Jeans. „Der Shuttelbus vom Flughafen hat mich vor fünf Minuten vor dem Hotel ausgespuckt. Mir schwebt eher ein Begrüßungs-Cocktail am schattigen Pool vor, bevor ich meinen Koffer aufs Zimmer bringe und mich frisch mache." Ihre Unterlippe schiebt sich vor. „Wäre es sehr schlimm, wenn wir den Strandbesuch auf später verschieben? Thomas hat mir berichtet, dass du den Ort kennst, weil du hier aufgewachsen bist. Wie ich dich einschätze, kannst du mir später sicher einiges zeigen."

Bye bye ungestörte Unterhaltung und Gedankenaustausch mit meiner Schwester im Geiste.

„Ja, das kann ich. Meine Mutter wohnt gleich hier im Ort." Die Enttäuschung ist groß, aber ich lasse mir nicht anmerken, wie sehr ich mir ein Gespräch gewünscht hätte. „Vielleicht können wir nach dem Abendessen an den Strand gehen." Ich zucke mit den Schultern, um meine Gefühle zu überspielen und mir nichts anmerken zu lassen.

Janets Gesicht hellt sich auf und die Unterlippe zieht sich zurück. „Da bin ich dabei. Einen Verdauungsspaziergang mache ich jeden Abend. Fünfzehn Minuten nach dem Essen, für mindestens eine halbe Stunde. Durch die allgemeine Regsamkeit wird der Magen- und Darmtrakt angeregt. Das ist gesund und belebt den Körper."

23

Porscha

In Gedanken versunken und überfordert, von den Wendungen, die Janets Besuch mit sich bringt, verlasse ich den Speisesaal. Der Strand und das Meer rufen nach mir. Jetzt noch deutlicher als vor dem Frühstück. Der Urlaub entpuppt sich als nur halb so erholsam, wie ich mir in Frankfurt erhofft hatte. Dafür bekomme ich Erkenntnisse, die mir zu Hause nicht gekommen wären. Das Ganze kann trotzdem noch positiv enden.

Wir werden sehen.

Zielstrebig durchquere ich die Lobby und steuere den Ausgang an. Zum Durchatmen brauche ich frische Luft.

Weil das Schicksal heute ein sehr sonderbares Spiel mit mir treibt, laufe ich prompt in eine zierliche Person, die gerade das Hotel betreten möchte, und nun um ihr Gleichgewicht bangen muss.

„Entschuldigung, ich habe nicht aufgepasst", rufe ich und greife nach dem Arm der Frau, um zu verhindern, dass sie auf dem Allerwertesten landet.

„Schon gut, …"

Unsere Blicke treffen sich.

Beide halten wir inne.

Himmel! So muss sich ein Kurzschluss im Gehirn anfühlen. Wiedererkennen und eine längst vergessene Vertrautheit blitzt in meinen hintersten Gehirnwindungen auf.

Sofort lasse ich die Frau, die lange Haare hat und ein buntes Sommerkleid trägt, los und kneife die Augen zusammen. Ich muss träumen.

„Alejandra?", frage ich verunsichert. Diese erwachsen wirkende Frau kann unmöglich Roms kleine Schwester sein, der ständig die unordentlichen Zöpfe über der Schulter gehangen haben.

„Porscha? Bist du das wirklich?" Anscheinend ist sie ebenso überrascht wie ich.

Keine Zweifel. Die Stimme ist unverkennbar und unverändert … genau wie früher. Vor mir steht tatsächlich Alejandra. Wohlige Wärme erfüllt mich und lässt mich automatisch lächeln.

„Was für eine Überraschung. Alejandra Ximénez! Roms kleiner Floh", sage ich lächelnd und schüttele den Kopf, ohne Roms Schwester aus den Augen zu lassen. „Du bist erwachsen geworden, meine Kleine." Ich trete einen Schritt zurück, um die Frau, zu der das lebhafte und neunmalkluge Mädchen geworden ist, genauer in Augenschein zu nehmen. Aber ich komme nicht weit. Alejandra fliegt mir um den Hals und drückt mich fest an sich. Mitten im Eingang zum Hotel, wo uns jeder von der Lobby aus sehen kann.

Eine Gefühlswelle überrollt mich und lässt mich alle Probleme, die gerade noch mein Denken bestimmt haben, vergessen. Von jetzt auf gleich und ohne, dass ich es verhindern kann, sammeln sich Tränen in meinen Augenwinkeln. Einen Moment lang ringe ich mit mir und der rührenden Umarmung. *Fühlt sich so nach Hause kommen an?*

„Keiner nennt mich mehr Floh, Porscha."

„Entschuldige." Schnell blinzele ich die dummen Tränen weg und lege ihr meine Hände auf den Rücken. Sanft streichele ich sie, auf die Art und Weise, wie ich es früher schon getan habe. Mit ruhigen Auf-und-ab-Bewegungen. „Du hast recht." Meine Hand hält auf ihrem Rücken inne. „Obwohl ... wenn Rom sich nicht zu sehr verändert hat, wird er dich immer noch Floh nennen. Zumindest hin und wieder, nur um dich zu ärgern."

Ein Laut, der ihre Empörung ausdrückt, entschlüpft Alejandra. Anscheinend liege ich mit meiner Vermutung richtig.

„Es klingt furchtbar kindisch, wenn er das macht." Die Person, die ich nach Rom am meisten vermisst habe, löst sich von mir und wischt sich unauffällig über die Augen, bevor sie selig zu lächeln anfängt.

Was für eine verrückte Welt!

Einen Moment stehen wir da und starren uns ungläubig an.

Was soll ich als Nächstes sagen oder fragen?

„Wie alt bist du jetzt? Warte ..." Aufgeregt hebe ich die Hand und stoppe ihre Antwort. „Du warst damals zwölf, als ich nach Frankfurt gegangen bin. Dann musst du jetzt ..." Ich kratze mich am Kopf.

„... zweiundzwanzig sein", kürzt Alejandra meine Überlegungen ab.

„Stimmt. Wow! Du bist eine Frau geworden." Am liebsten würde ich mir für diesen selten dämlichen Kommentar vor die Stirn schlagen.

„Ja." Alejandra schenkt mir ein aufgewecktes Schmunzeln, das dem von früher unglaublich ähnlich ist. Schön, dass sie die Fähigkeit, Belustigung mit einem kleinen Mundwinkelzucken auszudrücken, behalten hat.

Bevor ich ein paar sinnvollere Fragen stellen kann, werden wir von einem Paar, das das Hotel verlassen möchte, gebeten zur Seite zu treten.

Alejandra zieht mich durch die Tür nach draußen. „Hättest du Zeit und Lust mit mir am Strand spazieren zu gehen? Wir könnten zu der Bucht gehen, in der wir früher immer gewandert sind, wenn mein viel beschäftigter Bruder keine Zeit für uns hatte. Es wäre schön, sich zu unterhalten und auszutauschen. Hast du Lust?"

Echt?

So einfach kann es sein?

„Meine Kleine ..." Am liebsten würde ich vor Alejandra auf die Knie fallen. „Dich schickt der Himmel. Du glaubst gar nicht, wie sehr du mir aus der Seele sprichst. Deine Frage wärmt mich von Kopf bis zu den Zehen. Lass uns gleich losgehen." Endlich habe ich jemanden gefunden, der mit mir auf einer Wellenlänge schwimmt und das Meer genauso sehr liebt wie ich. Und dann ist es auch noch Alejandra Ximénez ...

Welch unverhoffter Segen.

Fünfzehn Minuten später berühren meine Zehen den Sand und die Welt kommt endlich wieder ins Gleichgewicht. Dazu noch die Luft, die so nah am Meer immer ein wenig salzig schmeckt und mein aufgewühlter Herzschlag beruhigt sich. Zumindest ein wenig.

Janets spontaner Besuch und meine Sorge, ich könnte den falschen Mann heiraten, sind erst einmal aufs Nebengleis geschoben. In diesem Augenblick zählt nur noch das Mädchen, das neben mir geht. *Die Frau*, korrigiere ich meine Gedanken. Alejandra ist erwachsen geworden, ganz ohne mich.

Verrückt.

Es fällt mir schwer, das Kind von damals mit der jungen Frau, in die ich zufällig hineingelaufen bin, in Einklang zu bringen. Zehn Jahre sind eine lange Zeit ... wie es Alejandra wohl ergangen ist? Ob sie immer noch alles Mögliche vom Strand einsammelt, in ihrem Zimmer hortet und Rom damit zur Weißglut treibt?

Nein! Stopp!

Bestimmt wohnt sie nicht mehr bei Rom. Sie ist schließlich zweiundzwanzig, Porscha.

Bevor ich etwas sagen kann, bückt Alejandra sich und hebt einen runden und vom Meer flach geformten Stein auf. Sofort muss ich schmunzeln.

„Wie ich sehe, erübrigt sich die Frage, ob du immer noch zu den Suchern dieser Welt gehörst." Ich deute auf den Stein, den Alejandra unauffällig in ihrer Umhängetasche hat verschwinden lassen. Ihre heimliche Einstecktechnik lässt darauf schließen, dass die Sammelleidenschaft bei Rom noch immer keinen Anklang findet.

„Ich brauche verschiedene natürliche Materialien für meine Arbeit", rechtfertigt sich Alejandra, ohne beleidigt zu klingen.

„Was arbeitest du denn?", frage ich neugierig. Mit zwölf wusste Alejandra noch nicht, was sie werden wollte. Sie war kreativ und hat viel gemalt, aber einen Berufswunsch hat sie nie geäußert.

„Ich studiere bildende Kunst an der Kunsthochschule."

„Das passt zu dir", sage ich schmunzelnd. „Du warst als Kind schon unglaublich kreativ. Es freut mich, dass du eine Möglichkeit gefunden hast, dich ausleben zu können."

Alejandra drückt ihre Seite an meine und ich lege automatisch den Arm um ihre Schultern. Früher war sie deutlich kleiner als ich, jetzt ist sie sogar ein Stück größer. Die Pubertät hat ihr einen ordentlichen Wachstumsschub verpasst.

Einen Moment lang gehen wir schweigend weiter und lauschen den Wellen, die an diesem Strandabschnitt besonders viele Muscheln und Steine anspülen. Es ist ein vertrautes wohliges Schweigen, kein leeres.

Irgendwann durchbricht Alejandra die Stille. „Ich gehe davon aus, dass mein Bruder weiß, dass du in seinem Hotel untergekommen bist? Was machst du eigentlich hier? Urlaub?"

„Zu beidem ... ja. Rom weiß, dass ich hier bin und ja, ich mache drei Wochen Urlaub." Dass ich in Spanien bin, um meinen Verlobten meiner Mutter vorzustellen, lasse ich aus. Bis ich mir über Thomas im Klaren bin, möchte ich ihn nicht mehr als meinen Zukünftigen betiteln. So unsicher, was meine Menschenkenntnis angeht, war ich noch nie. Und mein Herz ist keine Hilfe. Seit Rom mich aus dem Kiefernwald gerettet hat, hinterfrage ich meine Gefühlswelt ständig aufs Neue.

Warum hat es sich so verdammt vertraut und gut angefühlt mich auf seinem breiten Rücken durch den
Wald tragen zu lassen?

„Das erklärt einiges", reißt Alejandra mich aus meinen Grübeleien.

Kurz bleibe ich stehen. „Ach ja? Wieso?"

Alejandra drängt mich weiterzugehen. Sie hakt sich
sogar bei mir unter und zieht mich mit sich. „Mein Bruder spielt sich immer noch gern auf und meint mich beschützen zu müssen, obwohl ich längst erwachsen bin."
Seufzend bückt sie sich nach einem Stück Treibholz,
das eine sonderbare Form hat und garantiert nicht in
ihre Umhängetasche passt.

Aus alter Gewohnheit strecke ich die Hand aus. „Gib
es mir. Ich trage es für dich."

Alejandra fängt laut an zu lachen. Sie legt sogar den
Kopf zurück in den Nacken. „Du bist ja genau wie
Rom." Sie gluckst vergnügt, gibt mir aber das neue
Fundstück für ihre Sammlung. „Ich bin durchaus in der
Lage ein Stöckchen in der Hand zu halten und damit zu
gehen. Ich bin schon groß und ramme mir das Ding
nicht zwischen die Augen, sollte ich ins Stolpern gera-
ten."

Freche Göre!

„Du bist noch genauso vorwitzig wie früher." Auch
ich muss lachen.

„Wahrscheinlich. Aber heute bin ich scharfsinniger."

Das glaube ich ihr aufs Wort. „Warum hast du gesagt,
das erklärt einiges?"

Alejandras Lachen verstummt. Ihre Miene wirkt
plötzlich unnahbar und verschlossen. Fast als hätte sie
Schmerzen.

„Letzte Woche wollte Rom, dass ich Urlaub mache und eine Freundin besuchen fahre." Sie streicht sich eine Haarsträhne zurück, die der Wind ihr ins Gesicht geweht hat. „Dabei stecke ich gerade in einem wichtigen Kunstprojekt, welches ich bis Ende des Monats fertig bekommen muss, und das eine längere Trocknungsphase hat als meine übrigen Arbeiten."

Ich verstehe ...

Das tue ich wirklich.

Die Antwort fühlt sich an, wie ein Faustschlag direkt in die Eingeweide. Mir wird schlecht und ein unangenehmes Kribbeln setzt in meinem Nacken ein. Rom wollte mit seinem Urlaubsangebot verhindern, dass ich Alejandra begegne. Er wollte seine kleine Schwester vor mir beschützen, indem er sie außer Reichweite bringt. Vor mir ... seiner ehemaligen Freundin.

Grundgütiger. Jetzt fallen mir auch noch die anderen Schuppen von den Augen.

Nur deshalb hat er mir angeboten ins *Spain Royal* umzuziehen. Nur deshalb hat er den Quatsch von dem beschädigten Boden auf dem Gang vor unserer Suite erfunden. Wahrscheinlich waren auch die Fahrstühle nur aus dem Grund außer Betrieb, um es mir im Hotel so unbequem wie möglich zu machen. Damit ich sein Heiligtum schnell verlasse und Alejandra nicht zufällig treffe.

Mein Herz zieht sich zusammen und beginnt zu schmerzen. Tief atme ich durch, um dem beklemmenden Gefühl in meiner Brust zu entkommen. Die Wahrheit herauszufinden, tut weh.

Habe ich eine solche Behandlung verdient? Nur, weil ich ihn vor zehn Jahren verlassen habe, um meinen eigenen Weg zu finden?

Ja.

Die Antwort taucht blitzartig und bildhaft hinter meinen Augen auf. Sie leuchtet sogar rot blinkend.

Wahrscheinlich ist es Roms gutes Recht, mich so zu behandeln und mich von Alejandra fernzuhalten. Er möchte sein kleines Mädchen nur beschützen. Ich habe die beiden verlassen und damit jedes Recht auf ... egal was verwirkt. Trotzdem tut es höllisch weh.

„Bitte guck nicht so gequält, Porscha. Du kennst Rom doch. Er handelt gedankenlos und macht die unmöglichsten Sachen. Der Mann verhält sich total oft vollkommen idiotisch." Sie legt den Kopf schief und lässt mich nicht aus den Augen.

Eigentlich nicht. Rom ist nie ein Idiot gewesen. Ohne Grund würde er sich nicht derart fies verhalten. Er muss mich wirklich aus tiefster Seele hassen.

„Ist schon okay." Tapfer schlucke ich etwas Spucke herunter und versuche, meine Gesichtszüge unter Kontrolle zu bekommen. Auch wenn Alejandra älter geworden ist, muss ich sie meinen Schmerz nicht sehen lassen. Sie soll kein schlechtes Gewissen haben, offen mit mir gesprochen zu haben.

„Bitte, entschuldige." Ihre Hand legt sich auf meine Schulter. „Rom hat sicher gedacht, ich würde darunter leiden, wenn ich dich wiedersehen würde. Deshalb hat er versucht, mich wegzuschicken und diesen Zirkus veranstaltet."

Die Worte überraschen mich nun doch.

„Warum denkt dein Bruder, du würdest unter einer Begegnung mit mir leiden?" Kaum ausgesprochen, bereue ich die Frage. Alejandra war damals noch sehr jung. Hat meine Abreise sie tiefer verletzt, als ich angenommen habe? Möchte ich die Antwort auf diese Frage überhaupt hören?

Alejandra seufzt und sieht auf ihre nackten Füße hinab. „Ich habe mir schon gedacht, dass du von dem Unsinn, den ich nach deiner Abreise angestellt habe, nie etwas erfahren hast. Du hättest dich bei mir gemeldet, wenn du es gewusst hättest. Du hättest mich im Krankenhaus besucht." Ihre Stimme bricht und in ihren Augen schimmern Tränen. Sie sieht wieder aus wie das hilflose kleine Mädchen, das ohne Mutter aufwachsen musste.

Sofort lasse ich das Treibholz fallen und ziehe sie in meine Arme. „Was ist damals passiert, Alejandra? Erzähl mir alles."

24

Romeo

Dios mío! – Mein Gott!, denke ich und starre ungeniert zur Poolbar, meinen Café Americano in der Hand.

Porschas polohemdtragender Verlobter ist wahrlich nicht besonders sprachbegabt. In den wenigen Momenten, in denen nicht deutsch mit ihm gesprochen wird, wirkt er sofort gelangweilt und blickt sich um. Ich wette, er versteht nicht ein Wort von dem, was der Barkeeper gerade zu ihm gesagt hat. Merkwürdig, dass Porscha ihm nicht mal ein paar Worte beigebracht hat, bevor sie gemeinsam in den Urlaub geflogen sind.

Gut möglich, dass ich dem Frankfurter Bürohengst, mit den gegelten Haaren, unrecht tue und er gar nicht weiß, dass Porscha einen Großteil ihrer Kindheit in Spanien verbracht hat und daher fließend Spanisch spricht. Wundern würde mich das nicht. Porscha scheint ihre Vergangenheit komplett ausradiert zu haben.

Die gutgebaute Frau, mit den wasserstoffblonden Haaren, die mit Porschas Verlobten bereits ihren dritten Cocktail schlürft, scheint ihn jedenfalls zu mögen – Spanisch sprechend oder nicht. Wenn er sie erst kürzlich hier im Hotel kennengelernt hat, ist er jemand, der sehr schnell sehr vertraut mit einer fremden Frau wird.

Dass er ständig nach ihrer Hand greift und auf Tuchfühlung geht, ist irgendwie sonderbar. Möglicherweise ist sie doch keine Unbekannte für ihn. Es scheint fast so, als würden sie sich kennen.

Die Frau muss Tomaten auf den Augen haben. Für mich hat der Typ die Anziehungskraft eines Magen-Darm-Infektes, der einen aus heiterem Himmel trifft und für Tage ans Klo fesselt.

Ohne den Blick vollständig abzuwenden, nippe ich an meinem Kaffee und stelle anschließend die Tasse zurück auf die Untertasse.

Wieso flirtet dieser Thomas, was das Zeug hält, wenn seine Verlobte sich im gleichen Hotel und in der Nähe aufhält? Das ergibt doch keinen Sinn.

Wo ist Porscha überhaupt? Warum verbringt sie ihre Zeit nicht mit ihrem Zukünftigen an der Bar? Ist sie ihn etwa schon leid?

Löcher in die Luft starrend denke ich nach. Was hätte Porscha früher, an einem freien Tag, um diese Uhrzeit, gemacht?

Teufel!

Ist sie etwa zum Strand gelaufen?

Wehe! Mit ihrem geschundenen Fußgelenk sollte sie das besser bleiben lassen. Der Weg zum Meer ist steinig, uneben und das Laufen im Sand zu anstrengend für ihre überlasteten Bänder. Ich muss keine medizinische Ausbildung haben, um das zu wissen.

Auf mein Bauchgefühl hörend und um den nächsten Unfall vorzubeugen, stürze ich den Rest Kaffee, der fast kalt ist, hinunter und erhebe mich. Höchste Zeit die Poolbar zu verlassen und mich auf die Suche zu begeben. Für mich gibt es hier nichts mehr zu beobachten. Die zwei gehen mich nichts an.

Da ich ein höflicher Mensch bin, nicke ich Porschas Verlobtem zu, als ich an ihm und der Frau, die mich stark an eine Influencerin erinnert, die im Netz für Hula Hoop Reifen Werbung macht, vorbeigehe. Wenn mich nicht alles täuscht, hat Alejandra diesen Reifen sogar in drei verschiedenen Ausführungen.

Die Flirtmaschine grüßt reserviert und mit argwöhnischem Blick zurück. Es ist unschwer zu erkennen, dass er mich so wenig mag, wie ich ihn. Auch gut. Er darf ruhig denken, dass ich ihn für den Rest seines Urlaubs im Auge behalte.

***

Wo fange ich an, nach Porscha zu suchen? An welchem Strandabschnitt könnte sie sein? Hoffentlich hat sie es nicht übertrieben und sitzt bereits mit einem angeschlagenen und schmerzenden Fußgelenk am Strand fest.

Wieso mache ich mir Sorgen, um eine Frau, die mich schon vor Jahren verlassen hat? Du meine Güte, warum bin ich überhaupt hier? Meine freie Zeit könnte ich wahrlich anders nutzen.

Das mir der Gedanke, sie erneut huckepack zum Hotel zu tragen, gefallen würde, macht mir ein wenig Angst. Die innerliche Spannung, die mich fest im Griff hat, sollte mich nicht im Griff haben. Das ist verkehrt. Porscha ist immerhin meine Ex.

Deine Ex-Freundin, an die du ständig denken musst, seit du sie blutend aus dem Wald getragen hast.

Verdammte Anziehungskraft!

Ehrlicherweise muss ich mir eingestehen, dass mein Hass auf Porscha von Tag zu Tag weniger wird. Schon damals konnte ich ihr nie lange böse sein, wenn wir uns gestritten hatten. Sollte das so weitergehen, habe ich keine Chance, mich gegen meine aufkommenden Gefühle zu wehren. Dann vergebe ich ihr am Ende noch.

Bevor ich weiter über mein Dilemma nachdenken kann, sehe ich zwei mir wohlbekannte Frauen Hand in Hand das Hotel betreten.

Ach du grüne Neune! Mir bleibt die Spucke weg und ich bekomme von jetzt auf gleich einen trockenen Mund.

Rom, fang schnell an zu beten.

Es ist passiert! All meine Bemühungen es zu verhindern sind fehlgeschlagen.

Einen üblen Fluch auf der Zunge, stehe ich da und ... ich stehe einfach nur da, unfähig zu reagieren.

Es musste so kommen. Habe ich es nicht vorhergesagt? Das Hotel ist einfach zu klein. Natürlich mussten die beiden Frauen sich über den Weg laufen. Alles andere wäre reines Wunschdenken gewesen.

Porscha und Alejandra nebeneinander gehen zu sehen, löst etwas in mir aus, was sich wie ein stechender und sehr vertrauter Schmerz anfühlt. Sofort reibe ich mit der Hand über meine pochende Brust und versuche, die Empfindlichkeit wegzuwischen.

Meine Schwester und meine Ex-Freundin, Hand in
Hand, mit verheulten Mienen ...

Teufel auch!

Ich bin geliefert.

Du bist sowas von geliefert.

Beide Frauen haben sich anscheinend ausgesprochen
und, wenn ich dieses Händchenhalten richtig deute,
versöhnt.

Die Tatsache, dass Alejandra und Porscha nie im
Streit lagen, ignoriere ich. Es ist unschwer zu erkennen,
dass die beiden Menschen, die auf mich zukommen,
nicht sauer aufeinander sind.

Dafür sind sie garantiert stinksauer auf dich.

Innerlich meine Schutzrüstung anlegend, trete ich
meinem Problem entgegen – meinen beiden Problemen. Welches muss ich wohl zuerst lösen? Wer wird
mir die Hölle heißmachen, und wer begnügt sich damit
meine kümmerlichen Reste kleinzutreten und ins
Meer zu werfen?

So oder so ... sicher habe ich heute noch einiges zu er-
leiden.

„Porscha, Alejandra", sage ich und stelle mich dem
Hinrichtungskommando, sobald sie im Eingangsbereich und vor den Aufzügen zum Stehen kommen.

„Rom." Alejandra sieht mich an und zieht sofort die
Augenbrauen zusammen, um mich mit ihrem Blick an
Ort und Stelle festzunageln. „Stell dir mal vor, ich habe
Porscha Kanz ganz zufällig bei uns im Hotel getroffen.
Ist das nicht toll? Wusstest du, dass sie drei Wochen im
Hermosas Palmeras Urlaub macht?"

Achtung Fangfrage!

Nicht antworten.

Seufzend fahre ich mir durch die Haare und atme lange aus. Ganz sicher … mit dem nächsten Satz wird meine Schwester mir aufs Dach steigen. In meinen Eingeweiden setzt bereits ein nervöses Kribbeln ein.

„Du weißt, dass ich es wusste, also hör auf, darauf herumzureiten." Meine Stimme lasse ich autoritär klingen, obwohl mich die Mühe cool zu bleiben nicht retten wird.

Alejandra lässt Porschas Hand los und tritt auf mich zu, sodass ich einen Schritt zurückweichen muss. „Freu dich, denn ich fange gerade erst an darauf herumzureiten. Mach dich auf was gefasst, Brüderchen." Alejandra wendet sich Porscha zu, flüstert etwas für mich Unverständliches und lässt uns beide im nächsten Augenblick vor den Aufzügen zurück. Sie geht, ohne sich von mir zu verabschieden oder mich auch nur eines Blickes zu würdigen.

Das hast du gründlich verbockt. Der Seelenfrieden deiner Schwester wird dich das letzte Hemd kosten, sobald sie bereit ist, dir zu vergeben. Den Fehler kannst du nicht mit einem Vanille-Macchiato mit Pistazienstücken wieder ausbügeln.

Auf in den Kampf.

Wie es scheint, hat das Schicksal bestimmt, welches Problem ich zuerst löse. Mit einem vollkommen anderen Gefühl als bei meiner Schwester, suche ich Porschas Blick, um mich zu rechtfertigen. Dummerweise sieht sie auf ihre Fußspitzen und hat es plötzlich sehr eilig den Fahrstuhlknopf zu drücken. Sie will offenbar weg von mir.

Kein gutes Zeichen.

„Porscha.“ Meine Hand auf ihren Unterarm legend, spreche ich sie an. „Können wir reden?“

Ihr Körper erzittert. Schnell lässt sie den Arm sinken. Ein kurzer Blick zur Anzeige verrät ihr, dass der Aufzug in der fünften Etage steckt.

Sie seufzt tief, richtet sich auf und strafft die Schultern. Danach kleistert sie sich ein schreckliches und sehr unechtes Lächeln ins Gesicht.

„Rom ...“ Sie macht eine Pause, als müsse sie ihre Wortwahl genau überlegen. „Alejandra hat mir alles erzählt. Ich weiß, was damals nach meiner Abreise passiert ist, und habe Verständnis ...“, sie stockt, „... sagen wir, ich kann deinen Hass auf mich jetzt nachvollziehen ... so ist es richtiger ausgedrückt.“ Erneut betätigt sie mehrmals den Fahrstuhlknopf und sieht auf die Anzeige. Nichts passiert. Der Aufzug steckt immer noch in der fünften Etage fest. „Du musst nicht mit mir reden, du musst mich nicht einmal mehr ansehen. Thomas und ich nehmen dein Angebot, für die letzten Urlaubstage ins *Spain Royal* umzuziehen, an. Ich bin gerade auf dem Weg unsere Koffer zu packen und Thomas zu suchen.“ Sie schluckt und wischt sich über die Augen. „Er wird sich sicher darüber freuen, endlich ein paar echte Palmen am Pool zu sehen.“ Das Lachen, welches sie im nächsten Moment ausstößt, hat etwas Hysterisches und wenig Vertrautes an sich.

Misstrauisch, aber zugleich voller Sorge, beäuge ich sie und fasse einen Entschluss.

„Mein Angebot ist vom Tisch. Du kannst nicht mehr umziehen.“ So leicht kommt sie mir nicht davon. Nicht, nachdem sie mit Alejandra gesprochen hat. Mehr und mehr beschleicht mich die Vermutung, dass ich mich aus Schmerz und Frust in etwas hineingesteigert habe, das nicht allein Porschas Schuld war.

Eines steht jedenfalls fest: Ohne über die Vergangenheit zu reden, bekommen wir die Zukunft nicht in den Griff. Das sehe ich jetzt ein.

Porscha starrt auf ihre Sandalen und scheint zu überlegen, ob sie mit ihrem Knöchel sieben Etagen zu Fuß hochsteigen kann. „Auch gut." Ihr Kopf schnellt hoch und ihre Miene zeigt endlich Kampfgeist. „Dann reisen wir trotzdem ab und hoffen, ohne Reservierung im *Spain Royal* unterzukommen. Die Saison hat noch nicht angefangen, das hast du selbst gesagt, vielleicht haben wir Glück."

Einen Teufel wird sie tun, jetzt, wo ich bereit bin, mich unseren Problemen zu stellen.

„Nein."

„Das hast du nicht zu bestimmen." Sie überkreuzt die Arme und mahlt mit dem Kiefer.

„Es tut mir leid." Versuche ich es eben mit einer Entschuldigung, wenn Befehle mich nicht weiterbringen. In den letzten Jahren bin ich bei Alejandra mit der Technik gut gefahren. Wobei es natürlich voraussetzt, dass die Bitte um Verzeihung ehrlich gemeint ist.

Porscha schüttelt den Kopf. „Das ist lächerlich. Wofür entschuldigst du dich?" Bevor ich antworten kann, spricht sie weiter. „Dafür, dass Alejandra fast gestorben wäre, weil ich ihr eine total beknackte Idee in den Kopf gesetzt habe, und dann abgehauen bin?" Eine Träne rollt ihr über die Wange und tropft auf den Boden. „Deine Schwester wäre fast gestorben, weil ich ihr erzählt habe, sie könnte alles schaffen, wenn sie nur fest an sich glaubt."

„Äh ...“

„Entschuldige dich also nicht.“ Sie weicht nach hinten aus. „Ich habe keine Entschuldigung verdient.“ Weitere Tränen laufen ihr übers Gesicht.

Mein Verhalten in den letzten Tagen ist allemal eine Entschuldigung wert. *Warum erkennt sie das nicht?*

Dass Porscha lautlos weint, ohne einen Schluchzer auszustoßen, beunruhigt mich. *Hat sie einen Nervenzusammenbruch?* Ein Blick auf ihre Hände, die sie zu verstecken versucht, verrät mir, dass sie zittern. Sogar ziemlich stark.

„Bitte geh, Rom. Lass mich in Ruhe meine Wunden lecken. Ich muss allein sein und mir überlegen, wie ich es bei deiner Schwester wiedergutmachen kann. Für diese Denkanstrengung brauche ich dich nicht.“

Denkanstrengung? Was ist das für ein hochtrabendes Wort? Es besteht kein Zweifel, die Frau vor mir ist einem Nervenzusammenbruch nah. Sie ist fix und fertig ... am Boden zerstört.

Der Fahrstuhl quietscht, rumpelt und wird in den nächsten Sekunden die Türen öffnen, wenn ich es nicht verhindere. Höchste Zeit einzuschreiten.

„Porscha ...“

„Nein!“ Meine ehemalige Freundin schüttelt den Kopf und macht Anstalten sich zur Treppe zu wenden. Jetzt, wo der Fahrstuhl jede Sekunde da ist? Es ist offiziell ... sie ist vollkommen durch den Wind und kann nicht mehr klar denken.

Kaum hat sie den nächsten Schritt von mir weg gemacht, schnappe ich sie mir. Bestimmt, aber so sanft, als könne sie im nächsten Augenblick zerbrechen, halte ich ihren Arm fest. Nur wenig später habe ich sie hochgehoben.

„Rom! Nein!"

„Doch."

„Lass mich sofort runter."

„Nein." Ich positioniere ihren Körper. „Wir müssen reden. Das hätten wir schon vor Jahren tun sollen. Es ist mein Fehler, dass wir es bisher nicht in Angriff genommen haben."

Mit Porscha, die jetzt Kopfüber baumelnd über meiner Schulter hängt, gehe ich an den Neuankömmlingen, die gerade aus dem Flughafenbus ausgestiegen sind, vorbei. Bevor wir nicht in meinem Appartement sind, werde ich sie nicht absetzen. Da kann sie zappeln und mir auf den Hintern schlagen, wie sie lustig ist. Jetzt bin ich am Zug.

25

Porscha

„Du bist ein schwerer Brocken", sagt Rom und setzt mich endlich ab. „Nächstes Mal trage ich dich wieder huckepack." Gefühlt sind wir einmal um den ganzen Hotelkomplex gelaufen. Mein Magen schmerzt, weil Roms muskulöse Schulter sich hineingebohrt hat. Unter Umständen hat es auch andere Gründe. Was ich zu verdauen habe, ist schließlich keine Kleinigkeit. Da kann einem Menschen schon mal schlecht werden.

„Vor ein paar Tagen hast du noch etwas ganz anderes behauptet", fühle ich mich genötigt zu erwidern und meine schlechte Laune an ihm auszulassen. Kein Vertreter des männlichen Geschlechtes sollte einer Frau sagen, sie wäre ein *schwerer Brocken*. Mich beschleicht der Verdacht, dass Rom mich ablenken möchte.

„Ach ja?" Mit einem Grinsen öffnet der Mann, der mich auf die unterschiedlichsten Arten durcheinanderbringt, die Tür. Sie führt in ein Appartement, das dem Hotel angeschlossen ist.

„Du hast gesagt, ich zitiere: Dein Po und deine Hüften sind der Traum eines jeden Mannes.“

Kaum habe ich das in der absolut richtigen Betonung ausgesprochen, strahlen mich zwei weiße Zahnreihen an. „Das hast du behalten?“

„Muss ich wohl.“ Verdammt, jetzt weiß er, dass sein Kompliment mir geschmeichelt hat. Außerdem ist es der Beweis, dass ihm die Ablenkung auf ganzer Linie gelungen ist.

„Komm bitte mit rein und lass uns reden.“ Er hält mir die Tür auf und blickt mir bittend in die Augen. Sein überspitztes Lächeln ist in sich zusammengefallen.

Verdammt! Warum fühlt sich meine Kehle plötzlich enger an, und warum atme ich seltsam stockend? Ist das der Panikmodus? Oder eine Vorstufe davon?

Gib dir einen Ruck.

„Also schön“, sage ich, nehme die Schultern zurück und versuche, normal Luft zu holen. „Vielleicht sollten wir wirklich über den Elefanten im Raum sprechen. Reinen Tisch machen, bevor ich zurück nach Frankfurt muss.“ Mit einem Schnaufen trete ich ein und wünsche mir gleichzeitig Alejandra wäre noch da. „Ich hätte es zwar vorgezogen, erst mit mir selbst klarzukommen, bevor du über mich herfällst, aber was machen schon ein paar emotionale Tiefschläge mehr oder weniger.“ Es muss an meinem angeschlagenen Zustand liegen, aber den letzten Satz, kann ich mir beim besten Willen nicht verkneifen. Obwohl ich es nicht möchte, weil die Geste kindisch ist, ziehe ich die Nase hoch. Sie läuft und meine Augen brennen auch. „Also ... wo soll ich hingehen?“

Fragend blicke ich mich im Gang um, von dem drei Türen abgehen. Die Wohnung ist größer, als es von draußen den Anschein hat. Der Boden besteht aus Travertin und die Wände sind weiß und glatt verputzt. Rechts neben mir hängt ein rahmenloser Ankleidespiegel, der von hinten beleuchtet zu sein scheint. Alles wirkt neu und gepflegt, ohne irgendeine Dekoration. Am Ende des Flurs ist eine mannshohe Palme positioniert, die der, die vor dem Hotel steht, sehr ähnelt. Sonst gibt es nichts. Nicht mal ein paar Schuhe stehen in den Ecken. Früher lagen immer Alejandras Sandalen und Flipflops überall herum. Auch ihre Schultasche hat tagtäglich mitten im Weg gestanden.

„Wohnst du allein hier?" Die Frage ist raus, bevor ich realisiere, was ich da von mir gegeben habe.

„Möchtest du wissen, ob ich Single bin?"

„Entschuldige. Nein." Wie dumm von mir. „Ich habe Alejandras Schuhe in den Ecken vermisst und wollte wissen, ob sie noch bei dir lebt. Aber ich habe kurzzeitig nicht bedacht, wie viel Zeit vergangen ist. Deine Schwester ist erwachsen und hat sicher ihre eigene Wohnung."

„Stimmt. Alejandra hat ein ähnliches Appartement auf der anderen Seite des Hotels." Rom folgt mir grunzend, legt die Schlüsselkarte weg und schließt die Tür. „Solltest du ihr einen Besuch abstatten, wirst du dort die hier vermissten Schuhe finden, und zwar in Hülle und Fülle. Versprochen. Meine Schwester verschlampt alles. In der Beziehung hat sie sich nicht weiterentwickelt und verhält sich unreif genau wie früher."

Roms Hotel scheint gut zu laufen, wenn er es sich leisten kann, gleich zwei Appartements für persönliche

Zwecke zu nutzen. Da Alejandra noch studiert, wird sie bestimmt keine Miete an ihn zahlen.

„Lass uns durch die Küche auf die Terrasse gehen." Er deutet auf eine Tür, die offensichtlich in den hinteren Teil der Räumlichkeiten führt.

Meine Hände in den Taschen vergrabend, setze ich mich in Bewegung. Dann los!

In der Küche öffnet Rom die Terrassentür und deutet auf ein gemütliches Plätzchen, bestehend aus einer runden Sitzecke, einem Tisch und einem Liegestuhl. Weil der Liegestuhl für ein ernstes Gespräch wie unseres nicht infrage kommt, nehme ich auf der runden Bank Platz, die mit ihren Kissen sehr bequem aussieht. Kaum berührt mein Hintern die Sitzfläche, schlage ich die Beine übereinander, lege die Hände in den Schoß und weiche Roms Blick aus. Sehr erwachsen. Wenn ich nur mehr Zeit gehabt hätte, um mich auf diese Unterhaltung vorzubereiten ...

Mist! So innerlich und äußerlich verklemmt war ich schon lange nicht mehr. Sicher wäre es besser gewesen eine Nacht über alles zu schlafen, bevor ich mich Roms Anschuldigungen stelle.

Auch mein Ex-Freund wirkt nur halb so locker wie sonst.

„Möchtest du etwas trinken?", fragt er mich.

Etwas Hochprozentiges könnte vielleicht helfen.

„Nein, danke." Ein Seufzen kommt mir über die Lippen. „Am besten sagst du, was es zu sagen gibt. Im Anschluss werde ich mich für mein Verhalten entschuldigen und umgehend meine Koffer packen." Ein gutes Angebot, finde ich.

Rom brummt etwas Unverständliches, das offenbar an ihn adressiert ist. Er wirkt so gar nicht zufrieden, mit dem, was ich von mir gegeben habe.

„Hasst du mich sehr?", frage ich, weil ich es einfach wissen muss.

Ein Seufzen kommt ihm über die Lippen, bevor er antwortet.

„Hassen ist nicht die richtige Beschreibung. Aber ich habe dich eine Zeit lang für das, was du uns angetan hast, verachtet", antwortet er und ich kann die Ehrlichkeit hinter seinen Worten erkennen.

Verständlich.

Mehr als ein Nicken bringe ich nicht zustande. Mit dem neuen Wissen, das ich seit heute habe, kann ich es sogar nachvollziehen, dass ich bei ihm auf Lebenszeit in Ungnade gefallen bin. Alejandra ist schließlich sein einziges noch lebendes Familienmitglied. Natürlich verachtet Rom mich für das, was ich seiner kleinen Schwester angetan habe. Ich habe sie zwar nicht die Steilküste hinuntergestoßen, aber Fakt ist, dass Alejandra sich niemals ohne mich auf den Weg gemacht hätte, wenn ich nicht nach Deutschland gegangen wäre. Sie hätte abgewartet, bis ich es ihr erlaubt hätte und sich später in ein kontrolliertes Abenteuer gestürzt, nicht in dieses vorprogrammierte Unglück.

„Es war damals nicht einfach für mich." Rom lässt sich mit geringem Abstand neben mir auf der Bank nieder. Sofort werde ich von seinem würzig holzigen Duft eingehüllt. „Als Alejandra zum Trail an der Steilküste aufgebrochen ist, ohne Bescheid zu geben, und ohne die geeignete Ausrüstung und mit dem Eifer und der Energie einer vom Leben enttäuschten Zwölfjährigen ...

Gott, etwas Derartiges möchte ich niemals mehr erleben ... ich bin an dem Tag tausend Tode gestorben." Der nächste Seufzer kommt von sehr tief unten. In seinem Gesicht ist kaum noch Farbe zu sehen. „Natürlich warst du der Sündenbock, der nicht zu fassen war, um meinen Frust und meine Wut abzubekommen. Ungesunderweise habe ich alles in mich reingefressen. Es war so viel leichter, dir die Schuld zu geben, als mich damit auseinanderzusetzen, dass Jugendliche nun mal Dinge tun, die sie nicht tun sollten. Dass sie vorpubertären Quatsch anrichten und sich in waghalsige Abenteuer stürzen, ohne jemandem Bescheid zu geben oder um Erlaubnis zu fragen."

Allein der Gedanke daran ... ich schlucke ...

„Ist sie tatsächlich gestürzt und abgerutscht?"

„Ja." Roms Gesichtsfarbe wechselt ins Grünliche. „Sie hat sich beide Beine gebrochen und musste mit dem Hubschrauber ins Krankenhaus geflogen werden. In dem Moment, als der Anruf kam, musste ich an meine Eltern denken. Auch sie hat man nach dem Autounfall mit dem Hubschrauber ins Krankenhaus gebracht ... und sie haben es nicht geschafft."

Zwiespälte überrollen mich und zwingen mich zum Nachdenken. Bin ich der Sündenbock? Unschuldig bin ich an der Misere jedenfalls nicht. Ich hätte mit Alejandra reden müssen, bevor ich nach Deutschland gegangen bin. Richtig reden, nicht nur umarmen und verabschieden – und auf später vertrösten. Sie war ein Kind und hat nicht verstanden, dass ich gehen musste, um mich unabhängig von meinen streitenden Eltern, die mich in zwei Teile reißen wollten, finden zu können.

Warum habe ich meine Flucht nach vorn nicht besser durchdacht? Warum habe ich die Menschen um mich herum von mir weggestoßen? Meine Eltern haben mich in die Enge getrieben und ich habe mich von ihnen drängen und anstacheln lassen.

Jetzt ist es zu spät! Zum Glück hat die kleine Alejandra einen Schutzengel gehabt. So landschaftlich schön die Steilküste auch ist, sie ist auch brandgefährlich und nichts für unerfahrene Wanderer.

„Es tut mir leid, dass ich ihr erzählt habe, sie könnte alles schaffen, was sie sich vornimmt. Ich wollte ihr Selbstbewusstsein stärken und nicht, dass sie im nächsten Augenblick allein loszieht und sich in Gefahr begibt. Das war nie meine Absicht. Das musst du mir glauben." Auch wenn die Entschuldigung zu spät kommt, muss ich sie aussprechen. Für mich und auch für Rom.

Vergebung kann ich nicht verlangen, aber unter Umständen akzeptiert er meine Entschuldigung.

„Alejandra wollte vom ersten Moment an wie du sein. Kaum bist du in unser Leben getreten, warst du ihr Vorbild." Ein Lächeln bildet sich auf Roms Lippen und lässt mich vermuten, dass er an früher denkt. Sogar etwas Farbe kommt zurück in seine Wangen.

„Und dann habe ich euch verlassen." Warum habe ich das Gefühl mich bei meinem Karriere- und Selbstfindungstrip im Nachhinein verrechnet zu haben? Die Gleichung ist nicht aufgegangen und ich Dummerchen habe es nicht bemerkt. Und dass, obwohl mein Alltag nur aus Zahlen und Berechnungen besteht.

„Warum hast du all meine Versuche mit dir Kontakt aufzunehmen abgeblockt? Diese strikte Zurückweisung habe ich nie verstanden. Deine Ablehnung hat mich mehr verletzt, als ich damals bereit war zuzugeben."

Rom schaut mir in die Augen, offensichtlich sucht er nach etwas in meinem Blick, das ihm meine Entscheidungen von damals erklärt. „Es hätte nicht so kommen müssen, wie es gekommen ist", fährt er fort. „Ich hätte über die Jahre hinweg keinen Groll gegen dich hegen müssen. Wir hätten in Kontakt bleiben können, wenigstens telefonieren oder skypen. Eine Fernbeziehung wäre zumindest einen Versuch wert gewesen." Kummer, der mich mitten ins Herz trifft, spricht aus jedem Einzelnen seiner Sätze.

Ich habe Rom zutiefst verletzt und das tut mir leid.

Könnte ich die Uhr doch nur zurückdrehen ... mit dem Wissen von heute, würde ich einiges anders machen.

Kurz schließe ich die Augen. Wenn Rom mich so tiefgehend ansieht, bin ich ein offenes Buch für ihn. Dann kann er bis in mein Innerstes schauen, und was er da sieht, möchte ich ihm nicht zeigen. Ich schäme mich dafür. *Heute* schäme ich mich dafür.

„Karriere zu machen war mir wichtig. Wichtiger als alles andere", erkläre ich und hebe die Lider wieder. „Das wäre für mich in der Form in Spanien nicht möglich gewesen. Außerdem hast du die Schwierigkeiten zwischen meinen Eltern mitbekommen. Ich steckte darin fest und musste eine Seite wählen. Obwohl kein Kind sich dazu gezwungen fühlen sollte, habe ich mich entschieden und meinen Vater gewählt und mich somit auf Frankfurt festgelegt." Wie schwer mir damals der Weggang vom Rom gefallen ist, weiß er selbst. Das brauche ich nicht zu erklären. Unsere tränenreiche

Verabschiedung am Flughafen werde ich niemals vergessen können. Bis zu dem Zeitpunkt war mir nicht bewusst gewesen, wie sehr ein Lebwohl wehtun kann.

„Bist du denn jetzt glücklich in der Firma deines Vaters?", fragt Rom, ohne mich aus den Augen zu lassen. Der Mann hat schon immer gern meine Reaktionen beobachtet.

„Ja." Endlich kann ich ihm ein Lächeln schenken. „Die Arbeit ist großartig, sie ist mein persönlicher beruflicher Traum. Ich bin Risikocontrollerin mit Verantwortung und einem eigenen Projektteam, welches ausschließlich für mich und damit für meine Kunden da ist. Den Status haben nicht viele Mitarbeiter bei Kanz Controlling. Mein Vater hat sein Versprechen, meine Karriere zu fördern und sie bis an die Spitze zu treiben, gehalten. Ich liebe meinen Job." Das ist die Wahrheit.

Rom nickt unmerklich und gibt mir damit zu verstehen, dass er Verständnis hat. „Liebst du deinen Verlobten auch?"

Überrascht hebe ich den Kopf. Ein interessanter Themenwechsel.

„Die Antwort sollte ebenfalls ein Ja aus vollem Herzen sein", sage ich und räuspere mich. „Aber leider bin ich mir nicht mehr sicher, ob Thomas und ich überhaupt noch ein Paar sind. Anscheinend funktioniert unsere Beziehung nur, wenn wir kaum Zeit füreinander haben."

Rom starrt mich an und wartet. Sein Blick lässt nicht locker, bleibt cool.

„Ich werde die Verlobung lösen und die Hochzeit absagen", spreche ich laut aus, was ich schon längst entschieden habe. „Heute Morgen beim Frühstück war ich schon kurz davor, Thomas um ein Gespräch zu bitten." Meine Finger kneten einander in meinem Schoß. „Mehr und mehr glaube ich, dass wir nicht zusammenpassen." Der Laut, der mir über die Lippen kommt, klingt wie ein irres Lachen. „Wir können uns ja nicht mal auf einen gemeinsamen Nachnamen einigen. Ein ganz schlechtes Omen, wenn du mich fragst."

„Was steht denn zur Auswahl?"

Fragt mich Rom, das allen Ernstes? Jetzt darüber zu reden ist schräg. Irgendwie widersinnig.

„Thomas möchte, dass ich entweder seinen Namen annehme oder einen Doppelnamen trage. Meinen Nachnamen verweigert er strikt. Aber Kanz-Kaster hört sich in meinen Ohren absolut furchtbar an." Obwohl das Problem bald nicht mehr besteht, möchte ich mir die Hände vors Gesicht schlagen. „Doppelnamen gehen gar nicht."

Einen Moment schweigt Rom, bevor sein Mundwinkel zu zucken beginnt.

„Kanz-Kaster hört sich schnell ausgesprochen wie Hans-Kasper an." Der Mann neben mir sagt das mit deutlicher Belustigung in der Stimme.

Bravo! Den Versprecher bekommst du nun nie mehr aus dem Kopf.

„Wie gut, dass ich mir darüber keine Sorgen mehr zu machen brauche." Erleichtert atme ich aus. „Ich werde Thomas nicht heiraten. Vielleicht können wir Freunde bleiben." Kaum ausgesprochen frage ich mich, ob das überhaupt möglich ist, da ich im Grunde genommen seine Chefin bin. Wird er all meine Anweisungen zukünftig infrage stellen? Hoffentlich nicht. In dem Fall wird unsere Zusammenarbeit nicht mehr funktionieren.

Meine Gedanken nehmen Fahrt auf und laufen plötzlich in eine ganz andere Richtung.

„Oh Gott, ich muss es meiner Mutter beichten“, platzt es aus mir heraus. „Dabei habe ich ihr Thomas erst letzte Woche vorgestellt. Sie wird mich für verrückt halten.“

„Bringe es besser erst deinem Verlobten bei und sage es anschließend Valeria. Sie wird es verstehen.“ Rom sagt das merkwürdig vergnügt. Ihn scheint meine verzwickte Situation zu amüsieren.

„Wahrscheinlich hast du recht. Meine Mutter habe ich zehn Jahre nicht gesehen, somit kann ich nicht einschätzen, wie sie reagieren wird. Aber im Grunde ist es auch nicht wichtig. Ich entscheide schließlich, wen ich heirate.“

„Du hast vor zehn Jahren einen sauberen Schnitt gemacht.“ Rom scheint erst jetzt bewusst zu werden, dass ich mich nicht nur von ihm und Alejandra zurückgezogen habe, sondern auch von meiner Mutter.

„Nur, weil ich mich vollständig abgekapselt habe, habe ich es geschafft, mich von euch und dem Land mit all seiner atemberaubenden Natur zu lösen. Die Isolation in Frankfurt musste sein. Damals dachte ich, es gäbe keine andere Lösung, um Karriere machen zu können. Ich war jung und dumm – und ich habe meine berufliche Zukunft an die erste Stelle gesetzt. Bestimmt hätte es einen Kompromiss gegeben, den ich damals aber nicht gesehen habe.“

„Das denke ich auch.“ Wehmut schwingt in seinen Worten mit.

Einen Moment lang schweigen wir, sitzen einfach nur da und lassen alles Gesagte zwischen uns wirken. Es fühlt sich wie Frieden an.

Als Rom seine Hand nach meiner ausstreckt, ergreife ich sie und verschränke meine Finger mit seinen. Jetzt in diesem Augenblick kommen wir ganz ohne Worte aus. Wir verstehen uns, so wie wir uns früher verstanden haben.

26

Porscha

„Ich bin Single", durchbricht Rom unser Schweigen. „Auch wenn du das eben nicht wissen wolltest, möchte ich es dir gern erzählen. Es hat nach dir keine neue Beziehung gegeben, immer nur flüchtige Freundschaften, die zu nichts Festem geführt haben."

Die Worte hallen in mir nach und füllen die Stille zwischen uns aus. Obwohl es keinen Grund gibt – schließlich bin ich noch verlobt –, behagt mir die Vorstellung, dass ich bisher Roms einzige große Liebe war.

„Oh." Eine andere schlaue Antwort fällt mir nicht ein. Ich bin noch damit beschäftigt, den Nachhall dieser Worte bis in die Fingerspitzen zu fühlen. Die Hand, die Roms Finger umschließt, ist besonders betroffen.

„Auch auf die Gefahr hin, dass ich mehr verlange, als dir möglich ist ... aber könntest du deinen Urlaub verlängern? Natürlich nur, wenn du noch ein paar Tage mit Alejandra und mir verbringen möchtest. Meine Schwester würde sich unglaublich freuen."

Was für eine Vorlage! Ob Rom die absichtlich so plat-
ziert hat?

„Nur deine Schwester?", frage ich, was er vermutlich
hören möchte.

Wohin soll das Gespräch führen, Porscha?

„Nein." Rom zieht an meiner Hand und fordert mich
auf, auf seinen Schoss zu krabbeln. Ich tue ihm den Gefallen und setze mich rittlings auf seine Oberschenkel,
die Knie auf der Sitzfläche angewinkelt. In der Position
haben wir früher oft zusammen gekuschelt. „Bestimmt
würde ich mich sehr viel mehr freuen als Alejandra."
Seine Hände legen sich auf den unteren Bereich meines
Rückens. „Jetzt, wo wir uns wiedergetroffen und ein
paar Dinge geklärt haben, möchte ich dich nicht sofort
wieder abreisen lassen. Es gibt noch so viel, was ich dir
erzählen möchte."

Ehrliche Worte.

„Du bist nicht mehr enttäuscht von mir?"

Rom verdreht die Augen und unterdrückt ein Kopfschütteln. „Ich war nie enttäuscht von dir, Porscha. Es
gehört eine Menge Mut dazu, alles für die Karriere zu-
rückzulassen und in einem anderen Land neu anzufangen. Etwas Derartiges trauen sich nur Menschen mit
starkem Charakter und grenzenlosem Kampfgeist."
Rom hebt eine Hand und streicht mir ein paar lose
Haarsträhnen hinters Ohr. „Ich war sauer und wütend
auf dich, nicht enttäuscht. Das ist ein Unterschied."

„Ich verstehe. Und jetzt bist du nicht mehr sauer und
wütend auf mich?" Ein Zwinkern kann ich mir nicht
verkneifen. Dieses lockere Gespräch, lässt mich unbe-
fangen und offen reagieren. Genau wie früher.

Der Mann, auf dessen wunderbar bequemen Schoss ich sitze, stößt einen Laut aus, der alles Mögliche bedeuten kann. „Sagen wir mal so ... ich konnte dir früher nie lange böse sein und ich kann es heute offensichtlich auch nicht. Für dein Handeln habe ich Verständnis. Und obwohl mir die Art und Weise wie du dich von Alejandra und mir abgenabelt hast, nicht gefallen hat, möchte ich dich – nach unserer Aussprache – nicht mehr verlieren. Es muss eine Lösung für unsere Situation geben."

„Meine Arbeit ist in Frankfurt." In dem Satz liegt eine gewisse Schwere, die ich nicht zurückhalten kann.

Roms Miene verfinstert sich. „Ich habe dich lediglich gebeten, deinen Urlaub für ein paar Tage zu verlängern, nicht mich zu heiraten und in Spanien zu bleiben."

Ups! Da habe ich wohl zu schnell zu viel hineininterpretiert.

„Du hast recht. Mein Fehler. Machen wir einen Schritt nach dem anderen." Da ich von seiner muskulösen Brust angezogen werde, lege ich meine Handflächen auf seinen Sixpack. Der Drang, ihn zu streicheln, und die Veränderungen unter seinem T-Shirt zu erforschen ist unglaublich groß. Roms früher schon maskuliner Körperbau, wirkt heute um ein Vielfaches definierter. Ich könnte ...

Porscha, du bist noch verlobt!

Woher kommen diese aufreizenden Hirngespinste? Was ist mit deinem Schamgefühl passiert? Reiß dich gefälligst zusammen!

„Ein Vorschlag." Ich grinse. „Du gibst mir ein kleines Hotelzimmer, keine Suite, zum Familien-und-beste-

Freundinnen-Preis und ich werde meinen Vater darüber informieren, dass ich nächste Woche von hier aus meine Arbeit wieder aufnehme. Meinen Laptop und alles, was ich dafür brauche, habe ich dabei."

Rom nickt lächelnd. „Natürlich nimmst du deine Arbeit mit in den Urlaub, nichts anderes hätte ich von dir erwartet."

„Machst du dich lustig über mich?", frage ich und kneife ihn.

Holla! Diese Muskelstränge waren früher nicht derart durchtrainiert. Darauf würde ich meinen besten Bikini verwetten. Schnell, bevor ich mich zu mehr hinreißen lassen kann, platziere ich die Hand wieder da, wo sie war, im sicheren Bereich.

„Nein, aber es entspricht deinem Charakter, von dem wir eben gesprochen haben." Rom grinst breiter als zuvor. „Einen Charakter, den ich übrigens sehr mag."

Ein Kompliment. Genieße es ...

„Perfekt. Dann machen wir es so, wie ich es vorgeschlagen habe." Vorfreude, im wunderschönen *Hermosas Palmeras* bleiben zu können, überkommt mich.

„Nicht ganz."

„Nein?" Meine Vorfreude zieht die Handbremse.

„Nein." Rom schüttelt den Kopf und legt beide Arme um meinen Rücken. Ehe ich mich versehe, hat er mich an seine Brust gezogen, sodass ich mit der Wange direkt über seinem Herzen zum Liegen komme. „Du bleibst in der Suite wohnen und ziehst nicht in ein Einzelzimmer. Ich erinnere mich noch, wie sehr du früher den Blick aufs Meer geliebt hast. Und da Frankfurt kein Meer hat und du den Anblick zehn Jahre entbehren musstest, solltest du dort wohnen bleiben."

Wärme erfüllt mich. Hat er früher auch schon so nette Sachen gesagt?

„Der Ausblick ist wahrhaftig ein Traum", stimme ich ihm zu und lausche seinem Herzen, das unter meinem Ohr schlägt.

„Außerdem ...", das Pochen in seiner Brust beschleunigt sich, „... werde ich von dir kein Geld annehmen. Bleib, solange du möchtest, genieße die Aussicht und lass uns sehen, wie es in Zukunft weitergehen könnte."

Wie bitte? Ich möchte mich aufrichten, aber Rom hält mich fest. War ja klar.

„Auf keinen Fall wohne ich bei dir, ohne dafür zu bezahlen", protestiere ich. Schmarotzen liegt mir nicht. „Weißt du, wie teuer die drei Wochen Urlaub hier sind? Dein Hotel kostet pro Nacht ein Vermögen."

Mein, voller Erregung ausgesprochener Kommentar, entlockt Rom ein herzhaftes Lachen. „Natürlich kenne ich die Übernachtungspreise des *Hermosas Palmeras*. Aber du bist mein Gast und von meinen persönlichen Gästen, die zur Familie gehören, nehme ich kein Geld."

„Rom ... das ist zu viel", winde ich mich, obwohl ich weiß, dass ich diesen Kampf verlieren werde.

„Porscha, es ist gerade keine Saison. Wir sind nicht ausgelastet. Du machst dir Gedanken um etwas, das ohne Belang ist." Er streicht mir über den Rücken. „Außerdem will ich es und damit ist es beschlossene Sache. Es ist mein Wunsch, dass du dich wohlfühlst. Ein schönes Zimmer mit Aussicht ist da die beste Voraussetzung. Seine Hand hält inne. „Das Hotel gehört mir, ich entscheide."

Also schön. Kämpfen hat eh wenig Sinn. Ich kenne den sturen Rom zu gut. Wenn der Mann sich einmal etwas in den Kopf gesetzt hat, ist er nicht zu bremsen.

„Du hast gewonnen." Nur Roms rasender Herzschlag verrät mir, dass er sich nicht hundertprozentig sicher war, dass ich nachgeben würde. „Ein paar Dinge muss ich noch klären, wenn ich außerhalb von Deutschland arbeite, aber sobald ich das Okay der Firma habe, kann ich von überall in Europa aus tätig sein. Es sollte keine Probleme geben."

„Gut." Roms Arme umschlingen mich wieder fester. „Wann reist dein Ex-Verlobter ab?"

Eine interessante Frage! Noch ist Thomas nicht mein Ex-Verlobter.

Obwohl Rom, von seiner Position aus, nicht in mein Gesicht sehen kann, verkneife ich mir ein Schmunzeln. Die Bemerkung ist genauso typisch für ihn wie seine Sturköpfigkeit.

Zufrieden und von einem rundum wohligen Gefühl erfüllt, kuschele ich mich an ihn, krieche fast in ihn hinein. „Zuerst muss ich Thomas mitteilen, dass die Hochzeit abgesagt ist. Wie ich ihn kenne, wird er bereits ahnen, dass etwas im Busch ist. Er hat ein Gespür für dicke Luft. Beim Frühstück hat er mich bereits gefragt, ob mit mir alles in Ordnung sei." Tief einatmend nehme ich Roms ganz eigenen Duft wahr, der von seinem T-Shirt ausgeht. Pure Männlichkeit. „Heute Abend rede ich mit ihm. Ich werde unsere Beziehung beenden und ihm mitteilen, dass er ohne mich nach Deutschland zurückreisen muss."

Rom schweigt, aber ich spüre trotzdem, dass ihm die Antwort gefällt.

27

Romeo

Meine Laune ist grandios. Ich bin höchstens zwei Wolken von Wolke Sieben entfernt. Alles in mir drin und um mich herum scheint wunderbar leicht zu sein. Das Warum ist nicht schwer nachzuvollziehen.

Den Mittag habe ich mit Porscha verbracht. Ich habe uns Essen aus der Küche kommen lassen und wir haben geredet. Über Frankfurt, ihre erste Zeit in Deutschland und natürlich über Alejandra. Mit stolzgeschwellter Brust habe ich Porscha von Alejandras Studium erzählt, den künstlichen Palmen und den Preisen und Auszeichnungen, die sie in ihrem jungen Alter bereits gewonnen hat.

Höchstwahrscheinlich blitzte in meiner Laudatio mehr als nur ein bisschen Großer-Bruder-Stolz zwischen den Zeilen hervor. Zum Glück war mir das kein bisschen peinlich. Alejandra ist meine Familie und ich feiere jeden ihrer Erfolge, egal wie klein oder groß sie sind. Das habe ich schon gemacht, als sie drei Jahre war, und das mache ich auch heute noch. Und da die Frau, die sich meinen Lobgesang anhören musste, mich in und auswendig kennt, hatte sie dafür Verständnis.

Porschas Gesicht war im Anschluss rot und angespannt vom Zuhören, deshalb glaube ich nicht, dass sie mich für voreingenommen gehalten hat. Bestimmt hätte sie sonst anders reagiert.

In ihrer Begeisterung hat sie mir versichert, dass sie meine Schwester noch vor dem Abendessen in ihrem Atelier besuchen und mehr über ihre speziellen Werke erfahren möchte. Offensichtlich hält ihr Armleuchter von Verlobtem die blühenden und gut fünfzehn Meter hohen Talipot-Palmen vor dem Haupteingang für billigen Plastikkram. Überhebliches Großmaul.

Dabei trägt das Hotel nur wegen der aufsehenerregenden Meisterstücke, die zum Teil aus urwüchsigem Material aus der Natur stammen, den Namen *Hermosas Palmeras*. Die beiden Worte sind meine Wortschöpfung und bedeuten übersetzt: Wunderschöne Palmen.

Doch bevor Porscha Alejandra aufsucht und mit ihr spricht, möchte ich meiner Schwester persönlich von Porschas Plan, ihren Urlaub zu verlängern, erzählen. Im Grunde war diese Verlängerung mein Wunsch, aber das muss Alejandra nicht unbedingt erfahren. Sie wird sich so oder so ihren Teil denken, da muss ich nicht noch Hoffnungen wecken, die sich unter Umständen nicht bewahrheiten. Alejandra und Porscha waren damals ein eingeschworenes Team. Vielleicht besteht die winzige Chance, dass sie wieder eines werden.

Meine Schwester soll einfach unvoreingenommen und objektiv bleiben, auch wenn es schwerfällt. Das ist mein einziger Wunsch an sie. Der Rest wird sich finden. Irgendwann.

An der Tür zu ihrem Atelier hängt ein Bitte-nicht-stören-Schild. Sie ist also da und arbeitet. Perfekt für mich. Hoffentlich reißt sie mir nicht den Kopf ab, weil ich es wage, sie in einer kreativen Schaffensphase zu stören.

Mir die Sätze im Kopf zurechtlegend, klopfe ich zaghaft an. „Alejandra? Bist du da? Können wir reden?" Mit dem Ohr an der Tür lausche ich. „Kann ich reinkommen?"

„Moment!" Es rumpelt und wenig später ertönt ein Laut, der sich irgendwie schmerzverzerrt anhört ... dann, Sekunden später, leuchtet das grüne Lämpchen über dem Schloss und die Tür wird aufgerissen.

„Hey, Rom." Meine Schwester reibt sich die Zehen ihres rechten Fußes an der linken Wade. Ihre Wangen sind leicht gerötet, wie immer, wenn sie tief versunken in einem schöpferischen Prozess steckt.

„Ist dir was auf den Zeh gefallen?", frage ich und sehe zu, wie sie schneller an ihrem Fuß reibt.

„Jep. Passiert schon mal. Komm rein ...", sie dreht sich um und humpelt zu ihrem Arbeitsplatz zurück, „... und mach bitte die Tür hinter dir zu."

Folgsam tue ich wie mir geheißen und nähere mich Alejandra und ihrem aktuellen Projekt. „Das ist aber nicht das Glanzstück, welches du für die Kunsthochschule anfertigst", stelle ich fest und sehe auf die vielen Farben, die auf dem Tisch ausgebreitet liegen, wo sich sonst nur Grün- und Brauntöne tummeln. Warum liegt hier ein kompletter Farbkreis?

„Nein, das Projekt für die Kunsthochschule ist fast fertig und steht nebenan im Lagerraum." Sie schnappt sich eine Rolle, aus der sich ein roter Kunststofffaden gelöst hat, und beginnt sie wieder aufzuwickeln. Ihre Handgriffe und Bewegungen haben etwas Zerstreutes an sich, das vollkommen untypisch für meine Schwester ist. Dabei ist sie in ihrem Atelier für gewöhnlich die Ruhe selbst.

„Was führt dich zu mir?" Sie schiebt ein Palmenblatt, das kunterbunt und komplett entgegen der Natur zu sein scheint, unter ein weißes Blatt Papier.

„Äh ..." Verwirrt von der Tatsache, dass Alejandra versucht, ihre Arbeit vor mir zu verstecken, fehlen mir kurzzeitig die Worte. So hat sie sich mir gegenüber noch nie verhalten. *Warum macht sie das?*

„Kommst du wegen Porscha?" Sie schiebt sich in mein Blickfeld und versperrt mir mit ihrem Körper die Sicht auf ihren Arbeitsplatz. Jetzt kann ich nichts mehr sehen. Schade.

Was hat sie gefragt? Es fühlt sich an, als hätte mein Gehirn einen Systemabsturz.

„Äh." Konzentration. „Ja! Ich komme wegen Porscha." Mich innerlich sammelnd, räuspere ich mich. „Sie streckt ihren Urlaub um ein paar Tage und bleibt länger als geplant im *Hermosas Palmeras.*"

Zupft da ein Lächeln an Alejandras Mundwinkeln? Um mich zu vergewissern und mir keine Reaktion entgehen zu lassen, klebt mein Blick auf meiner Schwester.

„Darf ich raten?" Alejandra lehnt sich mit der Hüfte gegen ihren Arbeitstisch und legt die Plastikgarnrolle aus der Hand. „Du hast sie gebeten zu bleiben?"

Na und?

„Stört es dich, dass ich das getan habe?"

„Nein." Alejandra lächelt jetzt offensichtlicher. „Es gefällt mir, Porscha hier bei uns zu haben. Es erinnert mich an früher."

Mein Schwesterherz hat einen weichen und verständnisvollen Charakter, sodass sie in jeder Person stets das Gute sieht. Im Gegensatz zu mir hat sie schon vor Jahren das Verständnis für Porschas Flucht nach Deutschland aufbringen können. Unter Umständen besitzt Alejandra dieses besondere Gespür, weil sie, genau wie Porscha, ihre Arbeit über alles liebt. Sie kann nachvollziehen, dass ein karriereorientierter Mensch Unannehmlichkeiten für den beruflichen Erfolg in Kauf nimmt. Obwohl meine Schwester dreizehn Jahre jünger ist als ich, ist sie mir heute nicht zum ersten Mal in ihrem jungen Leben emotional voraus.

„Mir gefällt es auch. Sehr sogar."

Fang jetzt nicht an dämlich zu grinsen.

„Habt ihr euch ausgesprochen? Ein paar Dinge geklärt?"

„Ja, das haben wir." Das Lächeln auf meinen Lippen erscheint automatisch und wirkt hoffentlich nicht dämlich. „Zumindest haben wir einen Anfang gemacht. In den nächsten Tagen werden sicher noch weitere Gespräche folgen." Das Bedürfnis zu schlucken ist groß, deshalb tue ich es. Mein Mund ist seltsam trocken. „Porscha hat sich stark verändert." Obwohl ich ihre Persönlichkeit meine, muss ich an ihre weiblichen sexy Rundungen denken, die früher nicht da waren. Allein mir vorzustellen, ich könnte sie dort berühren, beschert mir einen noch trockeneren Mund. „Ich möchte sie gern neu kennenlernen ... und sie mich hoffentlich auch."

Jetzt ist die Wahrheit raus.

Alejandra grinst so breit, dass nicht ein, sondern gleich zwei Schokoriegel quer in ihren Mund passen würden. „Ich freu mich für euch."

„Danke."

„Zehn Jahre sind eine lange Zeit." Sie lässt mich nicht aus den Augen. „Ihr hättet euch schon früher ausprechen sollen."

„Vielleicht. Jetzt hat das Schicksal die Entscheidung für uns getroffen." Zufrieden mit dem Gespräch vergrabe ich meine Hände in den Taschen meiner Lieblings-Cargo-Shorts. „Gekommen bin ich nur, damit du informiert bist. Porscha möchte dich im Atelier aufsuchen und alles über deine Arbeit erfahren. Stell dich auf einen Besuch von ihr ein. Vermutlich noch heute. Als ich mich eben von ihr verabschiedet habe, schien sie äußerst begierig darauf zu sein, mehr über deine Kunst zu erfahren."

„Okayyy." Alejandra zieht das Wort merkwürdig in die Länge, als würde sie gerade anfangen wild zu überlegen. Was versteckt sie vor mir und den Menschen, die sie in ihrem Atelier aufsuchen wollen? Irgendetwas ist im Busch. Mein Radar schlägt jetzt schon zum zweiten Mal aus, seit ich hier bin.

„An was arbeitest du überhaupt, wenn dein Kunstprojekt fast fertig ist?" Wenig subtil versuche ich, an ihr vorbei auf den Arbeitstisch zu schauen. In der Regel spricht Alejandra gern über ihre kunstvollen Pflanzennachbildungen. Meist erzählt sie von einer neuen Projektidee, ohne dass ich fragen muss. Dieses Mal ist es anscheinend anders. Dass sie plötzlich anfängt, auf ihrem Zeigefinger zu kauen, ist der nächste Beweis.

Interessant. Die sich sonst von nichts aus der Ruhe bringen lassende Künstlerin wirkt plötzlich befangen. Sie vergäbt sogar die Hände in den Hosentaschen, nachdem sie ihren armen Zeigefinger aus dem Mund entlassen hat.

„Versprich mir, dass du das, was ich dir erzähle und schon erzählt habe, für dich behältst und es nicht an die große Glocke hängst." Sie stellt sich aufrechter hin. „Die neue Palme ist noch lange nicht fertig. Ich probiere noch einige Dinge aus. Außerdem möchte Juan, dass ich für ihn im Verborgenen arbeite. Das ist von großer Wichtigkeit für ihn."

Mein Kopf legt sich automatisch schief. Gespannt beobachte ich das einzige Mitglied meiner Familie. „Jetzt hast du mich noch neugieriger gemacht. Was hat es mit den vielen verschiedenen Farben auf sich, die hier herumliegen? Was für eine besondere Palme kreierst du? Für Juan?"

Alejandra verschränkt die Arme vor der Brust. „Habe ich dein Wort, dass du verschwiegen bist? Du wirst Juan González nicht mit Fragen bombardieren, und auch keinen anderen vom Personal hintenherum aushorchen?"

Wenn meine Schwester plant, eine Dummheit zu begehen, werde ich sicher nicht tatenlos zusehen. Was denkt sie sich nur?

Ich stoße ein Brummen aus und ziehe die Augenbrauen zusammen. Danach versuche ich an ihr vorbei oder durch sie hindurchzuschauen.

„Rom, versprich es mir!"
Kleine Schwestern sind unglaublich nervig!

„Ja, Teufel noch eins, ich verspreche es. Bist du jetzt zufrieden?" Was habe ich denn für eine Wahl? Ich werde das Atelier garantiert nicht verlassen, bevor ich über alles im Bilde bin.

Alejandra nickt und gibt den Blick auf den vor Unordnung strotzenden Projekttisch frei.

Heiliges kreatives Chaos! Wie kann sie darin arbeiten?

Voller Wissbegier betrachte ich die unzähligen Farben, die über den gesamten Arbeitsplatz verstreut ausgebreitet liegen. Es sind nicht nur Buntstifte und Marker, es gibt auch transparente Farbfolien und Kunststoff-Granulatkörner in verschiedenen Größen. „Entwickelst du eine bunte Palme mit Regenbogenblättern?" Meine Äußerung sollte ein Witz sein, aber Alejandra lacht nicht, sondern fängt an zu nicken. Dabei lässt sie mich nicht aus den Augen. Sie wartet eindeutig auf eine Reaktion von mir, egal wie diese auch ausfallen mag.

„Was hat eine freaky Regenbogenpalme mit Juan dem Nicht-Dieb zu tun?" Wie soll ich den Kontext verstehen? „Alles, was mit meinem Hotel zusammenhängt, muss ich erfahren, Schwesterherz. Also besser du gibst mir schleunigst eine Erklärung – eine ausführliche, die auch ich begreifen kann." Im Stillen hoffe ich, dass Alejandra und Juan diese neuen farbenfrohen Palmen nicht planen an den Kinderpool zu stellen. Ich bin fest davon überzeugt, dass nur ein Bruchteil unserer Gäste ahnt, dass die Dattelpalmen am Hotelpool aus organischem Polymer bestehen. Mit einer bunten Palme, die aus einem Kilometer Entfernung pures Plastik schreit, würden wir uns garantiert keinen Gefallen tun. Es würde unter Umständen billig erscheinen und Alejandras restliche Arbeit in ein falsches Licht rücken.

„Reg dich ab. Meine neue Kunst wird nicht im *Hermosas Palmeras* landen. Sie ist für eine bestimmte Organisation gedacht – nicht für dich.“

„Du hast einen Auftrag?“ Das überrascht mich. „Einen echten Auftrag, der dir Geld einbringt?“ Die Frage ist gemein, da Alejandra noch studiert und kein regelmäßiges Einkommen bezieht. Bis auf die Preisgelder, die sie einheimst, verdient sie nichts. Aber ich muss trotzdem nachfragen. Wenn dem so ist, bin ich noch stolzer auf sie, als ich es sowieso schon bin. Nicht jeder kreative Könner schafft es, seinen Lebensunterhalt mit der eigenen Kunst zu finanzieren. Und ein erster Auftraggeber ist immerhin ein Anfang.

„Klappt alles so, wie ich es mir vorstelle, könnte es von der speziellen, sehr bunten Kokospalme, die ich gerade entwerfe, bald mehr als eine geben.“

„Echt?“ Das wird ja immer besser. „Du produzierst in Serie?“ Wenn ich nicht aufpasse, bleibt mein Mund offenstehen, so beeindruckt bin ich.

„Mach dich nicht lächerlich, Brüderchen. Blick dich um. Wie soll ich bei dem Platzmangel, etwas in Serie produzieren, das zwei Meter hoch und etwa einen halben Meter im Durchmesser misst.“ Sie schaut zur Seite, wo eine Menge Kram steht, von dem ich nicht weiß, wofür sie ihn überhaupt braucht. „Aber du hast zum Teil recht, ich plane in Serie. Produziert wird später woanders.“

Alejandra mag ihr Atelier gern als Schuhschachtel bezeichnen, aber der Raum misst sechs mal acht Meter und hat außerdem noch eine Abstellkammer, die ihr als Lagerraum dient. Die Decke, die natürlich ein Oberlicht besitzt, ist sieben Meter hoch. Ihre Kunstwerke sind keine Fingerhüte, nur deshalb fühlt sie sich in dem Räumchen, welches eher einer Halle gleichkommt, beengt.

„Erkläre es mir, bitte. So, dass ich es verstehe. Denn bis jetzt checke ich nur einen Bruchteil, von dem, was ich hier sehe. Was hat das alles mit Juan zu tun?"

„Na schön. Aber du hast versprochen, Juan González in Ruhe zu lassen … nur zur Erinnerung." Alejandra nimmt ein Blatt von der Pinnwand zu ihrer Rechten. Es ist ein Zettel mit einer handgeschriebenen Botschaft und etwas Buntem darauf. „Das hat Juan vor zwei Wochen in meinem Atelier für mich hinterlassen." Ihr Blick verändert sich. „Es ist eine Skizze mit der Bitte eine besondere Palme für eine besondere Organisation zu entwerfen."

Langsam verstehe ich. Die Puzzleteile rutschen an ihren Platz. „Du erschaffst etwas Kunstvolles für eine Pride Community." Es ist eine Feststellung, keine Frage. Die Skizze, die sie so hochhält, dass ich sie sehen kann, ist nicht anders zu deuten.

„Ja, Juan engagiert sich für die LBTGQ+ Szene und hat mich um Hilfe für ein zukünftiges Event gebeten. An dem Tag, wo ich dachte, es wäre bei mir eingebrochen worden, hat er hier an meinem Projekttisch die Skizze angefertigt."

Einen Moment lang lasse ich die Worte auf mich wirken.

„Glaubst du, ich hätte kein Verständnis für die Szene? Oder warum sträubst du dich derart, mich in alles einzuweihen?" Es verletzt mich, dass Alejandra annimmt, ich wäre contra gegenüber der Pride Community eingestellt. „Wie kommst du zu dem Schluss?“, frage ich und hebe meine Stimme. „Wenn mich jemand um Hilfe gebeten hätte, hätte ich den Speisesaal für eine LBGTQ+ Party zur Verfügung gestellt ... kostenfrei.“ Hitze steigt mir den Hals hinauf, sosehr habe ich mich in Rage geredet.

„Rom.“ Alejandra legt mir eine Hand auf den Unterarm. „Meine Geheimniskrämerei hat nichts mit dir zu tun, oder damit, dass ich denke, du könntest etwas gegen queere Menschen haben. Du bist mein Bruder, ich kenne dich und weiß, wie du tickst. Du hast keine Vorurteile, wie manch andere.“ Sie drückt mich und sorgt mit ihrem Einfühlungsvermögen dafür, dass mein Blutdruck zu sinken beginnt. „Aber ich muss Juans vertrauliche Bitte respektieren. Er möchte seine sexuelle Orientierung nicht öffentlich machen und bei diesem speziellen Projekt zunächst noch unerkannt bleiben. Damit, dass ich dir seinen Namen verraten habe, habe ich schon einen Vertrauensbruch begangen. Und ich habe mich nur dazu hinreißen lassen, weil ich mir sicher bin, dass ich mich hundertprozentig auf dich verlassen kann. Ich vertraue dir, Bruder.“ Sie zieht sich an meinem Arm hoch, stellt sich auf Zehenspitzen und gibt mir einen Kuss auf die Wange.

Sofort fühle ich mich entwaffnet. Mit Liebe entwaffnet.

„Danke“, sage ich, von ihrer Geste besänftigt.

Kaum steht Alejandra wieder auf ihren Füßen, sehen wir uns an und schweigen einen Moment.

„Also ist Juan nicht dein fester Freund?“, frage ich, was mir auf der Zunge brennt. Das schließe ich aus der

Tatsache, dass er seine sexuelle Orientierung nicht bekannt machen möchte. „Hugo hat da eventuell etwas angedeutet", bohre ich nach.

Alejandra kneift die Augen zusammen. „Er hat versprochen dir nichts zu verraten."

„Hat er auch nicht. Wie ich schon sagte, er hat nur Andeutungen gemacht und mich dann mit nichts als heißer Luft hängen lassen."

Die Falten auf ihrer Stirn nehmen zu. „Auch Andeutungen zu machen war verboten."

Dieses Mal verdrehe ich die Augen. „Also ist Juan dein Freund oder nicht?"

„Er ist mein Freund, aber nicht mein fester Freund."

Die Antwort bringt mich keinen Schritt weiter. Ich habe das Gefühl, auf der Stelle zu treten. „Hast du denn einen Freund? Einen festen, meine ich?"

„Ja."

„Ja? Einfach nur Ja?" Ein Schnauben kommt mir über die Lippen. „Wann lerne ich ihn kennen?", frage ich, nicht bereit mich erneut mit einem schlichten Ja zu begnügen.

„Wenn ich denke, dass die Zeit dafür reif ist. Du wirst dich gedulden müssen."

„Gehört er zum Hotelpersonal?" Ich werde nur äußerst ungern im Unklaren gelassen.

„Nein."

„Zur Kunsthochschule?"

„Ja." Alejandra wendet sich ab und schiebt Sachen auf ihrem Projekttisch zusammen. „Mehr verrate ich dir nicht. Du wirst dich gedulden müssen", wiederholt sie sich.

„Na schön“, gebe ich nach, da ich mir bewusst bin, dass ich hier und heute nicht mehr aus ihr herausbekommen werde. Wenn Alejandra in den nächsten Wochen immer noch die Schweigsame spielt, kann ich mir überlegen, wie ich weiter vorgehe.

Plötzlich, als hätte meine Schwester einen Einfall, dreht sie sich zu mir um. Ein Strahlen, statt des griesgrämigen Ausdrucks im Gesicht.

„War es nur so daher gesagt, oder würdest du den Speisesaal des *Hermosas Palmeras* wirklich endgeldlos zum Nulltarif für ein Pride-Event zur Verfügung stellen?“

Bravo, Rom.

Mit Ansage reingeritten.

28

Porscha

Am nächsten Tag

Heute sage ich Thomas, dass es mit unserer Beziehung vorbei ist und ich mich von ihm trennen möchte. Zu gern hätte ich es gestern, nachdem ich von Rom und später von Alejandra kam, getan, aber Thomas hatte wohl einen Cocktail zu viel am Pool. Dazu die brütend heiße Sonne Spaniens ... und Janet, die, obwohl sie zu den sportlichen Gesundheitsfanatikerinnen zählt, ziemlich trinkfest ist ... und schon hat es meinen zukünftigen Ex-Verlobten dahingerafft.

Ich habe ihn am späten Nachmittag schnarchend auf dem Bett vorgefunden und bin, nachdem ich mich geduscht und frisch gemacht habe, mit Janet, statt mit ihm zum Abendessen gegangen. Das offene Gespräch lag mir wie ein Klotz im Magen und hat dazu geführt, dass ich kaum etwas gegessen, sondern nur Janets neuesten Geschichten aus dem Fitnessstudio gelauscht habe. Anscheinend trainiert momentan ein Vierundachtzigjähriger an der Hantelbank, um sein Stehvermögen im Bett zu steigern.

Obwohl ich mit meinen Gedanken während des Essens immer wieder zu Thomas und unserem baldigen Schlussstrich abgedriftet bin, hat mich die Anekdote des entschlossenen Rentners vom Trübsalblasen abgehalten. Mit Janet an einem Tisch wird es eben nie langweilig. Hin und wieder empfinde ich ihre Gesellschaft als Plage, aber dann ist sie wieder so einnehmend und sorgt mit ihrer lebhaften Erzählweise und den lustigen Geschichten dafür, dass sich bei allen Zuhörern gute Laune einstellt.

Heute Morgen bin ich aufgewacht mit der Annahme, Thomas würde neben mir liegen, mit einem höllischen Kater und einer Entschuldigung auf den Lippen, aber da habe ich mir wohl zu viel gewünscht.

Neuer Tag, altes Chaos.

Thomas lag nicht neben mir und im Bad war er auch nicht zu finden.

Es ist zehn Uhr und ich bin allein in der Suite. Da der gestrige Tag emotional besonders anstrengend war, habe ich viel zu lange und wie ein Stein geschlafen.

Mich beschleicht der Verdacht, dass Thomas ahnt, dass ich mit ihm reden möchte. Unter Umständen geht er mir deshalb aus dem Weg.

Hat er gesehen, wie Rom mich gestern von den Aufzügen weggeschleppt hat? Ich habe immerhin kopfüber über seiner Schulter gehangen und mit meinem Gejammer im Lobbybereich für Aufsehen gesorgt. Gut möglich, dass jemand Thomas davon erzählt hat. Oder … Gott bewahre … er es selbst mitbekommen hat.

Nein, zu dem Zeitpunkt war er mit Janet an der Poolbar und hat sich einen angetrunken. Er hat dich nicht gesehen.

Wo steckt Thomas? Warum geht er mir aus dem Weg?

Spuren einer plötzlichen Flucht gibt es nicht. Fakt ist allerdings, dass er die Suite ungeduscht verlassen haben muss, denn alle Handtücher im Bad sind trocken, außerdem wäre ich von dem Wasserrauschen in der Dusche wach geworden. Mein Schlaf ist in den Morgenstunden nämlich immer besonders leicht.

Dann werde ich eben ohne Thomas zum Frühstück gehen. Möglicherweise sitzt er mit Janet bereits am Tisch und lässt sich den zweiten Kaffee schmecken. Zutrauen würde ich ihm ein solches Verhalten durchaus.

Die Augen offenhaltend, betrete ich den fast leeren Speisesaal und sehe mich um.

Kein Thomas und keine Janet. Die meisten Gäste des Hotels sind längst fertig mit dem Essen. Meine Enttäuschung hält sich in Grenzen. Auch gut, dann frühstücke ich eben allein und mache mich anschließend auf die Suche. Irgendwo müssen die beiden schließlich stecken. Ich tippe auf den Pool oder das Fitnessstudio.

Erst frühstücken, Porscha. Satt und mit dem dringend benötigten Koffein in der Blutbahn lässt sich ein schwieriges Gespräch viel besser führen.

Ohne Umschweife trete ich an den Kaffeevollautomaten, stelle eine Tasse unter den Ausguss und drücke den Knopf für Cappuccino. Der Duft, der mit dem Kaffee in die Tasse strömt, lässt Vorfreude auf den ersten Schluck in mir aufsteigen. Vielleicht gönne ich mir heute eine extra Portion dieser Köstlichkeit. Einfach, weil ich es mir verdient habe.

Gerade möchte ich den Kaffee zu einem der vielen freien Tische tragen, da wird mir der Weg verstellt.

„Guten Morgen."

Die Stimme sorgt dafür, dass mir ein wohliger Schauer über den Rücken läuft und ich den Blick hebe. Ich werde mit herausfordernden blauen Augen, Lippen, die zum Küssen einladen und einer attraktiven Kinnpartie mit Bartschatten belohnt.

„Rom ... guten Morgen." Weil meine Stimme merkwürdig klingt, räuspere ich mich. „Was ... machst du hier?" Die Sätze kommen mir leicht stockend über die Lippen.

„Ich habe mein Personal gebeten, mir Bescheid zu geben, sobald du im Speisesaal auftauchst." Er nimmt mir die Tasse aus der Hand und trinkt einen Schluck, von meinem heiligen noch unberührten Gold.

Was für eine Frechheit. Vor Empörung fehlen mir kurzzeitig die Worte.

„Du trinkst deinen Kaffee immer noch ohne Zucker, wie ich feststelle." Während er das sagt, deutet er auf einen Tisch am Fenster, der eingedeckt ist und auf dem die leckersten Sachen bereitstehen. Frisches Obst, Müsli und Brötchen, die offensichtlich für einen speziellen Gast aufgebacken wurden.

„Ich ..." Verwirrt strecke ich die Hand nach meiner Tasse aus. Rom weiß, wie sehr ich meinen Morgenkaffee schätze. Diese Wichtigkeit kann er unmöglich vergessen haben. Wie kommt er auf die hirnrissige Idee, mir die Tasse aus der Hand zu nehmen? Wohlbemerkt ... noch bevor ich davon getrunken habe?

„Setz dich, Porscha." Er deutet auf den Tisch und gibt dem Servicepersonal ein Zeichen. Sofort kommt jemand und nimmt ihm die Tasse aus der Hand. „Tino wird uns mit der Siebdruckmaschine einen hervorragenden Kaffee zubereiten. Er hat früher als Barista gearbeitet und versteht sein Handwerk. Vertrau mir, der Automatenkaffee schmeckt nicht halb so gut."

„Äh ..." Warum ist mir die Sprache abhandengekommen? „Wieso bist du hier? Im Speisesaal?" Mich an den Tisch setzend, mustere ich Rom. Er trägt einen Werkzeuggürtel, die üblichen Cargo-Shorts und ein hellblaues T-Shirt, das einige schwarze Schmierflecken aufweist. „Hast du dich für mich so schick gemacht?", frage ich lächelnd und auf die Flecken deutend.

Rom senkt das Kinn und sieht an sich hinunter. „Mist, das ist mir gar nicht aufgefallen. Besser ich ziehe mir schnell etwas Frisches an."

„Mach dich nicht lächerlich." Ich deute auf den freien Stuhl. „Zuerst möchte ich Kaffee und Frühstück. Was du trägst, ist mir herzlich egal. Ich habe nur Spaß gemacht."

An einem großen Fleck auf der Brust reibend, setzt Rom sich auf den Stuhl mir gegenüber. Es missfällt ihm offensichtlich, dass ihm der Dreckfleck entgangen ist.

„Hast du wieder den Aufzug repariert?" Der Schalk sitzt mir im Nacken, deshalb kann ich mir die Bemerkung nicht verkneifen.

Rom hört auf, am Stoff zu reiben, und grinst mich an. „Nein, aber ich hänge in der dritten Etage ein paar neue Badezimmerspiegel auf."

„Was hättest du gemacht, wenn ich mit Thomas gemeinsam zum Frühstück erschienen wäre?" Unvorstellbar, dass Rom dieses exklusive Frühstück bestellt und sich dann zu Thomas und mir an den Tisch gesetzt hätte.

Rom wirkt von meiner Frage überrascht. „Hast du noch nicht mit ihm geredet?"

„Nein." Ich schüttele den Kopf und greife nach einem Brötchen, während wir auf den hoffentlich vorzüglichen Kaffee warten. „Thomas war heute Morgen schon weg, als ich aufgewacht bin. Und gestern ... sagen wir, es gab bisher keine Gelegenheit für ein Gespräch."

Unsere Kaffeeköstlichkeit wird serviert und Rom bedankt sich bei Tino.

„Dann habe ich ja Glück, dass ich dich für den Moment für mich allein habe." Er schnappt sich ebenfalls ein Brötchen und verhindert, dass ich an seiner Miene etwas von seinen Gefühlen ablesen kann. Ist er enttäuscht oder zweifelt er daran, dass ich die Verlobung lösen will?

Warum gefällt es mir, dass es Rom missfällt, dass ich noch nicht mit Thomas gesprochen habe? Was für wirre Gedanken.

Mein Gegenüber langt kräftig zu und da ich noch nie wie ein Spatz gegessen habe, tue ich es auch. „Anscheinend hat es Vorteile mit dem Hotelbesitzer befreundet zu sein." Ich leere die Tasse. „Der Cappuccino ist wirklich vorzüglich." Genüsslich lecke ich mir etwas Milchschaum von den Lippen.

Roms Blick verfolgt meine Zungenspitze. Anschließend sehe ich, wie sich sein Adamsapfel bewegt und er hart schluckt. Warum sieht er mich so an? Was hat der Blick zu bedeuten?

Mit Mühe unterdrücke ich den Drang mir Luft zuzufächern und räuspere mich stattdessen. „Könntest du

Hilfe gebrauchen? Beim Spiegel aufhängen, meine ich."
Jetzt bloß nicht nervös werden. „Ich könnte das gute
Stück – also den Spiegel – anhalten, während du die
Bohrstellen zeichnest, oder ..." Was rede ich da?

Blöder konntest du es wohl nicht formulieren.

Rom grinst in sich hinein und wirkt selbstzufrieden,
wie eine Katze, die gerade den Kanarienvogel gefressen
hat. „Dachtest du, du bekommst Tinos vorzüglichen
Cappuccino ohne irgendeine Gegenleistung?" Der
Sprücheklopfer schiebt sich den Rest seines Brötchens
in den Mund. „Natürlich erwarte ich von dir, dass du
mir hilfst, die letzten Badezimmerspiegel aufzuhän-
gen."

Wie von mir erwünscht nicke ich zuvorkommend, als
wäre unser spontanes Arbeitsdate abgesprochen. „Eine
Bedingung habe ich allerdings." Ich handele aus einem
Impuls heraus.

„Welche?", fragt der Mann, der mir die Brötchen weg-
isst.

„Ich darf, während wir arbeiten, deinen Werkzeuggürtel tragen. So ein Ding wollte ich mir immer
schon mal umschnallen."

Das ist eine Lüge.

Aber die Aussicht, dass Rom die Vorstellung, von mir
mit seinem Gürtel um meine ausladenden Hüften zum
Sabbern bringen könnte, gefällt mir.

29

Romeo

Unter Umständen sollte ich Porscha verbieten, mit meinem Werkzeuggürtel vor mir herzulaufen. Die Aussicht, wie Hammer und Schraubenzieher zu schaukeln beginnen, während sie die Hüften schwingt ...

Ay dios mío! – Oh mein Gott! Wenn ich nicht aufpasse, schießt mir sämtliches Blut in tiefere Gefilde und meinem Gehirn steht kein Sauerstoff mehr zu Verfügung, um einen halbwegs klaren Gedanken zu fassen. Porscha und ihre neuen sexy Kurven, werden in Zukunft mein Untergang sein.

„Ich möchte dir noch etwas zeigen, bevor wir in den dritten Stock zu den Badezimmerspiegeln fahren", sage ich und lotse sie an den Aufzügen vorbei.

Wieso höre ich mich an wie der Verkaufsleiter einer Badezimmerabteilung? Geht meinem Hirn schon jetzt der Sauerstoff aus?

Es hat nicht viel Überredungskunst gebraucht, um Porscha davon zu überzeugen, mich nach dem Frühstück zu begleiten und ihre Suche nach Thomas und dieser Frau, die ich gestern an der Poolbar mit ihm zusammen beobachtet habe, aufzugeben. Offensichtlich heißt der platinblonde Hula-Hoop-Sonnenschein Janet und ist eine gemeinsame Freundin, die den beiden in die Ferien nachgereist ist. Welche Freundin stört ein Liebespaar im Urlaub? Diese Janet scheint wenig Feingefühl zu besitzen. Mir kann es egal sein. Im Grunde sollte ich Dankbarkeit empfinden. Immerhin hält sie mir diesen nervigen Thomas vom Hals, sodass ich Porscha ganz für mich allein habe.

Es wäre bestimmt vernünftiger Porscha nicht dahin zu führen, wo ich sie gerade hinführe, aber ich bin mir hundertprozentig sicher, dass es ihr an dem besonderen Ort gefallen wird. Mehr als das sogar ... sie wird ihn lieben. Und da ich ein egoistischer Mistkerl bin und sie beeindrucken möchte, tue ich das, was eigentlich Alejandra vorbehalten sein sollte. Ich zeige Porscha den Palmengarten.

Im Grunde gehört das Grundstück im abgelegenen Teil des Hotels mir, aber die verschiedenen Palmen, die dort ausgestellt sind und einem Urwald aus Kunstwerken gleichkommen, sind das Lebenswerk meiner Schwester. Es sind die Arbeiten, die in den letzten fünf Jahren von den unterschiedlichsten Stellen mit Auszeichnungen und Preisen versehen wurden.

Mittlerweile ist der Bereich so vollgestellt, dass es, zu Alejandras Verdruss, keinen Platz für weitere Palmengewächse gibt. *Heiliges Plastik-Reservat* ... nichts ist hier kleiner als zwei Meter.

Den Hotelgästen ist der Zutritt zu diesem Abschnitt des Grundstücks verwehrt, deswegen bin ich mir sicher, dass Porscha das stille Plätzchen noch nicht entdeckt hat.

Aufregung und Vorfreude ringen in mir, mit jedem Schritt, den wir unserem Ziel näherkommen. Ich Egoist möchte der Erste sein, der ihr diese Herrlichkeit zeigt. Außerdem möchte ich mich an der Bewunderung in ihren Augen erfreuen. Denn es steht außer Frage, dass sie von der außergewöhnlichen grünen Pracht hin und weg sein wird.

„Wohin gehen wir?“

„Es ist nicht mehr weit. Wir sind gleich da.“ Sanft schiebe ich sie nach rechts, den schmalen Weg hinunter, am Hauptgebäudekomplex vorbei. Dabei bemühe ich mich, meinen Blick nicht auf die schaukelnden Werkzeuge an ihren Hüften zu richten.

Du solltest einen Orden für deine Bemühungen bekommen.

„Das habe ich nicht gefragt“, antwortet sie, mit Belustigung in der Stimme.

Mein Augenrollen kommt automatisch.

„Gedulde dich einfach noch eine Minute.“ Der Weg ist zu schmal, als dass wir nebeneinander gehen könnten. „Da vorne musst du nach links, bis vor das Holztor.“

Porscha folgt meinen Anweisungen und bleibt vor dem etwa zwei Meter hohen Eingangstor, mit dem Schild *Zutritt verboten* stehen. Ihr Blick hebt sich zu den monströsen Palmenblättern, die über den Zaun ragen.

„Ist es das, was ich vermute?“ Ihre Stimme klingt plötzlich aufgeregt und neugierig. Sie vibriert förmlich.

„Was denkst du denn?", frage ich und lache, während ich den Riegel mit einem lauten Scheppern zurückschiebe.

Abgeschlossen ist der Bereich nie. Alejandras Palmen sind zu groß, als dass sie jemand klauen könnte. Für die letzte, eine Zwergpalme mit abstehenden Fächerblättern und einer Wuchshöhe von vier Metern, mussten wir extra einen Kran samt Führer kommen lassen, um sie sachgemäß aufstellen zu können.

„Ich denke, dass es hier mehr Außergewöhnliches zu entdecken gibt als in Alejandras Atelier", antwortet Porscha.

„Stimmt." Langsam, um die Spannung hochzuhalten, lasse ich die Tür aufschwingen. „Hier stehen Alejandras gesammelte Palmenwerke der letzten Jahre."

Porscha betritt Alejandras grüne Schatzkammer mit weit aufgerissenen Augen und Ehrfurcht im Blick. Sogar ihr Mund öffnet sich leicht, während sie sich langsam, Schritt für Schritt, um nicht die kleinste Kleinigkeit zu verpassen, vorwärtsbewegt.

Ich gebe ihr einen Moment und lehne mich, lässig und mit verschränkten Armen an den Zaun, bereit ihr Mienenspiel zu genießen und Stolz auf die Arbeit meiner Schwester zu empfinden.

Die unterschiedlichen Palmenarten sind am Zaun entlang in einem Bogen aufgestellt, sodass Porscha in die Mitte treten und sich im Kreis drehen kann. Genau wie ich vermutet habe, macht sie das, kaum dass ich den Gedanken zu Ende geformt habe.

Der Anblick, wie sie im Sonnenlicht dasteht, mit meinem ledernden Werkzeuggürtel um die Hüften, den

Blick zu den künstlichen Blüten der Palmen gerichtet ...
ich glaube, ich habe nie etwas Schöneres gesehen.

Bevor Porscha sich schneller dreht, mache ich einen
gedanklichen Schnappschuss von der Szene. Sollte sie
irgendwann abreisen, werde ich mich noch lange an
diesen Moment erinnern können.

„Wahnsinn ...“ Offensichtlich fehlen ihr die Worte,
um den Satz zu vollenden.

„Schau dir die Kanarische Dattelpalme an.“ Mit aus-
gestreckter Hand deute ich auf eine sechs Meter hohe
Palme, die einen Stammdurchmesser von fünfzig Zen-
timetern und eine sehr üppige Krone hat und die zu ihrer Linken steht.

Porscha geht zu der von mir gezeigten Palme und ich
folge ihr. Wie magnetisiert werde ich von ihrem Körper
mitgezogen. Sie nicht aus den Augen lassend, stelle ich
mich hinter sie, während sie die Finger ausstreckt und
über die Rinde mit ihren rautenförmigen Rillen fährt.

„Ist die ebenfalls unecht?“ Unglaube ist aus ihrer
Stimme herauszuhören.

„Alles, was du hier siehst, besteht zu achtzig Prozent
aus organischem Polymer. Die restlichen zwanzig Prozent sind natürliche Materialien, die meine Schwester
direkt aus der Natur holt. Dazu gehören vertrocknete
Palmenblätter, Kokosfasern oder Holz, das am Strand
angespült wird. Manchmal glaube ich, Alejandra kann
aus wirklich allem etwas Kunstvolles erschaffen.“

Porscha beugt sich vor und betrachtet die ausgearbei-
teten Details des Stamms. „Es ist nahezu unmöglich, die
echten zwanzig Prozent von den künstlichen achtzig zu
unterscheiden.“

„Hm", stimme ich ihr zu und stelle mich dichter hinter sie. Obwohl es nicht richtig ist, lege ich ihr meine Arme um die Schultern und drücke meine Vorderseite gegen ihren Rücken. Es gefällt mir, ihr so nah zu sein und ihren Duft, der sich in den Jahren nicht verändert hat, einatmen zu können. Sie riecht immer noch verführerisch nach Lavendel und süßem Apfel. Heute klebt zudem noch eine feine Kaffeenote an ihr, die mich an unser gemeinsames Frühstück erinnert.

Porscha lässt den Kopf nach hinten an meine Brust sinken. Da sie gut zwanzig Zentimeter kleiner ist als ich, kann ich mein Kinn auf ihren Scheitel legen. Eine Zeit lang stehen wir in einvernehmlichem Schweigen da und tun nichts anders, außer die Palmenblätter zu betrachten.

Meine Hände beginnen über ihre Oberarme zu streichen. Das hat zur Folge, dass Porscha ein leises Seufzen ausstößt und sich schwerer gegen mich lehnt. Ihr Hinterteil ist meinem besten Stück jetzt so nah wie seit einer Ewigkeit nicht mehr. Natürlich bleibt der, absichtliche oder unabsichtliche, Kontakt nicht ohne Folgen.

Wie ich es schon von Beginn an vermutet habe, wird meinem Gehirn jegliches Blut entzogen und mein Denken schaltet sich ab.

Porscha muss die Veränderung aufgefallen sein. Sie muss das Offensichtliche, das sich auffordernd an ihren Po drückt, spüren. Trotz allem sagt keiner von uns etwas oder macht Anstalten den Abstand zwischen uns zu vergrößern. Wir stehen da und genießen den Moment, der so schnell nicht wiederkommen wird. Es fühlt sich für mich wie eine Wiedervereinigung an.

Verdammt!

Es ist sicher nicht richtig, Porscha küssen zu wollen, sie überall anfassen zu wollen ... aber ... Gott, der Drang ist beinahe übermächtig. Niemand würde uns hier sehen, niemand würde mitbekommen, zu was wir uns hinreißen lassen.

Bevor mein Hirn sich wieder einschalten kann, drehe ich Porscha in meinen Armen um, sehe ihr tief in die Augen, um mir die Erlaubnis einzuholen ... und dann ... drücke ich meine Lippen auf ihre. Einfach so.

Im ersten Augenblick verwirrt mich das bekannte Gefühl. Die Lippen sind vertraut, der Geruch und sogar die Haare fühlen sich richtig an, als ich meine Hand zuerst in ihren Nacken lege und sie anschließend in den Haaransatz schiebe. So wunderbar weich wie früher.

Porscha stöhnt, legt den Kopf schief und erleichtert mir den Zugang. Sie erwidert den Kuss, umspielt mit der Zungenspitze meine und schiebt sogar ihre Hüften nach vorn.

Grundgütiger.

Innerlich explodiere ich in tausend Teile, die sich nur schwer wieder zusammensetzen lassen werden. Ich bin verloren. Der Strudel hat mich erfasst.

Es ist, als würden wir in der Zeit zurückspringen und uns an Ort und Stelle unserer Erregung hingeben. Damals mussten wir ständig damit rechnen, dass Alejandra uns überrascht, weswegen wir in hundert Prozent der Fälle schnell zur Sache gekommen sind.

Genau so fühlt es sich jetzt auch an. Alles dreht sich immer schneller und die Gier gewinnt schließlich die Oberhand.

Weil ich, genau wie früher, nicht die Kraft habe mich gegen Porschas Anziehungskraft zu wehren, küsse ich mich ihren Hals nach unten und lege meine freie Hand auf ihre Brust.

Kaum spüre ich ihre harte Brustwarze unter meiner Handfläche, vergesse ich auch noch den kümmerlichen Rest, der uns von diesem Vergnügen abhalten sollte. Mein Denken hat sich schon abgeschaltet. Jetzt zieht auch meine Vernunft den Stecker.

30

Porscha

Nein! Ich darf Rom nicht küssen. Ich bin mit einem anderen Mann verlobt. Es ist falsch. Furchtbar falsch – hinterhältig und gemein. So eine Frau bin ich nicht.

Was ist nur in dich gefahren?

Mit vernebelten Sinnen und gegen meinen eigenen Wunsch ankämpfend, lege ich meine Hände auf Roms Brust und schiebe ihn sanft, aber bestimmt zurück.

„Stopp! Wir dürfen das nicht tun." Ich stöhne und fahre mir mit der Zunge über die Unterlippe, um Rom schmecken zu können. „Bitte ... nicht." Das sage ich zu dem Mann, dem ich offensichtlich verfallen bin und gleichzeitig auch zu mir. Dabei schüttele ich den Kopf und weiche weiter zurück. Was für ein Chaos.

„Porscha." Rom gibt mir Freiraum, lässt mich aber nicht vollständig los. „Es tut mir leid." Er stößt ein Seufzen aus. „Entschuldige, ich hätte nicht über dich herfallen dürfen."

„Du musst dich nicht entschuldigen. Schließlich habe ich dich nicht aufgehalten." Mich trifft die Schuld genauso wie Rom, womöglich sogar mehr. Wo reite ich mich da nur rein? Ich bin noch verlobt, Rom ist Single. Er kann küssen, wen er möchte, ich nicht. Ich sollte erst meine aktuelle Beziehung beenden, bevor ich mich in ein neues – altes – Abenteuer stürze.

Wer hätte vor drei Wochen gedacht, dass ich mal in eine Situation wie diese geraten würde? Ich sicher nicht. Vor drei Wochen habe ich von einem Urlaub geträumt, in dem Thomas mit mir am Strand liegt und unsere Hochzeit plant. Lediglich der Gedanke, meine Mutter könnte etwas gegen unsere Verbindung haben, hat die perfekte Vorstellung getrübt.

Wie konnte in so kurzer Zeit so viel schiefgehen?

Rom scheint meinen inneren Zwiespalt zu spüren. Er räuspert sich und tritt zurück, weg aus meinem Wohlfühlbereich. „Das Feuer brennt in uns wie früher", stellt er mit trockenem Tonfall fest, verschränkt die Arme vor der Brust und spannt dabei den Bizeps an. In seinem Blick liegt Trotz.

Etwas Aufgeriebenes, das Erregung in mir aufsteigen lässt, schwebt in der Luft zwischen uns. Ich kann mich dem Gefühl nicht entziehen – will es gar nicht. Warum muss er auch so verdammt attraktiv sein? Diese Oberarmmuskeln waren früher nicht da.

Jetzt bloß nicht ins Schwärmen geraten. Heb dir das für später auf. Krieg erst mal deine aktuellen Probleme auf die Reihe. Gib dir Mühe und konzentriere dich.

„Ich muss Thomas suchen." Das ist die Wahrheit. Er sollte erfahren, was passiert ist. Ich muss unsere Verlobung lösen, und zwar schnell. Es ist nicht richtig ihn weiter in dem Glauben zu lassen, wir hätten eine gemeinsame Zukunft. Je mehr ich von Rom und seinem

Körper angezogen werde, desto klarer wird mir, dass Thomas und ich uns nie wirklich geliebt haben. Denn würde ich Thomas lieben, könnte mich kein noch so ansehnlicher Bizeps aus dem Gleichgewicht bringen.

„Das musst du wohl." In Roms Stimme liegt ein Unterton, der mir verrät, dass ihm die Tatsache nicht zu gefallen scheint. „Es ist Zeit, dem Kerl die Wahrheit zu sagen. Wenn du meine Hilfe brauchst ..." Sein Blick wird weich und zeigt mir, dass er mir jederzeit helfen würde.

„Nein!" Unvorstellbar. „Das ist etwas, das ich nur allein erledigen kann."

Ohne noch etwas hinzuzufügen, drehe ich mich um, atme tief durch und versuche, durch den zusätzlichen Sauerstoff einen klaren Kopf zu bekommen. Schuld und Unsicherheit dominieren momentan mein Denken. So durcheinander habe ich mich noch nie gefühlt.

Als ich auf Roms Schoß gesessen und mich von ihm streicheln und im Arm habe halten lassen, hatte ich nur ein halb so schlechtes Gewissen wie jetzt.

Verdammt! Aber ein Kuss ist eben ein Kuss. Ein Kuss auf die Lippen, mit völliger Hingabe und Leidenschaft ausgeführt, ist mehr ... es fühlt sich nach einem Anfang von etwas Größerem an. Ohne es verhindern zu können, wurden damit längst vergessene Erinnerungen geweckt.

Weil ich Rom nicht einfach stehen lassen möchte, wende ich mich ihm noch mal zu und schenke dem Mann mit dem ansprechenden Bizeps ein winziges Lächeln. Unsere Anziehungskraft ist, obwohl wir nicht mehr nah beieinander stehen, immer noch spürbar. „Sehen wir uns irgendwann heute wieder?" Kaum ausgesprochen wird mir einiges klar. „Wenn Thomas so reagiert, wie ich vermute, bin ich heute Abend allein im Speisesaal." Unter Umständen würde Janet sich zu mir setzen, wenn ich sie darum bitte, aber es ist schwer, einzuschätzen, auf welche Seite sie sich schlagen wird.

Roms Augen bekommen einen geheimnisvollen und erfreuten Glanz, der mir ein wenig unheimlich ist. „Du isst heute Abend mit Alejandra und mir." Offensichtlich ist das ein Spontaneinfall. „Wir kochen für dich." Seine Stimme klingt herrisch, als wolle er sich durchsetzen und hätte Sorge, ich könne bei einer freundlich ausgesprochenen Bitte ablehnen.

Die Aussicht, mich von dem Ximénez-Duo bekochen zu lassen, entlockt mir ein Stirnrunzeln, das ich mit einem skeptischen Blick kombiniere. „Als ihr beiden das letzte Mal ein Essen für mich zubereitet habt, gab es überkochte Nudeln mit Ketchup."

In Roms Augenwinkeln bilden sich kleine Lachfältchen, die vor zehn Jahren noch nicht da gewesen sind. „Stimmt." Er scheint sich zu erinnern. „Aber das ist lange her. Wir haben dazugelernt. Sei einfach um neunzehn Uhr an meiner Wohnung und lass dich von unseren neu entwickelten kulinarischen Fähigkeiten überraschen."

***

Wie erzähle ich Thomas, was in Alejandras Palmengarten geschehen ist? Wie fange ich den ersten Satz an? Diese Fragen stelle ich mir, während ich den Weg zum Hotel am Pool vorbei einschlage. Möglicherweise lande ich einen Treffer und finde Thomas und Janet beim Sonnenbaden.

Ein Blick auf mein Handy verrät mir, dass Thomas meine *Wo bist du?*-Nachricht von heute Morgen noch nicht gelesen hat. Geht er mir aus dem Weg? Ignoriert er mich? Es hat fast den Anschein.

Kaum biege ich um die nächste Ecke und habe freie Sicht auf die Sonnenliegen am Pool, wird meine Vermutung bestätigt. Thomas und Janet liegen schlafend Seite an Seite in der Sonne. Thomas steht sogar der Mund ein Stück auf.

Die beiden wirken, als hätten sie ein hartes Training im Fitnessbereich des Hotels hinter sich und müssen sich nun mit einem Schläfchen auskurieren. Wahrscheinlich liege ich mit meiner Vermutung gar nicht so falsch. Thomas Haare sehen ziemlich verschwitzt aus und auch sein Gesicht ist vermutlich nicht nur von der Sonne so rot. Lange kann er noch nicht schlafen, wenn man ihm den Sport ansieht.

Janet hingegen wirkt wie aus dem Ei gepellt. Wer jeden Tag Fitnesskurse gibt, weiß eben mit welchem Make-up man gut aussieht und gleichzeitig ins Schwitzen geraten kann. Wobei ... so richtig ins Schwitzen gerät Janet nie. Sie ist die fitteste Person, die ich kenne.

Bemüht mich von der beschaulichen Situation, die etwas Harmonisches an sich hat, nicht aus dem Konzept bringen zu lassen, setze ich mich auf eine der freien Liegen gleich neben meinem Verlobten.

„Hey.“ Sanft berühre ich ihn an der Schulter. „Thomas? Kann ich mit dir sprechen?“ Meine Stimme ist leise, da ich Janet nicht wecken möchte. Bei dem, was ich mit Thomas zu besprechen habe, kann ich ihre gut gemeinten Kommentare nicht gebrauchen.

Mein Noch-Verlobter schließt den Mund und öffnet die Augen einen Spalt breit. Verschlafen blinzelt er gegen die Sonne an. Als er erkennt, wer ihn angestupst hat, verzieht sich sein Mund zu einem Lächeln. Ich mag es mir einbilden, aber das Lächeln scheint kaum halb so breit zu sein wie sonst.

„Porscha." Thomas schluckt und setzt sich aufrechter hin. „Da bist du ja. Wir haben dich gesucht." Zum Glück ist seine Stimme so leise wie meine.

„Ihr habt mich gesucht? Du warst heute Morgen nicht in der Suite", erinnere ich ihn flüsternd. „Und auf meine Nachricht hast du auch nicht reagiert." Möchte er mir den schwarzen Peter zuschieben?

„Mein Akku war leer. Ist er immer noch." Seine Stirn legt sich in Falten und er beginnt sich mit dem rechten Zeigefinger die Schläfe zu reiben. Dabei sieht er nach unten. Höchstwahrscheinlich um dem Licht zu entkommen. „Janet hat eine Sporteinheit noch vor dem Frühstück vorgeschlagen." Sein schmerzverzerrter Blick richtet sich auf mich. Spannungskopfschmerzen können übel sein, vor allem, wenn kein Schmerzmittel zur Hand ist. „Du verstehst … um den Begrüßungscocktail von gestern abzubauen."

Hallo? Wem möchte er hier etwas vormachen? Die beiden hatten eindeutig mehr als einen Cocktail. Zumindest Thomas war vollkommen weggetreten, als ich gestern in die Suite zurückgekommen bin. Mein Mitleid hält sich demnach in Grenzen.

Egal, nicht aufregen. Was gestern Abend oder heute Morgen war, ist in diesem Moment nicht wichtig. Vor allem, da ich vorhabe mich von ihm zu trennen. „Kann ich mit dir reden? Allein?"

„Jetzt?“

Thomas wirft einen Blick auf die schlafende Janet. Ob unsere Freundin immer noch schlummert, oder nur so tut, um uns Privatsphäre zu geben, kann ich nicht erkennen. Es ist mir ehrlich gesagt auch egal. Was ich zu sagen habe, geht nur Thomas und mich etwas an.

„Ja, jetzt. Es ist wichtig.“

„Äh ...“, fängt Thomas einen Satz an.

Weil ich an seiner verschlossenen Miene erkenne, dass er eine Ablehnung auf den Lippen hat, platzt es unkontrolliert aus mir heraus. „Ich habe Romeo Ximénez unter den Plastikpalmen geküsst!“

Bravo, Porscha! Der Eimer Eiswasser hat gesessen. Bestimmt sind seine Kopfschmerzen jetzt vergessen.

Mistkacke. Am liebsten würde ich den Satz neu formulieren. Wo ich Thomas hintergangen habe, interessiert ihn bestimmt nicht. Die Tatsache an sich, ist das Erschreckende. Und ich knalle sie ihm einfach vor die Füße ... wohl eher vor den Brummschädel.

„Wie bitte?“ Thomas legt den Kopf schief und reckt das Ohr, als hätte er mich falsch verstanden. „Kannst du das wiederholen?“

Übelkeit steigt in mir auf. „Lass uns wohin gehen, wo wir ungestört sind.“ Mit dem Kinn deute ich auf Janet, die, obwohl ihre Augen noch geschlossen sind, irgendwie nicht mehr so schlafend aussieht, wie noch vor wenigen Sekunden. „Wir müssen ein Gespräch führen. Ein wichtiges.“

„Das ist offensichtlich.“ In Zeitlupe und ohne den Kopf ruckartig zu bewegen, erhebt Thomas sich. „Wo gehen wir hin?“

31

Romeo

„Wie konntest du Porscha erzählen, wir hätten in den letzten Jahren das Kochen erlernt? Du kannst nicht mal eine Scheibe Brot abschneiden, ohne dir den halben Finger abzusäbeln.“

„Vorsicht! Übertreib es nicht, Floh.“ Zum Beweis, dass alle meine Finger noch dran sind, hebe ich meine Hand und strafe sie mit einem mahnenden Blick. Wieso werden die Kommentare meiner Schwester mit jedem Jahr vorlauter? Müsste sich diese Phase nicht irgendwann mit dem Erwachsenwerden legen?

„Reg dich ab. Ich bin schließlich auch nicht besser. Wir Ximénez‘ sind nicht für die Küche gemacht.“

Da hat sie recht.

„Ich ... wollte eben gut dastehen“, kommt meine Erklärung stockend und verspätet. Es ärgert mich, dass ich hilflos klinge. Ich habe mich früher nie unfähig gefühlt, wenn es um Porscha ging.

„Und da ist dir nichts Besseres eingefallen, als ihr von unseren nicht vorhandenen Kochkünsten vorzuschwärmen?" Alejandra schüttelt den Kopf und gibt mir das Gefühl einen Fehlstart hingelegt zu haben.

Zugegeben, mein Plan weist einige löchrige Stellen auf. Dummerweise kann ich den Küchenchef nicht um Hilfe bitten, weil er nicht gut auf mich zu sprechen ist, seit ich ihm vorgeworfen habe, zu sparsam mit dem Salz umzugehen. Wir haben einen Kompromiss geschlossen. Er hört auf mit dem Salz zu geizen, dafür halte ich mich aus der Küche heraus und lasse ihn seine Arbeit tun. Nur ungern würde ich ihn in mein Problem einweihen.

„Was ist mit Juan?" Der Gedanke kommt mir blitzartig. „Du entwickelst doch diese bunten Palmen für den Jungen. Könnte er nicht für uns kochen? Er ist zwar kein Küchenchef, aber bestimmt ist er fähiger als wir. Außerdem schuldet er dir für deine Mühe etwas."

Alejandras Augen werden groß. „Wann ist dir die Idee denn gekommen?" Sie scheint über meinen Vorschlag bereits nachzudenken, das sehe ich an den Denkerfalten auf ihrer Stirn.

„Gerade eben." Liebevoll gebe ich ihr einen sanften Schubs gegen die Schulter. „Die Idee hat Potenzial, gib's zu. Wir würden vor Porscha gut dastehen und hätten gleichzeitig ein leckeres Essen."

„Stimmt. Es wäre eine Lösung. Allerdings müsstest du den Küchenchef davon überzeugen, bei den Vorbereitungen für das heutige Abendessen auf Juans Hilfe zu verzichten." Alejandra grinst mich mit einem merkwürdig beharrlichen Blick an. „Steht dein Angebot mit dem Speisesaal eigentlich noch?"

„Was?"

Der Speisesaal? War ja klar, dass sie meine unbedacht ausgesprochene Bemerkung nicht vergessen würde. Wann ist meine Schwester zu einer rücksichtslosen Kämpferin geworden?

„Na ja ... Juan schuldet mir einen Gefallen und du schuldest Juan einen Gefallen, wenn ich ihn darum bitte heute Abend für uns zu kochen." Ihr Grinsen nimmt einen verschlagenen Zug an. „Mein Vorschlag ist daher: Du stellst Juan und seiner Community den Speisesaal als Veranstaltungsort zur Verfügung, für einen Zeitraum ihrer Wahl. Kostenfrei – versteht sich." Ihr Tonfall duldet keine Ausflüchte oder fadenscheinige Vorwände.

Meine Schwester hat kein Erbarmen.

„Das ist Erpressung", beschwere ich mich.

„Nein, ist es nicht." Alejandra verschränkt die Arme vor der Brust, wie ich es oft tue, um überlegen zu erscheinen. „Es entspricht eher dem Motto: Eine Hand wäscht die andere."

Ich sitze in der Zwickmühle.

Es macht keinen Sinn, das Angebot auszuschlagen. Für nichts auf der Welt möchte ich Porscha wieder ausladen oder ihr beichten müssen, dass unsere Fähigkeiten am Herd sich in den letzten Jahren kein Stück verbessert haben. Dazu ist später immer noch Zeit, wenn wir einen Schritt weiter sind.

„Okay", gebe ich mich geschlagen. „Juan und seine Community können den Speisesaal für ein Wochenende haben, aber ich möchte frühzeitig informiert werden. Außerdem wäre es mir recht, wenn die Veranstaltung nicht in die Hauptsaison fällt, zu der das Hotel ausgebucht ist."

Alejandra streckt die Hand aus. „Deal."

***

Alejandra hilft Juan in der Küche und ein wunderbarer Duft zieht durch das Appartement. Alles ist perfekt, die Vorbereitungen sind abgeschlossen.

Porscha taucht fünf Minuten vor der Zeit auf. Doch anders als erwartet, steht sie nur da und macht keine Anstalten an der Tür zu klopfen oder sich irgendwie bemerkbar zu machen. Ich weiß, dass sie an der Wand lehnt, da ich sie durch das Fenster den Weg habe herunterkommen sehen.

Warum zögert sie?

Da ich keinen Sinn darin sehe ungeduldig auf ihr Klopfen zu warten, öffne ich die Tür und trete nach draußen. Natürlich habe ich ein Lächeln auf den Lippen.

„Überlegst du noch, ob du genügend Hunger hast, oder möchtest du die viereinhalb Minuten, die du zu früh dran bist, noch abwarten?", witzele ich.

Porscha zuckt von meinem Auftauchen überrascht zusammen, wendet sich mir zu und dann sehe ich es. Ihr Gesicht … sie hat geweint, oder tut es sogar immer noch. Ihre Wangen sind tränennass, ihre Augen gerötet. Offensichtlich wollte sie sich einen Moment sammeln, bevor sie uns unter die Augen tritt.

Grandioser Start, Rom. Gleich zu Anfang vermasselst du es.

„Was ist passiert?", frage ich, weil sie keine Erklärung liefert, sondern mich nur mit großen Augen ansieht.

„Nichts." Verstohlen wischt sie sich mit dem Unterarm über die Augen und zieht die Nase hoch. Ihre Hände zittern.

Mitgefühl mit Porscha und Wut auf diesen Thomas vermischen sich zu einem Gefühlsbrei, dessen Heftigkeit mich selbst überrascht. Am liebsten würde ich den polohemdtragenden Lackaffen auf die nächste Trekkingtour mitnehmen und an einer Weggabelung, die ins Nirgendwo führt, sich selbst überlassen.

„Hat dein Verlobter etwas Verletzendes zu dir gesagt? Ist er ausfallend geworden? Muss ich ihn aus dem Hotel werfen?" Ohne Frage ist er für Porschas Tränenflut verantwortlich. Daran gibt es für mich keinen Zweifel.

Die letzte Frage entlockt ihr ein Lächeln. Zwar ein ziemlich schiefes, aber zumindest hebt sie die Mundwinkel ein wenig an.

„Er ist nicht mehr mein Verlobter."

Sehr gut. Im letzten Moment verkneife ich mir den Gedanken laut auszusprechen.

„Ihr habt nicht zusammengepasst." Mein Gefühlschaos beginnt sich aufzulösen. „Und das sage ich nicht, weil ich dich zurückgewinnen möchte."

„Wahrscheinlich hast du recht." Ihr Lächeln verbreitert sich nach einem Moment, in dem wir beide nur dastehen und den anderen ansehen. „Du möchtest mich zurückgewinnen?"

Habe ich das tatsächlich gerade gesagt? Laut? Der hoffnungsvolle Tonfall, mit dem sie gesprochen hat, ist mir nicht entgangen. Den Kopf voller Emotionen nähere ich mich ihr und ziehe sie wie selbstverständlich in meine Arme. Alles an der Umarmung fühlt sich vertraut an ... wie nach Hause kommen.

„Ich weiß nicht, wie ich die neu aufgekommenen Gefühle für dich verstehen soll“, enthülle ich mein Innerstes. „Sie verwirren mich, da ich bis letzte Woche nichts von dir wissen wollte – dich sogar angefeindet habe.“ Ehrliche Worte sind jetzt wichtiger denn je. „Mein Verstand sagt mir, dass wir nicht an der Stelle anknüpfen können, an der wir vor Jahren aufgehört haben. Dazu ist zu viel Zeit vergangen. Wir haben uns beide verändert, auch wenn uns das nicht im Einzelnen bewusst ist.“

„Bestimmt hast du recht. Wir sind reifer geworden“, pflichtet die Frau in meinen Armen mir bei.

Liebevoll streichele ich Porscha über den Rücken und freue mich, dass sie sich zu entspannen scheint. Die Tränen sind versiegt. „Auf jeden Fall.“ Ich lasse die Hände auf ihrem unteren Rücken liegen. „Und weiser. Vor allem sind wir weiser geworden.“

„Du bist vielleicht weiser geworden. Du musstest deine Schwester großziehen und sie durch die Teenagerjahre führen. Ich hätte beinahe den falschen Mann geheiratet. Als besonders weise würde ich mich daher nicht bezeichnen.“

„Wie hat er es aufgenommen?“ Keine Ahnung, ob mir die Frage zusteht, aber ich stelle sie trotzdem.

„Nicht gut.“ Porschas Miene nimmt einen angespannten Ausdruck an. „Thomas findet, ich benehme mich kindisch und gibt dir die Schuld.“

„Mir?“

„Ja, in seinen Augen interpretiere ich zu viel in alles hinein. Unsere Probleme sind nichtig und ich solle mir doch überlegen, was mein Vater von mir denken wird, wenn ich unsere Verlobung löse, um bei dir zu sein.“

„Dein Vater?" Mein Gefühl sagt mir, dass Thomas die Vater-Karte als Trumpf auf den Tisch gelegt hat. Er weiß, wie innig die Beziehung der beiden ist. Damit wollte er Porscha aus dem Konzept bringen und Zweifel in ihr schüren. Eindeutig ein unerlaubter Tiefschlag.

„Verstehen Meinolf und Thomas sich denn gut?"

„Am Anfang mochte mein Vater Thomas nicht. Er hat sich einen anderen Mann für mich gewünscht. Einen, der mir auf beruflicher Ebene ebenbürtig ist. Thomas ist in unserer Firma im Rechnungswesen tätig. Von ihm bekomme ich die Zahlen, die ich für meine Ausarbeitungen und Statistiken als Risikocontrollerin brauche. Im Grunde arbeitet Thomas unter mir, und ich unter meinem Vater."

„Interessante Hackordnung."

„Irgendwie schon." Porscha seufzt. „Mein Vater hat etwas Zeit gebraucht, um in Thomas mehr zu sehen, als den kleinen Angestellten, der für die Laufarbeit zuständig ist." Sie seufzt erneut, dieses Mal tiefer. „Anfangs wäre es ihm lieber gewesen, ich hätte mich in der Chefetage nach einem geeigneten Kandidaten für eine Ehe umgesehen."

„Autsch! Ich bin nicht sicher, ob mir dein Vater in den letzten Jahren sympathischer geworden ist."

„Ihr konntet euch früher schon nicht leiden", sagt Porscha und stößt ein Lachen aus, das Verständnis zeigt.

„Stimmt. Er wollte dich nicht loslassen und ich wollte dich für mich allein haben. Keine guten Voraussetzungen für eine Freundschaft."

Das Meinolf Kanz am Ende den Streit um seine Tochter gewonnen und sie mit nach Deutschland genommen hat, ist ein Fakt, der mir bis heute nicht schmeckt. Er ist mir ein Dorn im Auge.

„In den letzten Monaten sind sich mein Vater und Thomas nähergekommen“, fährt Porscha fort. „Thomas hat ihn tatsächlich um die Erlaubnis gebeten mir einen Antrag machen zu dürfen.“ Sie schüttelt den Kopf. „Und zuvor hat er ihn in einen exklusiven Zigarrenklub eingeladen.“

„Natürlich ... darauf steht dein Vater.“

„Jep. Er ist unglaublich altmodisch und liebt es, in jeder Situation die Oberhand zu behalten. Außerdem hat er eine Vorliebe für kubanische Zigarren.“

„Lass mich raten: Meinolf war so hin und weg von seinem unterwürfigen baldigen Schwiegersohn, dass er ihm Aufstiegschancen in der Firma versprochen hat ... und dich ...“

Porscha verdreht die Augen.

„Ich war bei dem Gespräch nicht dabei, aber ich denke, dass mein Vater zu so etwas fähig wäre. Alles, was mich betrifft, ist ihm ungeheuer wichtig. Er möchte stets das Beste für mich ... und sollte ich Thomas heiraten, möchte er auch das Beste für ihn.“

„Vielleicht wollte Thomas dich nur heiraten, um in der Firma aufsteigen zu können, seine Karriere anzutreiben.“ Dem Kriecher würde ich ein solches Verhalten durchaus zutrauen.

„Nein.“ Obwohl sie meine Frage verneint, sehe ich die Zweifel, die sich auf ihrem Gesicht abzeichnen. Sie denkt definitiv über meinen Einwand nach.

Zeit für einen Themawechsel. „Wie passt diese Janet ins Bild?“ Das habe ich mich schon mehr als einmal gefragt.

Porscha lächelt nun. „Janet ist eine gemeinsame Freundin. Wir kennen uns aus dem Fitnessstudio. Sie ist lebhaft, neugierig und manchmal eine echte Plage.“

„Was macht sie hier?“ Das *Um Himmels willen* spare ich mir.

„Sie wollte uns überraschen.“

„Echt? Sie traut sich einem Pärchen, das bald heiraten möchte, in den Urlaubsort nachzureisen? Mutig, mutig.“

Porscha zuckt mit den Schultern. „So ist Janet. Manchmal hat sie kein Feingefühl und ist unsensibel. Aber im Grunde ist sie herzensgut und tut keiner Fliege etwas zuleide.“

Ihr Wort in Gottes Ohr. Normal finde ich dieses Benehmen jedenfalls nicht.

„Wie geht es jetzt weiter? Hast du einen Entschluss gefasst?“

„Thomas fliegt Ende der Woche mit Janet nach Deutschland zurück und ich bleibe hier, bei dir.“

Die Worte sind wie warmer Honig auf meiner Haut.

„Dein Vater hat dir bereits die Erlaubnis erteilt, von hier aus zu arbeiten?“ Porscha scheint ihr Leben geradlinig wie früher zu regeln. Halbe Sachen gibt es bei ihr nicht.

„Ja, ich habe vor zwei Stunden mit meinem Vater gesprochen. Er war nicht begeistert, hat aber nicht versucht, es mir auszureden.“

Das sind gute Neuigkeiten. Ein paar Zweifel, Porscha könnte ihren Urlaub nicht verlängern, hatte ich schon.

Plötzlich schießt mir ein anderer Gedanke durch den Kopf. „Möchtest du ein neues Zimmer für den Rest der Woche? Nur für dich allein?“

Porscha schüttelt den Kopf. „Nein, solche Umstände sind nicht nötig."

Die Vorstellung, dass Thomas noch vier Tage neben Porscha schlafen wird, gefällt mir ganz und gar nicht. Unter Umständen nutzt er die letzten Urlaubstage und versucht, ihre Liebe zurückzugewinnen. Ein gewisses Maß an Hartnäckigkeit traue ich ihm durchaus zu. Immerhin hängt seine Karriere ein Stück weit an dieser Beziehung. Meinolf Kanz wird ihm sicher nicht mehr über Gebühr wohlgesonnen sein, sollte seine Tochter die Hochzeit absagen und in Spanien bleiben.

„Ein Zimmer wäre kein Problem." Ich lege ihr eine Hand an die Wange. „Es würde dich nichts kosten."

„Ums Geld geht es nicht." Sie lehnt ihren Kopf gegen meine Hand.

„Worum dann?" Irgendwie klinge ich eifersüchtig. Porscha scheint es auch zu bemerken, denn sie nimmt meine Finger von ihrer Wange und drückt mir einen Kuss auf den Handrücken.

„Lass es uns langsam angehen. Mit Thomas komme ich klar. Genau wie mit Janet."

Obwohl mir die Aussicht nicht gefällt, nicke ich, weil mir nichts anderes übrig bleibt.

32

Porscha

Der Abend mit Rom, Alejandra und ihrem Freund Juan hatte etwas wunderbar Familiäres. Das Essen war spitze, auch wenn ich bezweifele, dass Rom und Alejandra irgendetwas davon gekocht haben. Meine Frage nach den gut abgestimmten Gewürzen der Reispfanne mit Meeresfrüchten hat jedenfalls Juan beantwortet. Außerdem konnte Alejandras Mundwerk nicht stillstehen, was immer ein sicheres Zeichen dafür ist, dass sie im Moment meiner Nachfrage etwas zu verbergen hatte.

Es fühlt sich irgendwie schön und seltsam vertraut an, dass die beiden sich derart ins Zeug gelegt haben, um mir ein schmackhaftes Mahl zu servieren. Früher haben wir oft gemeinsam gegessen. Allerdings war meistens ich diejenige, die zuvor gekocht hatte.

Jetzt bin ich auf dem Weg in meine Suite und kämpfe mit meinen neuerwachten Gefühlen und dem Chaos in meinem Kopf. Rom wollte mich begleiten, was ich aber dankend und mit einem Lächeln abgelehnt habe. Ich gehe schließlich nur einen Gebäudekomplex weiter. Außerdem hätte es sich dann für mich wie ein Date angefühlt und garantiert mit einem Kuss geendet. Nein, besser nicht, ich bin schon durcheinander genug.

Rom hatte immer ein Talent dafür, mich aus dem Konzept zu bringen. Aber dieses Mal ... er hat von zurückgewinnen gesprochen.

Ist es ihm wirklich ernst damit oder sind ihm die Worte aus einer Unachtsamkeit heraus über die Lippen gekommen? Auf mich macht es den Eindruck, als hätte er seit der letzten Woche eine Drehung um dreihundertsechzig Grad hingelegt. Von Verachtung, weil ich damals ihn und seine Schwester im Stich gelassen habe, zu *Ich möchte dich zurückgewinnen.*

Kann das sein?

Irgendwie möchte ich Rom auch zurück. Nach dem gemeinsamen Familienabend ist der Wunsch sogar größer als zuvor.

Die jetzigen Voraussetzungen für eine Beziehung wären anders als vor zehn Jahren. Jeder von uns hat einen Job, eine Karriere und Rom hat sogar ein eigenes Hotel. Wir sind unabhängig und könnten uns ganz auf den anderen konzentrieren. Außerdem ist mein Drang, mich zu entwickeln und meine Karriere anzutreiben nicht mehr so stark wie früher. Eine Familie und Kinder sind Ziele, die seit Neuestem in den Fokus meines Lebens gerutscht sind.

Könnte ich hierbleiben in Spanien? Dauerhaft? Die Vorstellung, meine Kinder an einem Ort aufzuziehen, in dem ich selbst einen Großteil meiner Kindheit verbracht habe, ist äußerst reizvoll. Sofort muss ich an die kleine Alejandra denken, wie sie damals die Sonne und das Meer genossen hat. Hier könnten meine Kinder mit der Natur aufwachsen. Das wäre in einer Großstadt wie Frankfurt nicht möglich.

Grundgütiger. Was ist das für ein Gedankendschungel, durch den ich mich da ohne Survivalmesser kämpfe? Meine Hirnkapazitäten haben ihr Limit für heute eindeutig erreicht.

Egal wie ich momentan empfinde, ich sollte nichts überstürzen. Es würde keinem von uns etwas bringen, sich nicht die nötige Zeit zum Überlegen zu nehmen. Gut möglich, dass Rom keine Kinder möchte. Er hat schließlich schon Alejandra großziehen müssen. Möglicherweise reicht ihm diese Erfahrung aus.

Sei ehrlich ... würdest du in Costa de la Luz bleiben wollen, wenn Rom nur eine feste Freundin an seiner Seite haben möchte?

Stopp!

Deine Gedanken führen zu nichts.

Mir über die Stirn reibend, betrete ich den Aufzug, dessen Türen sich öffnen, kaum dass ich die Lobby betreten habe. Am besten ich lasse mich ins Bett fallen und stelle das Grübeln für den Moment ein. Morgen ist auch noch ein Tag.

Ob Thomas in der Suite auf mich wartet? Es ist bereits nach dreiundzwanzig Uhr.

Auch die Gedanken führen zu nichts, maßregele ich mich. *Geh einfach ins Bett und mach die Augen zu. Wo sich dein Ex rumtreibt, kann dir egal sein.*

Dass an Schlaf nicht zu denken ist, erkenne ich daran, dass Thomas auf der kleinen Couch sitzt und bereits ungeduldig mit dem Fuß wippend auf mich wartet.

„Hey", begrüße ich ihn steif, als wären wir flüchtige Bekannte, die sich zufällig über den Weg laufen. Die Luft in der Suite scheint aufgeladen und schwer zu sein.

„Ich möchte mich entschuldigen", sagt Thomas, bevor ich die Tür hinter mir zugemacht habe und ohne den Gruß zu erwidern.

„Warum?" Verwirrung macht sich in mir breit. In meinen Augen gibt es nichts, wofür er sich entschuldigen müsste. Ich habe die Verlobung gelöst.

„Ich hätte gestern nicht mit Janet an die Poolbar gehen dürfen. Ich habe zu viel getrunken und mich den ganzen Tag über nicht um dich gekümmert." Er seufzt und sieht zu Boden. „Aber ab morgen gehöre ich wieder ganz dir. Wir können den Tag über ans Meer gehen. Kein Pool für mich – und auch keine Cocktails. Die bringen mir kein Glück." Sein Lächeln wirkt gequält. „Wir können sogar darüber nachdenken, ob wir übermorgen an der Trekkingtour zum Vogelparadies teilnehmen wollen. Ich habe mich erkundigt, es sind noch Plätze frei. Außerdem ist der Führer nicht dein Ex-Freund, sondern ein Mann namens Manuel Ruiz."

Irgendetwas stimmt anscheinend mit meinem Gedächtnis nicht. Wovon redet Thomas da? War er nicht dabei, als ich mit ihm Schluss gemacht habe?

„Thomas ..." Anscheinend ist er nicht bereit mich loszulassen. Mitgefühl und Verständnis für seine offen zur Schau gestellte Verzweiflung überkommen mich. Bestimmt ist es furchtbar verletzend, wenn die Person, die verlassen worden ist, noch unerwiderte Gefühle hat.

„Ich habe deiner Mutter heute einen Besuch abgestattet“, sagt er, bevor ich ihm auf schonende Art und Weise erklären kann, dass er mich nicht zurückbekommt, indem er unsere Trennung ignoriert.

Wie bitte?

Einen Moment lang lasse ich das Gehörte auf mich wirken.

„Du warst bei meiner Mutter?“, frage ich nach, obwohl ich ihn sehr wohl verstanden habe. „Nachdem wir Schluss gemacht haben? Warum?“ Was stimmt nicht mit ihm? Wer macht denn so etwas? Mein Verständnis für seine Situation beginnt zu bröckeln. Den Schritt hätte er nicht machen dürfen.

„Reg dich ab, das war keine große Sache. Valeria und ich haben uns nur nett unterhalten und zusammen zu Abend gegessen. Sie ist viel umgänglicher, als du sie mir beschrieben hast.“

Fassungslos stehe ich mit der Schlüsselkarte in der Hand da. Das ist sein Plan? Auf die Art möchte er mich zurückgewinnen?

„Es ist vorbei mit uns“, sage ich und suche Augenkontakt, damit ich sehe, dass er mich verstanden hat. „Dein einschmeichelnder Besuch bei meiner Mutter wird daran nichts ändern.“

Gleich morgen werde ich sie anrufen und ihr erklären, dass es keine baldige Hochzeit geben wird. Hoffentlich hat Thomas ihr keinen Quatsch erzählt, den ich nun ausbaden muss.

„Porscha ... versteh‘ doch ... wir haben uns gestritten und du hast ein paar Dinge gesagt, die du unmöglich so gemeint haben kannst. Du möchtest doch keine Beziehung beenden, die seit fast einem Jahr andauert, nur, weil es im Urlaub anders läuft, als du dir das vorgestellt hast. Du kannst doch nicht vergessen haben, wie viel Spaß wir in der Vergangenheit hatten."

Wovon redet er?

„Natürlich kann ich die Verlobung lösen. Ich *habe* die Verlobung gelöst. Wie kannst du das vergessen haben? Du warst dabei, heute Morgen." Das Gespräch nimmt langsam beunruhigende Formen an.

„Indem du mich abservierst, machst du aus mir einen Verlierer." Seine Stimme klingt jetzt angriffslustig und sorgt dafür, dass mein letzter Rest Mitgefühl sich in Luft auflöst.

Du meine Güte. Die Unterhaltung wird mit jedem Satz peinlicher. Stempelt Thomas sich gerade selbst zum Blindgänger ab?

Hat er getrunken, oder war er bei unserem Gespräch heute Morgen noch vom Alkohol betäubt und hat deshalb die Fakten vergessen?

„Okay, du hast gewonnen." Thomas erhebt sich und kommt auf mich zu. „Ich nehme deinen Nachnamen an und wir werden nach unserer Hochzeit beide Kanz heißen – genau wie unsere Kinder. Zufrieden?"

Ist das zu fassen? Er ignoriert alles, was ich sage. Kompletter Durchzug im Gehirn. Absolut gruselig.

„Nein." Ich starte einen letzten Versuch, um zu ihm durchzudringen. „Du wirst meinen Namen nicht annehmen und wir werden auch nicht heiraten. Ich habe die Verlobung gelöst. Schluss. Ende."

Thomas steht jetzt dicht vor mir. Seine plötzliche Nähe löst eine Welle von negativen Gefühlen in mir aus. Unbehagen steht an erster Stelle. Muss ich etwa Angst vor ihm haben?

„Nun stell dich nicht so an. Du hast gewonnen." Er ballt die Hände zu Fäusten und öffnet sie wieder. „Ich gebe nach. Freu dich einfach, dass du in unserer Beziehung die Hosen anhast."

Over and out.

Ich kapituliere. Hier ist jede weitere Mühe verschwendet.

Egal, was ich von mir gebe, es fällt auf keinen fruchtbaren Boden. Thomas will einfach nicht kapieren. Da kann ich diskutieren, bis ich schwarz werde.

Vor mir steht nicht der Thomas, mit dem ich mich verlobt habe. Den Mann hier kenne ich nicht. „Wir haben keine Beziehung mehr." Dieses Mal klingt meine Stimme leise und von Emotionen belegt. Eine traurige Endgültigkeit ist herauszuhören.

Mehr und mehr wird mir klar, dass ich Roms Angebot vom Einzelzimmer hätte annehmen sollen. Aber wer hätte dieses unsinnige Gerede, das mich mit Entsetzen und Widerwillen an die letzten Urlaubstage denken lässt, vorhersehen können?

Thomas nächster Schritt ist allerdings noch unvorhersehbarer.

Deshalb erstarre ich zur Salzsäule, als er mich grob an den Schultern packt und seinen Mund ohne Vorwarnung auf meinen presst. Mit einer Wildheit, die ich von ihm nicht gewohnt bin, schiebt er seine Zunge in meinen Mund und macht sich über meine Lippen her. Dabei drückt er meine Schultern so fest, dass es schmerzt.

Völlig perplex stehe ich da und lasse ihn einfach machen. Es fühlt sich an wie ein Schockmoment. So grob und ungestüm hat Thomas mich noch nie geküsst. Dies hier hat nichts mit den kleinen gehauchten Küssen zu tun, die ich so an ihm mochte und die mir stets eine Gänsehaut beschert haben.

Ich will das nicht ...

Endlich erwache ich aus der Starre.

Mit Nachdruck lege ich meine Hände auf seine Brust und schiebe ihn von mir weg.

„Was soll das, verdammt?" Beinahe stolpere ich beim Zurücktreten.

Wütend und entsetzt wische ich mir über den Mund. Ein solches Verhalten ist unentschuldbar.

Bevor Thomas dazu kommt mir sein streitsüchtiges Handeln zu erklären, klopft es an der Tür.

Deine Rettung. Mach, dass du wegkommst!

Fassungslos, von dem, was gerade geschehen ist, stehe ich da und atme schwer. Viele Besucher können es um diese späte Uhrzeit nicht sein. Ich tippe auf Janet.

Hoffentlich ist es Janet.

Wie ich unsere Freundin kenne, hat sie eine bessere Chance, zu ihm durchzudringen als ich. Der Mann vor mir ist eindeutig nicht bei Sinnen.

Thomas scheint das Klopfen nicht gehört zu haben. Ein Vorteil für mich. Bevor er auf die Idee kommt mich zurück in seine Arme zu ziehen – oder mich ein weiteres Mal unfreiwillig zu küssen – reiße ich die Tür auf.

Ach du Schreck.

Nicht Janet steht vor mir, sondern Rom.

Meine Sprachlosigkeit wird im nächsten Augenblick von Erleichterung abgelöst. Rom wird mir helfen, mit Thomas fertig zu werden. Gerade bin ich so überfordert, da nehme ich jede Unterstützung, die ich bekommen kann. Als hätten meine Knie auf ein Zeichen gewartet, fangen sie zu zittern an.

Kaum nimmt Rom meine verstörte Miene wahr, fällt sein freudiger Gesichtsausdruck in sich zusammen. Über meine Schulter hinweg starrt er Thomas an. Es bedarf keiner Worte, um ihn wissen zu lassen, dass wir mitten in einer Auseinandersetzung stecken. Wir sehen beide aus, als hätten wir einen Kampf hinter uns. Einen emotionalen und nervenaufreibenden.

„Geht es dir gut?", fragt Rom mich argwöhnisch und ohne Thomas aus den Augen zu lassen. Seine weiche Stimme passt nicht zu dem mörderischen Gesichtsausdruck, mit dem Funkeln in den Augen.

Rom wartet nicht auf meine Antwort, er tritt unaufgefordert vor und ich mache stumm Platz. Seine Präsenz nimmt augenblicklich den ganzen Raum ein. Dass er deutlich größer und kräftiger ist, als Thomas tut sein Übriges.

„Äh – ja", antworte ich verspätet. „Mir geht es gut." Froh mit meinem Problem nicht mehr allein dazustehen, überlasse ich es Rom die schwere Tür festzuhalten, sodass sie nicht zufällt. Irgendwie fühle ich mich plötzlich ausgelaugt. „Aber wenn dein Angebot mit dem Einzelzimmer noch steht, würde ich es gerne annehmen." Ich seufze, was mir einen weiteren kritischen Blick von Rom einbringt. „Natürlich ist es schon spät und ich möchte dir und dem Hotel keine Umstände machen, aber heute Nacht wäre es wohl besser, ich hätte ein Bett für mich allein." Bei den letzten Worten sehe ich Thomas an, doch er wirkt kein bisschen schuldbewusst.

Rom kommt nicht dazu, mir zu antworten, denn Thomas ist schneller.

„Bereite deinem neuen Freund keine Umstände, mein Liebling. Ich überlasse dir das Bett und wünsche dir eine gute Nacht. Ich schlafe auf eine der Hotelliegen am Pool. Bis morgen, beim Frühstück."

33

Porscha

„Was war das denn?" Rom schnaubt mehr, als dass er spricht. „Pack ein paar Sachen zusammen", weist er mich an, kaum dass Thomas die Suite fluchtartig verlassen hat.

Ach herrje ... meine Hilfe in der Not scheint stinksauer zu sein. Das Chaos macht wohl gar keinen Feierabend. Ob ich heute irgendwann noch mal zur Ruhe komme?

„Rom – Thomas ist gegangen", versuche ich den gereizten Mann vor mir zu beschwichtigen. „Er wird frühestens morgen vor dem Frühstück zurückkommen. Im Moment ist er beleidigt und wütend. Anscheinend habe ich mit meiner Zurückweisung seinem Ego einen großen Schaden zugefügt." Zum Glück haben meine zittrigen Knie sich beruhigt. Mit Thomas Abgang ist auch mein aufsteigendes Entsetzen verschwunden.

„Du magst recht haben, aber mir wäre trotzdem wohler zumute, er wüsste nicht, in welchem Zimmer du die Nacht verbringst." Rom wendet sich mir zu und umschlingt meinen Körper mit seinen Armen. „Nur zur

Sicherheit", flüstert er in mein Haar. „Ich traue dem Kerl nicht über den Weg."

Offensichtlich meldet sich gerade Roms Beschützerinstinkt zu Wort.

Oh Gott!

Und ich? Ich genieße die Situation mehr, als ich sollte. Es fühlt sich wunderbar an in Roms Armen zu liegen. So gehalten zu werden, lässt mich alles, was in den letzten Minuten passiert ist, vergessen.

Also gut. Tief atme ich Roms Duft ein. Wunderbar.

Da ich vollkommen erledigt bin und keine Lust habe, mit dem nächsten Mann zu diskutieren, gebe ich mich geschlagen.

„Na gut." Sanft löse ich mich aus der Umarmung. „Dann eben das Einzelzimmer. Wenn du darauf bestehst."

„Danke." Rom drückt mir einen Kuss auf die Stirn und geht zum Telefon neben dem Bett, um die Rezeption anzurufen.

Da ich plane, die Suite nur für eine Nacht zu räumen, nehme ich mein Schlafshirt und meine Zahnbürste und bin zwei Minuten später bereit zu gehen.

Plötzlich halte ich inne. „Warum bist du eigentlich gekommen?" In all dem Durcheinander mit den zwei Männern habe ich mich das noch gar nicht gefragt.

Rom nimmt meine Hand und tritt mit mir auf den Gang. „Du hast deine Sonnenbrille vergessen."

Seine Antwort entlockt mir ein Schmunzeln. „Und die Sonnenbrille war so wichtig, dass du sie mir umgehend bringen musstest – weil ich sie zum Schlafen brauche?"

Rom reicht mir die Brille, die in einer seiner vielen Cargo-Hosentaschen gesteckt hat. „Eventuell habe ich mir einen Gutenachtkuss als Belohnung erhofft."

Interessant.

Wir bleiben vor den Aufzügen stehen und Rom drückt den Knopf. Um diese späte Uhrzeit ist der Fahrstuhl in wenigen Augenblicken da.

„Wir treffen Mateo in der dritten Etage. Er hat heute Nacht Dienst und wird uns die Schlüsselkarte bringen", erklärt Rom, bevor wir gemeinsam in die Kabine treten, um nach unten zu fahren.

„Danke." Ein Gähnen unterdrückend, lehne ich meinen Kopf gegen seine Schulter und beobachte uns im Spiegel. Es wundert mich nicht, dass ich, anders als Rom, müde und völlig fertig aussehe. „So eine Aufregung", rede ich mehr zu mir selbst als zu meinem Begleiter. Meine Augen schließen sich für einen Augenblick, in dem ich alles, was geschehen ist, ausblende. „Ich bin froh, den Rest der Nacht ruhig schlafen zu können."

„Das kann ich gut verstehen." Rom drückt meine Hand und ich hebe die Lider. Auch er betrachtet unser Spiegelbild. „Dir dieses Zimmer zur Verfügung zu stellen, ist keine große Sache."

„Danke", wiederhole ich und stelle mich aufrechter hin. Für den Moment kann ich mich noch zusammenreißen. „Dafür und natürlich für die Sonnenbrille."

Mein Kommentar bringt Rom zum Schmunzeln. Erst schmunzelt er und dann zwinkert er mir im Spiegel zu. Und dann ... bevor ich auf die Idee komme, ihm den Gutenachtkuss noch im Fahrstuhl zu geben, geht die Tür auf und wir sind in der dritten Etage angelangt.

Die Tür zu Zimmer 369 steht offen und der Angestellte des Hotels erwartet uns. Mateo, der Junge scheint kaum volljährig zu sein, grüßt mich und überreicht mir die Schlüsselkarte. Nach einem kurzen Flüstern mit Rom verschwindet er und ich bin mit meinem festen Freund aus Jugendzeiten allein.

Die Karte in der Hand drehend sehe ich mich um. Der Raum ist deutlich kleiner als die Suite, die ich mir mit Thomas teile. Allerdings gibt es ein großes Kingsize Bett, in dem auch zwei Personen schlafen könnten.

Ob Rom das Zimmer deshalb ausgewählt hat? Möchte er mit mir die Nacht verbringen? Bin ich dafür schon bereit?

Nervosität, für die ich eigentlich zu müde bin, überkommt mich. Mein Herzschlag beschleunigt sich und die Erschöpfung wird in den Hintergrund gedrängt.

„Ich werde nicht mit dir schlafen", sage ich mit Blick auf das bequeme Bett gerichtet. „Nicht heute Nacht." Besser ich spreche aus, was mir durch den Kopf geht. Ein Mann die Nacht, der mehr von mir erwartet als ich zu geben bereit bin, ist eindeutig genug.

„Das habe ich mir auch nicht erhofft." Roms Stimme klingt brummig, mit einem verletzten Unterton.

„Okay." Zufrieden, dass Rom Verständnis zeigt, stoße ich einen Seufzer der Erleichterung aus und lege die Schlüsselkarte aus der Hand. Meine Finger fühlen sich plötzlich schwitzig an. „Denn ich habe mich erst heute Mittag von meinem Verlobten getrennt. Ich möchte mir die Zeit nehmen, um die neuen Gefühle zu ergründen und ein paar Dinge, die heute geschehen sind zu überdenken." Ein Lächeln andeutend, hebe ich einen

Mundwinkel. „Wenn das geschehen ist, kann ich mich in ein neues Liebesabenteuer stürzen."

Gute Idee, Porscha. Abenteuer klingt passend.

Rom öffnet den Mund. Zweifelsohne, um mir zu erklären, dass er nichts von mir verlangt und auch keine Erwartungen an mich stellt. Doch ich stoppe ihn, indem ich ihm den Zeigefinger auf die Lippen lege.

„Aber ..." Nachdenklichkeit vortäuschend halte ich inne und lasse ihn zappeln.

„Aber?", fragt er unter meinem Finger sprechend, bevor er ihn von seinem Mund nimmt und mich mit einem Blick herausfordert weiter zu sprechen.

„Den Kuss." Zur besseren Erklärung hebe ich die Sonnenbrille und ziehe meinen Finger aus seinem Griff. „Den Gutenachtkuss, weil du mir die Brille zurückgebracht hast ... den kann ich dir geben. Dieses Mal breche ich ihn auch nicht ab und schiebe dich von mir weg, weil ich noch in festen Händen bin. Ab heute kann ich küssen, wen ich will."

Anscheinend habe ich die richtigen Worte gefunden, denn Rom wirkt augenblicklich überglücklich. Ich bilde mir ein, an seiner Halsschlagader erkennen zu können, dass sich sein Herzschlag bei meinen Worten beschleunigt hat.

„Da hast du verdammt recht." Rom ergreift umgehend die Initiative und kommt auf mich zu. Mit einem verschlingenden Blick zieht er mich an sich und ich lasse mich ohne schlechtes Gewissen und nur mit einem wunderbar verliebten Gefühl im Bauch gegen seine Lippen sinken.

Es dauert nicht lange, bis die Schmetterlinge zu fliegen anfangen und es überall zu kribbeln beginnt.

Was passiert mit mir?, frage ich mich, kurz bevor ich
das Denken einstelle und Rom die Führung überlasse.

34

Romeo

Am nächsten Morgen

Ich mache drei Kreuze, wenn unser Haustechniker zurück aus dem Urlaub ist. So oft wie in den letzten zwei Wochen musste ich selten für ihn einspringen. Möglicherweise empfinde ich die Vertretung dieses Mal als eine besondere Last, weil ich momentan um ein Vielfaches lieber bei Porscha wäre. Ob sie schon wach ist? Hugo hat mich heute in aller Frühe darüber informiert, dass im Lagerraum des Wellnessbereichs, in dem die Handtücher und Bademäntel aufbewahrt werden, ein Regal von der Wand gekracht ist. Mit allem, was darauf lag. Für gewöhnlich könnte die Reparatur bis nächste Woche warten, aber Hugo hat mir empfohlen, aus Sicherheitsgründen die Befestigung der anderen Regale zu überprüfen. Nicht, dass noch ein Unglück geschieht und jemand verletzt wird, sollte sich ein weiteres Regal aus der Wand lösen.

Mit den Gedanken bei Porscha, die sicher noch im warmen Bett schlummert, und dem Gutenachtkuss, der sich einfach unglaublich angefühlt hat, gehe ich den Gang hinunter. Rechts befindet sich der Wellnessbereich, einschließlich Sauna und links gibt es einen Raum mit den üblichen Trainingsgeräten, die in jedem guten Fitnessstudio zu finden sind. Das *Hermosas Palmeras* ist mit allem Nötigen ausgestattet.

Da es noch früh ist, sind beide Bereiche leer. Zumindest habe ich das angenommen, bevor ich ein seltsames Stöhnen höre.

Kommt es von links oder rechts? Hat sich jemand bei der Benutzung der Geräte verletzt? Unerfahrene Sportler übertreiben es gerne mal. Oft ist schneller etwas passiert, als die Person es für möglich gehalten hätte.

Mit gespitzten Ohren stehe ich im Gang und warte auf ein weiteres Geräusch oder einen Hilferuf. Habe ich Einbildungen?

„Ah-jjjja ...“

Rechts.

Das bejahende Stöhnen kommt von rechts. Ich bin mir ganz sicher. Es ist kein Stöhnen, das sich wie ein Hilferuf anhört. Es ist eher ein erregtes Keuchen, das auf Sex schließen lässt.

„Oh, ja. Bitte ... bitte hilf mir. Nimm mich hoch.“ Es folgen röchelnde Laute, die von einem Luftschnappen begleitet werden.

Ach du grüne Neune!

Unter Umständen ist es doch ein Hilferuf. Aber keiner, bei dem ich zur Unterstützung eilen möchte.

Eine schnelle Nummer in der Sauna! Wer macht das in einem Urlaubshotel, in einem Bereich, der jederzeit anderen Hotelgästen zugänglich ist? Wirkt das Spiel mit dem Nervenkitzel auf die Leute erregend?

Dios mío! – Mein Gott! Manche Gäste kennen wahrlich keine Grenzen, glauben sich alles herausnehmen zu können. Trotz der angenehmen Temperaturen im Saunabereich, sinkt meine Laune auf den Gefrierpunkt.

Obwohl es mir vor dem Bild graut, welches ich gleich zu sehen bekommen werde, muss ich einschreiten ... und im Anschluss ein Reinigungsteam zum Desinfizieren herschicken. Garantiert niemand möchte den Wellnessbereich nutzen, wenn es dort nach Sex riecht.

Mein Unwohlsein steigert sich noch, kaum dass ich mich vortaste und durch die getönte Glastür spähe. Mir wird sofort klar, welche Person dem Glück hier ein wenig näherkommt. Dem seligen Gesichtsausdruck nach zu urteilen, kann der Himmel nicht mehr weit entfernt sein.

Porschas beste Freundin Janet klammert sich mit Armen und Beinen an einen Mann, der mir den Rücken zuwendet. Sie hat den Kopf in den Nacken gelegt, die Arme um den Hals ihres Lovers geschlungen und die Beine um dessen Hüften. Die Bewegungen sind eindeutig.

Meine Anwesenheit ist noch nicht bemerkt worden. Dafür sind die beiden viel zu sehr in ihr Treiben versunken.

Ich muss gestehen, in einer solchen Situation war ich noch nie.

Wie verhalte ich mich jetzt am besten?

Klopfe ich gegen die Scheibe und unterbreche das Liebesspiel, oder warte ich und spiele den Gelassenen, bis jeder zu seinem Orgasmus gekommen ist? Zur Rede stelle ich die Provokateure sowieso.

Ich habe noch keine Entscheidung gefällt, da dreht sich das verschwitzte Pärchen zur Seite und ich erkenne, wer Janet da beglückt. Es ist niemand anderes als Thomas Kaster, Porschas Ex-Verlobter. Teufel aber auch! Die schmächtige Gestalt kam mir gleich irgendwie bekannt vor.

Wie entzückend.

Dieser ...

Ich handele, ohne den Gedanken zu Ende zu bringen. Da ich innerlich vor Wut fast kollabiere, klopfe ich nicht gegen die Scheibe und warte auch nicht, bis der Typ zum Schuss gekommen ist. Nein, ich reiße die Tür auf und trete mit rasendem Herzschlag vor.

Kalte Luft, gefolgt von brennendem Zorn strömen in die Sauna. Wem reiße ich zuerst den Kopf ab?

Janet öffnet die Augen und erblickt mich. Thomas braucht etwas länger, bis ihm die kalte Luft an seinem behaarten Hinterteil bewusst wird. Seine Hüftbewegungen kommen zum Stillstand und Janet schenkt mir ein entschuldigendes, fast schon liebenswertes Lächeln.

Ist das ihr Ernst? Erwartet sie etwa Verständnis? Das ist in der Situation wohl ein bisschen viel verlangt.

Thomas lässt sie wortlos an seinem Körper hinabgleiten und wendet sich anschließend mir zu. Natürlich erkennt er auf den ersten Blick, wer seine intime Party gestört hat. Dass er nackt und in voller Pracht vor mir steht, scheint ihn kein bisschen verlegen zu machen. Er versucht nicht mal seine Erektion vor mir zu verstecken.

Der Hass auf mich ist deutlich zu erkennen. Sein Blick funkelt und das angedeutete Lächeln hat etwas Perfides an sich. Ohne Frage ist er bereit, sich mit mir anzulegen. Wenn nötig auch ohne Klamotten und verschwitzt.

Was für ein Idiot. Hat er immer noch nicht verstanden, dass er in meinem Hotel nichts zu melden hat?

Janet stößt ein halbherziges und eindeutig gespieltes „Huch" aus und versteckt sich hinter Thomas. Sie drückt sich Schutz suchend an seinen Rücken, legt das Kinn auf seine Schultern und die Hände an seine Hüften. Die Gesten der beiden wirken vertraut, als wäre es nicht das erste Mal, dass sie nackt bei einer sinnlichen Tanznummer mit Hebefigur erwischt werden.

In meinem Kopf macht es plötzlich klick. Die Erkenntnis kommt schlagartig.

„Bitte darf ich raten?" Ich verschränke die Arme vor der Brust und lasse meinen Gedanken freien Lauf. „Ihr beide treibt es schon seit Längerem hinter Porschas Rücken. Und da du ...", ich deute auf Thomas, „... ihr Handy getrackt hattest, konntest du dir stets sicher sein, dass deine Schäferstündchen unentdeckt bleiben und du nicht auffliegen würdest. Sehr schlau." Ich nicke und blockiere mit meinem Körper die Tür. So schnell kommen die beiden mir nicht davon. Eventuell sind meine Vermutungen weit hergeholt, aber etwas an Thomas Miene verrät mir, dass ich nicht vollkommen falschliege.

„Wie viele Frauen befriedigst du gleichzeitig?", frage ich Thomas und versuche, an seiner Miene eine weitere Reaktion abzulesen. Über seinem linken Auge hat es gerade zu zucken begonnen. „Sind es nur Janet und Porscha oder hast du noch weitere Affären?“

Endlich macht der Mann vor mir den Mund auf. Offenbar habe ich ihn genug gereizt.

„Ich denke, mein Sexleben geht dich nichts an.“ Thomas spiegelt meine verschränkten Arme, was ihn in meinen Augen armselig erscheinen lässt. Überlegenheit lässt sich nicht durch das Kopieren von Körpersprache ausdrücken. Den gleichen Fehler macht Alejandra auch immer.

„Irrtum, mein Freund. Wenn Porscha dadurch zu Schaden kommt, geht es mich sehr wohl etwas an.“

„Seit wann?“ Thomas lacht laut und überheblich. „Seit du sie aus dem Wald gerettet hast? Ihr habt euch zehn Jahre nicht gesehen und nun glaubst du, dich aufspielen und den Macker raushängen lassen zu können? Porscha hat dich verlassen und sich einen Dreck um dich geschert.“

Noch vor ein paar Tagen hätten mich die Worte getroffen, aber mit dem Wissen von heute, kann ich den Mist an mir abprallen lassen. Porscha und ich, wir haben beide Fehler gemacht und wir wissen das. Dieser Blender wird keine Zwietracht zwischen uns stiften können. Nicht auf verbale Weise – und auch auf keine andere.

Mit Verachtung senke ich den Blick auf seine Erektion, die keine mehr ist. „Pack dein Würstchen ein und verschwinde. Der Wellnessbereich ist für dich ab heute eine gesperrte Zone. Du hast in diesem Bereich des Hotels Hausverbot. Solltest du eher als geplant abreisen wollen, ist mein Hotelmanager gern bereit, dir bei der Umbuchung deines Fluges behilflich zu sein.“

Mit einem Seufzen, das mich selbst beruhigen soll, sehe ich Janet an. Meine Empfindungen für sie sind zwiegespalten. Sie hat Porscha ebenso betrogen wie Thomas. „Sie sollten nachschauen, ob er Ihr Handy getrackt hat", sage ich, obwohl Janet meine Hilfe nicht verdient. „Nur für den Fall. Wobei? Vermutlich wäre es interessanter sich sein Handy zeigen zu lassen."

Thomas Gesicht verliert etwas von der erhitzten Gesichtsfarbe. Interessant. Die neue Blässe und das heftige Flattern über seinem linken Auge, lassen darauf schließen, dass ich mit meiner Vermutung einen Volltreffer gelandet habe.

Hinterhältiger Betrüger.

Schade, dass ich sein Handy nicht genauer inspiziert habe, als er es mir für die Suche nach Porscha gegeben hat.

„Den Standort wie vieler anderer Handys beobachtest du kleiner Wicht heimlich mit deiner App?" Natürlich ist es falsch Vermutungen, ohne Beweise anzustellen, trotzdem kann ich nicht anders. Wut und Empörung haben mich fest im Griff. „Lass mich raten ...", setze ich noch einen drauf, „... die Besitzer der Handys, denen du folgst, sind allesamt Frauen."

Janet schnappt nach Luft und tritt einen Schritt zurück. Anders als Thomas ist sie hochrot im Gesicht. „Ist das wahr? Hat er recht? Betrügst du mich?" Offensichtlich ist sie treuherzig und leichtgläubig. Mal davon abgesehen, dass sie ihre Freundin aufs Übelste hintergeht und damit in meinen Augen keinen Deut besser ist als ihr Betrügerfreund. Ein Hoch auf diese Naivität.

Bevor mir weitere unschöne und nicht bewiesene Vorwürfe über die Lippen kommen, drehe ich mich um. In Windeseile ziehe ich mein Handy aus der Hosentasche und mache mich vom Acker. Es ist höchste Zeit.

Was wird Hugo wohl sagen, wenn ich ihn darüber informiere, dass wir einen Tatortreiniger in der Sauna brauchen?

35

Porscha

Ein Klopfen an der Tür weckt mich. Im ersten Moment bin ich verwirrt, und weiß nicht, wo ich bin, aber dann kommt die Erinnerung.

Thomas – unser Streit – Rom – das Einzelzimmer – der Kuss.

Wie spät ist es? Der Sonne nach zu urteilen, die durchs Fenster scheint, muss es schon fast Mittag sein.

Wie konnte ich derart lange schlafen? Warum bin ich von dem Sonnenlicht nicht geweckt worden? Anscheinend war mein Körper ziemlich erledigt. Kein Wunder, nach dem emotionalen Stress.

Erneut ertönt ein zaghaftes und kaum hörbares Klopfen. Der Besucher scheint unsicher zu sein, ob er mich stören darf.

Rom, schießt es mir durch den Kopf.

Wer sollte es sonst sein? Außer ihm weiß niemand, in welchem Zimmer ich mich aufhalte.

Mit einem Lächeln auf den Lippen gehe ich zur Tür, um dem Hotelbesitzer des *Hermosas Palmeras* zu öffnen. Bestimmt bin ich der einzige Gast, der heute Morgen von ihm diese Sonderbehandlung bekommt. Ob Rom wieder seinen Gürtel mit den Werkzeugen trägt? Der schmuddelige Handwerkerlook hat irgendwie etwas Erregendes an sich. Mein Herzschlag beschleunigt sich und meine Laune klettert ein paar Stufen die Leiter hinauf. Wenn der Mann vor der Tür einen sechsten Sinn hat, hat er Kaffee dabei.

Kaum gedacht, sehnt mein Körper sich nach Koffein.

In freudiger Erwartung reiße ich die Tür auf und staune nicht schlecht, denn Rom hat nicht nur Kaffee dabei. Gleich vor mir befindet sich ein mit einem weißen Tischtuch eingedeckter Servierwagen, auf dem zwei Teller stehen, die mit Hauben aus Edelstahl abgedeckt sind. Dazu gibt es frisches Obst und Joghurt. Außerdem sehe ich eine Kaffeekanne und zwei noch leere Tassen.

„Du bringst mir Frühstück." Meine Stimme klingt übereifrig. Sie vibriert sogar leicht, und wenn ich ehrlich bin … sie vibriert nicht nur wegen der Aussicht auf Koffein.

Bist du nicht zu alt, um dich Hals über Kopf zu verlieben?

„Jep. Ich bringe Frühstück und Neuigkeiten. Aber zuerst bekommst du einen Kaffee." Seine Worte werden von einem Lächeln begleitet.

„Du kennst mich zu gut." Erfreut mache ich Platz und lasse Rom den Wagen an mir vorbei ins Zimmer schieben. Er trägt keinen Werkzeuggürtel, dafür ein strahlend weißes T-Shirt, eine lange ausgeblichene blaue Jeans, die bis zur Mitte der Wade aufgekrempelt ist und dazu dunkelbraune Flipflops.

Meine Augen können sich an dem Anblick nicht sattsehen. Ich liebe die Kombination lange Hose und Flipflops. Ob Rom sich daran erinnert und sich deshalb so gekleidet hat? Bisher habe ich ihn immer nur in Cargo-Shorts gesehen.

Das Einzelzimmer ist eng, da das Bett einen Großteil des Raumes einnimmt. Wir werden nah beieinandersitzend auf der Bettkante speisen müssen, worin ich allerdings kein Problem sehe.

Schnuppernd und ohne den Blick von seinem breiten Rücken und den schmalen Hüften abzuwenden, folge ich Rom zurück ins Zimmer. „Das duftet wunderbar nach frischen Brötchen.“

„Hm.“ Rom lässt den Blick schweifen. Ohne Frage überlegt er, wo er servieren soll. „Der Raum ist eine verdammte Schuhschachtel“, beschwert er sich.

„Passt schon.“ Schnell, bevor Rom mehr an dem hübschen Einzelzimmer zu bemängeln hat, gebe ich ihm einen Kuss auf die raue unrasierte Wange und schnappe mir eine Tasse. „Schenkst du mir ein?“

Rom greift nach der Kanne und ich lasse mich auf der Bettkante nieder. Wenig später ist meine Tasse gefüllt und ich bin rundum zufrieden.

„Meine Haare sehen sicher furchtbar aus“, sage ich, trinke und stecke mir eine lose Strähne hinter das Ohr. „Ich habe verschlafen.“

„Du warst gestern Abend vollkommen fertig.“ Auch Rom bedient sich.

„Ist alles in Ordnung? Du wirkst leicht angefressen.“ Das Begrüßungslächeln von eben ist verschwunden.

„Hm.“ Der nachdenkliche Mann vor mir nimmt einen Schluck von seinem Kaffee. „Es wäre besser, du würdest erst frühstücken, bevor ich dir die brandheißen News auftische."

„Oh Gott, was ist passiert?" Mit beiden Händen umklammere ich die Tasse. Er kann doch nicht eine Ankündigung wie diese machen und danach erwarten, dass ich genüsslich und in Seelenruhe meinen Toast buttere.

„Möchtest du nicht erst etwas essen?" Er hebt eine der Servierhauben an, damit ich darunter schauen kann. „Ich habe Croissants und Marmelade und …"

„Bitte …" Mein Gefühl rät mir nachzubohren. „Ist etwas passiert?"

„So kann man es auch sagen … ja." Er legt die Haube aus der Hand und sieht mich an. Seine Miene kann ich nicht deuten. Sie wirkt irgendwie … unglücklich. Auch wenn das eine unzureichende Beschreibung darstellt.

„Etwas Schlimmes? Ist etwas mit Alejandra?" Hoffentlich ist nichts passiert.

„Nein und nein. Wobei … für dich ist es vielleicht doch irgendwie schlimm."

„Bitte erkläre es mir." Mein Blick fixiert ihn und fordert ihn auf, endlich die Katze aus dem Sack zu lassen.

„Ich habe deinen Ex-Verlobten vor einer Stunde in der Sauna erwischt."

„Okay." Ich bin mir sicher, da kommen noch mehr Informationen. „Thomas liebt die Sauna."

Rom nickt. „Das glaube ich dir gern." Er zögert einen Moment. „Ich habe ihn dabei erwischt, wie er eure Freundin Janet … wie sage ich es am besten …" Erneut hält er inne. „… gepoppt hat."

„Was?"

„Die beiden hatten Sex in der Sauna“, wiederholt Rom für mich mit anderen Worten und in eindeutig gemäßigtem Zorn. „Vor meinen Augen.“

„Thomas und Janet? Bist du dir sicher?“ Mit einem Poltern stelle ich die Tasse zurück auf die Untertasse, weil ich Angst habe, sie bei weiteren Offenbarungen dieser Art fallen zu lassen.

„Hundertprozentig.“ Rom grunzt. „Eine Verwechselung ist ausgeschlossen.“

„Oh!“ Mehr fällt mir nicht ein.

Was soll ich davon halten? Verletzt es mich? Irgendwie schon. Aber ich bin weit davon entfernt mich heulend aufs Bett zu werfen. Weil es das Einzige ist, was mir in meiner momentanen Situation einfällt, atme ich tief durch und warte auf die Gefühle, die noch kommen werden.

„Es tut mir leid. Du bist in wenigen Tagen gleich von zwei Menschen, die dir nahestehen betrogen worden.“ Seine Miene verzieht sich vor Mitgefühl. „Mir wäre lieber gewesen, du müsstest die Information nicht auf nüchternen Magen verdauen.“

Meine Coolness beginnt zu bröckeln.

„Mir wäre es lieber, ich läge noch unwissend im Bett und würde selig schlummern und müsste gar nichts verdauen.“ Den Sarkasmus in meiner Stimme kann ich nicht zurückhalten. Irgendwie tut dieser Verrat doch weh.

„Ich denke, dein Ex-Verlobter hat dich schon seit Längerem betrogen.“ Rom deutet auf das knusprige und sicher noch warme Croissant. „Möchtest du nicht wenigstens probieren?“

„Wie kommst du zu dem Schluss?" Warum auch immer ... ich habe das Bedürfnis nachzufragen, denn es
scheint mir abwegig, dass ich Thomas monatelang
falsch eingeschätzt habe. So eine schlechte Menschenkennerin bin ich nicht. Sicher hätte ich etwas bemerkt.
Ich hätte doch etwas bemerkt – oder nicht?

„Natürlich ist das kein Beweis, aber sein blasser und
sehr schuldiger Gesichtsausdruck, als ich ihn mit meiner Vermutung konfrontiert habe, hat Bände gesprochen. Ich vermute, Thomas hatte dein Handy getrackt,
um nicht von dir bei einem seiner vielen Schäferstündchen überrascht zu werden. Auf die Weise konnte er
dich ohne dein Wissen beobachten und wusste zu jeder
Zeit, wo du dich aufhältst."

Die Vorstellung erschreckt mich. Am liebsten würde
ich mich schütteln. Wenn das stimmt, hat Thomas
Stalker-Qualitäten.

„Du glaubst, er hat Affären? Mehrzahl?" Gütiger Himmel. Was für eine katastrophale Vorstellung. Ich war
für ihn nur eine von vielen.

„Zumindest mit dieser Janet habe ich ihn gerade erwischt."

„Stimmt." Obwohl ich nicht um einen der beiden weinen möchte, füllen sich meine Augenwinkel mit Tränen. Es sind Tränen, die meine Wut und Verletzung zeigen. Am liebsten würde ich beide Verräter an einer tiefen Stelle ins Meer werfen. Thomas kann nicht
schwimmen und Janet macht sich niemals die Haare
nass. Es wäre für beide eine gerechte Strafe. Janet
würde Thomas natürlich niemals ertrinken lassen.
Aber um ihn zu retten, müsste sie sich die Frisur ruinieren. Allein die Vorstellung, die beiden wie begossene

Pudel und halbertrunken am Strand sitzen zu sehen, erfüllt mich mit Genugtuung.

Rom setzt sich neben mich und streicht mir über die Wange. Offenbar ist ihm meine Verletzlichkeit bewusst. „Eine gute Freundin war Janet dir nicht. Allerdings schien sie von der Tatsache überrascht zu sein, dass Thomas auch noch andere Frauen am Start haben könnte."

„Dieser hinterhältige Falschspieler."

„Ich werde dir nicht widersprechen", sagt Rom in mitfühlendem Tonfall.

„Oh Gott." Mit einem Satz springe ich auf und hätte beinahe den Servierwagen ins Wanken gebracht. Mir ist gerade kein sehr schöner Gedanke durch den Kopf gegangen. „Ich muss zum Arzt. Ich sollte mich untersuchen lassen. Ich … wenn Thomas … wenn er mich mit unterschiedlichen Sexpartnern betrogen hat und …"

Heilige Geschlechtskrankheiten!

Rom legt mir eine Hand auf die Schulter und drückt mich zurück auf die Matratze. „Stopp! Nicht überreagieren, dazu ist später immer noch Zeit. Zuallererst solltest du frühstücken." Mit einem Schmunzeln betrachtet er meine Haare. „Und danach solltest du duschen und dich kämmen."

Verflixt! Das ist kein schlechter Vorschlag.

„In Ordnung." Obwohl ich kaum Hunger verspüre, greife ich nach dem Croissant und beiße die Spitze ab. „Aber du solltest nicht mit mir schlafen, bevor ich mich gründlich habe durchchecken lassen", spreche ich mit vollem Mund. Ich kaue, ohne zu schmecken. „Das wäre leichtsinnig von dir."

Rom wirkt von meinem schnellen Stimmungsumschwung aus der Fassung gebracht. Aber nur für einen Moment. Kaum hat er sich wieder gefangen, zuckt sein rechter Mundwinkel nach oben. „Du möchtest mit mir schlafen?", fragt er mich und versucht, seine freudige Überraschung zu überspielen.

Hastig, damit ich nicht husten muss, schlucke ich ein paar Krümel hinunter. „Natürlich nur, wenn du es auch möchtest. Ich ..."

Mir wird das Croissant aus der Hand genommen und wenig später befinde ich mich lang ausgestreckt unter Rom liegend auf der Matratze. Sein Mund schwebt über meinem. „Porscha, ich möchte mit dir schlafen, seit ich dich aus dem Wald getragen und meine Hände deinen Po berührt haben."

Oh!

Ein interessantes Geständnis. Dazu würde ich gerne einen passenden Kommentar abgeben, allerdings fällt mir nichts Schlagfertiges ein. Ich stehe auf der Leitung, mein Hirn ist von den ständigen Aufs und Abs wie leer gefegt. Ich bin ganz von dem Körper über mir eingenommen. Also warte ich mit einem herausfordernden Grinsen darauf, dass Rom mich küsst.

Zu meinem Glück muss ich nicht lange warten.

36

Porscha

Abreisetag

Ich bin frei! Und sobald Thomas abgereist ist, bin ich bereit mein Leben zu organisieren und es in neue Bahnen zu lenken. Mal sehen, wohin mich das führt.

Doch zuerst muss ich den Ballast, der in den letzten zwei Tagen deutlich an Gewicht zugenommen hat, abwerfen.

Rom hat darauf bestanden, dass ich das Einzelzimmer behalte und erst nach Thomas Abreise zurück in die Suite mit dem wundervollen Meerblick ziehe. Das war nach dem Verrat von Janet und Thomas ein äußerst sinnvoller Vorschlag. Ich hätte keine Nacht mehr mit ihm in einem Bett schlafen wollen. Da Thomas mir in den letzten Tagen aus dem Weg gegangen ist, gehe ich davon aus, dass auch er unsere Trennung jetzt akzeptiert hat und nicht glaubt, nur weil er bereit ist, meinen Nachnamen anzunehmen, würde ich noch einknicken.

Mit Thomas bin ich endgültig fertig ... mit Janet auch.

Meinen Rückflug habe ich gecancelt. Da ich vorerst von *Costa de la Luz* aus arbeiten werde, wird mir Janet auch nicht zufällig im Fitnessstudio über den Weg laufen.

Memo an mich: *Du musst deine Mitgliedschaft kündigen.*

Hugo Diaz, der Roms rechte Hand ist und den ich in den letzten Tagen besser kennenlernen durfte, hat mir verraten, wann Thomas und Janet heute abgeholt und zum Flughafen gebracht werden. Interessanterweise hat Janet einen Platz in der gleichen Maschine wie Thomas. Mich würde es reizen, zu erfahren, wann sie den Flug gebucht hat. Bestimmt nicht spontan, so wie sie behauptet hat, als sie angereist ist.

Rom wollte mich natürlich begleiten und mir beistehen, aber ich habe ihn gebeten, sich zurückzuhalten. Thomas ist mein Problem, von dem ich mich allein trennen muss. Rom gehört zu einem neuen Kapitel in meinem Leben, das ich aufschlagen werde, sobald ich meine Altlasten abgelegt habe.

Hugos Blick liegt auf mir, als ich die Lobby betrete und auf Thomas und Janet zugehe. Bestimmt hat er Anweisungen von Rom bekommen, sich sofort bei ihm zu melden, wenn ich in Schwierigkeiten gerate oder Thomas mir Ärger macht.

Die Fürsorge der beiden schmeichelt mir und gibt mir die Kraft hoch erhobenen Hauptes auf das Pärchen, das mich nach Strich und Faden betrogen hat, zuzugehen.

Thomas entdeckt mich als Erstes, Janet steht mit dem Rücken zu mir.

„Ach ne, du bist also doch nicht in der Versenkung verschwunden", sagt Thomas angriffslustig, mit offensivem Unterton in der Stimme. Damit spielt er eindeutig auf die letzten Tage an.

Janet dreht sich um und versucht, sich an einem entschuldigenden Lächeln, das ihr allerdings vollkommen misslingt. Die Schuldgefühle stehen ihr deutlich ins Gesicht geschrieben.

„Hallo Thomas, hallo Janet." Meine Stimme klingt roboterhaft. Obwohl ich nicht aufgeregt oder zittrig sein müsste, bin ich es doch. Meine Handflächen sind feucht und mein Herzschlag hat sich in dem Moment beschleunigt, in dem ich Thomas in der Lobby entdeckt habe.

„Porscha ... du hast deine Sachen aus dem Zimmer geholt und mir nicht mal eine Nachricht hinterlassen. Im Grunde hast du dich nach unserem letzten Streit in Luft aufgelöst. Du bist ohne Erklärung untergetaucht." Die Vorwürfe scheint Thomas tatsächlich ernst zu meinen. Er wirkt geradezu sauer und zerknirscht. Und ich dachte, er wäre mir auch aus dem Weg gegangen. Dem war wohl nicht so.

„Ist das verwunderlich?" Hoffentlich fängt die Diskussion nicht wieder von Neuem an.

„Irgendwie schon, Porscha. Du bist schließlich meine Verlobte. Wir wollen heiraten."

Die Inbrunst, mit der er spricht, lässt mich fassungslos nach Luft schnappen. *Hört das denn nie auf?*

„Ich war deine Verlobte und wir wollten heiraten. Unsere Beziehung ist vorbei. Ich bin nur gekommen, um dir Lebwohl zu sagen." Ein letztes Mal werde ich mich ins Zeug legen, um ihm die Fakten verständlich zu machen. Danach kommuniziere ich nur noch über einen Anwalt mit ihm, sollte er mir weiterhin Probleme bereiten.

„Nur weil Janet und ich ... in der Sauna waren?"

Die Fassungslosigkeit, die ihm ins Gesicht geschrieben steht, kann er nicht ernst meinen. Hält er mich für vollkommen blöd?

„Nein, Thomas, unsere Beziehung war schon am Tag davor vorbei. Vielleicht erinnerst du dich, dass ich mit dir Schluss gemacht habe. Deine Nummer mit Janet in der Sauna hat mich nur darin bestärkt, mich richtig entschieden zu haben."

„Porscha ...", mischt Janet sich kleinlaut ein.

„Besser du hältst den Mund." Meine Stimme ist ein Fauchen. „Du hast mich hintergangen und kannst nichts vorbringen, was eure Tat entschuldigen könnte."

Zerknirscht und plötzlich blass um die Nase wendet Janet sich ab und geht ein Stück von uns weg. Gut, so kann ich Thomas sagen, was ich zu sagen habe. Mit ihren Schuldgefühlen, ob vorhanden oder nicht, muss sie allein klarkommen. Eine Absolution werde ich ihr nicht erteilen. Was Janet gemacht hat, war einfach nur mies.

Ich wende mich einem überraschend stillen Thomas zu und strecke die Hand aus. „Bitte gib mir meinen Wohnungsschlüssel. Deine Sachen schicke ich dir, sobald ich wieder in Frankfurt bin und Zeit hatte, sie zusammenzupacken." Zum Glück haben wir uns noch keine Wohnung geteilt. Der Gedanke, Thomas könnte aus Frust und Rachsucht mein Hab und Gut zerstören, würde mir Sorgen bereiten. Vor allem, weil ich von Spanien aus nicht eingreifen könnte.

„Porscha …“ Er tritt auf mich zu und streckt die Hände in einer offenen Geste aus. Seine Miene ist jetzt weich, genau wie seine Stimme.

Was soll das?

Die ausgestreckten Hände ignorierend, sehe ich auf die Uhr über der Information. „Euer Bus dürfte in fünf Minuten da sein, besser du suchst schnell nach dem Schlüssel, denn ich lasse dich nicht abreisen, solange du ihn noch hast.“

Thomas Hände sinken in Zeitlupe. Sein Blick funkelt und bohrt sich in mich. Den Mann vor mir erkenne ich nicht wieder. Wie kann er sich in so kurzer Zeit derart zum Schlechten verändern? Mich beschleicht der Verdacht, dass er mich schon monatelang getäuscht haben könnte. War sein Drang, etwas mit der Tochter vom Chef anzufangen, so groß? Hat er sich davon berufliche Vorteile versprochen?

Thomas möchte gerade antworten, da sehe ich, wie sein mörderischer Blick sich von mir abwendet und ein neues Ziel findet.

„Gibt es ein Problem?“ Rom stellt sich neben mich und legt mir seinen Arm auf die Schultern. Sofort fühle ich mich sicherer.

„War ja klar.“ Thomas schüttelt den Kopf. „Wo Porscha ist, bist du auch nicht weit.“

„Bitte gib mir einfach den Wohnungsschlüssel, Thomas. Ich möchte keinen Ärger. Es muss nicht unschön enden.“

Rom stößt ein Schnauben aus. Für ihn ist es bereits unschön.

„Nun gib ihr den verdammten Schlüssel“, faucht Janet aus der zweiten Reihe. „Wenn du dich weiter wie ein Idiot aufführst, hast du bald keine Freundin und keinen Job mehr."

„Da könnte sie recht haben", kommentiert Rom voller Zufriedenheit, als hätte er bereits mit meinem Vater alles geregelt. „Besser du hörst auf deine neue Liebe."

Männer!

Am liebsten würde ich Rom den Ellenbogen in die Rippen stoßen. Muss er Thomas auch noch provozieren? Kann er es nicht gut sein lassen? Auf eine handgreifliche Szene mitten in der Lobby, in der noch andere Hotelgäste warten, kann ich getrost verzichten.

Obwohl es Thomas sichtbar gegen den Strich geht, holt er seinen Schlüsselbund heraus und macht meinen Wohnungsschlüssel in dem Moment ab, indem der Shuttlebus vor dem Hotel hält.

Erleichtert atme ich aus und strecke die Hand aus. „Bitte", sage ich in neutralem Tonfall.

Der Schlüssel wandert in meine Hand. „Wir sind fertig."

„Ja, das sind wir." Meine Stimme klingt traurig, aber auch erleichtert. Hat er es endlich verstanden?

„Ich wünsche dir noch ein schönes Leben." Thomas nimmt seinen Koffer und schiebt ihn zum Ausgang, ohne auf eine Erwiderung von mir zu warten. Janet wirft mir noch einen unbestimmten letzten Blick zu, dann geht sie ebenfalls.

Bye bye.

„Und weg sind sie." Rom dreht mich um und schließt mich in die Arme. „Geht es dir gut?" Argwöhnisch betrachtet er meine Augen, als würde er ein paar Tränen erwarten.

„Mach dir keine Sorgen. Ich weine ihm sicher nicht hinterher." Emotional erschöpft, aber glücklich lehne ich meinen Kopf an seine starke Brust und genieße Roms eigenen wohligen Geruch. „Aber ich brauche Zeit, um mich neu zu finden. Die plötzliche Wendung, die alles auf den Kopf stellt, was ich für die Zukunft geplant hatte, habe ich nicht kommen sehen."

„Das verstehe ich." Mein neuer alter Freund drückt mich fester an sich. „Ich helfe dir dabei, wenn du mich lässt."

Epilog 1

Porscha

Sechs Monate später

„Wie gefällt dir der Firmenname *artificial plants*?"

Aus dem Konzept gebracht halte ich über der Tastatur inne und blicke über den Bildschirm zu Alejandra, die sich mit Block und Stift auf dem Stuhl vor meinem Schreibtisch lümmelt. „Künstliche Pflanzen", übersetze ich laut und reibe mir übers Kinn. „Warum nicht *plantas articiales*? Auf Spanisch."

„Würde ich mein Geschäft nur hier in Spanien betreiben wollen, würde das gehen." Sie kritzelt etwas auf den Block, das stark nach Schlangenlinien aussieht und nichts mit unserem Gespräch zu tun hat. „Aber ich denke größer."

Natürlich denkt Alejandra größer. Kleine Dinge existieren in ihrer Realität nicht. Deshalb entwirft sie auch Palmen und keine Grashalme.

„Ich möchte den internationalen Markt erobern, und da wäre ein englischer Firmenname womöglich passender als ein spanischer. Findest du nicht?“

Meine Mundwinkel heben sich. „Die kleine Alejandra ist eine Geschäftsfrau geworden.“ Obwohl es mir nicht zusteht, Stolz zu empfinden, tue ich es trotzdem. Rom wird bald nicht mehr der einzige Ximénez sein, der das große Geld scheffelt. Ich glaube fest an Alejandra und ihren Plan, eine Firma für künstliches Grün zu gründen. Sollte es mit den Palmen nicht auf Anhieb klappen, könnte sie es auch mit unechten Weihnachtsbäumen probieren. Der Markt ist sicher größer.

„Noch bin ich keine Geschäftsfrau“, bremst sie mich, lächelt aber in sich hinein. „Doch sobald ich mein Studium abgeschlossen habe und Thiago weiterhin Kontakte in der Geschäftswelt für mich knüpft, könnte es klappen. Sein Vater hat weitreichende Beziehungen im Marketingbereich und ist bereit, mir zu helfen.“

Seit wenigen Wochen ist es offiziell: Alejandra hat einen festen Freund. Sie hat ihn erst mir und wenig später Rom vorgestellt. Ich habe es als Ehre empfunden noch vor Rom in den Genuss gekommen zu sein, den Mann, der Alejandra oftmals diese verräterische Röte ins Gesicht zaubert, kennenzulernen.

Rom hat Thiago und seine Schwester natürlich genau unter die Lupe genommen. Für meinen Geschmack ein wenig zu genau. Kaum ist ihm der Knutschfleck an Alejandras Hals aufgefallen, wollte er ausflippen. Zumindest, bis ich ihm erklärt habe, dass seine Schwester erwachsen ist und er sich daher zurückhalten muss. Schließlich hat Rom mir den ersten Knutschfleck mit sechzehn verpasst.

„Für mich ist dein Vorhaben eine sichere Sache. Du wirst mit deinen Palmen das große Geld verdienen. Daran glaube ich fest.“

Alejandra erhebt sich. „Vielleicht fange ich damit an, meinen zukünftigen Firmennamen schützen zu lassen. Ich möchte mich gleich von Anfang an als feststehende Marke etablieren.“

Alejandras Energie ist nahezu unerschöpflich. Ihr kreativer Kopf steht niemals still.

„Lass es mich wissen, wenn du meine Hilfe benötigst. Unterschreibe nichts, ohne es mir vorher zu zeigen.“ Mein Blick liegt längst wieder auf dem Report, der in der nächsten Stunde fertig werden muss.

„Porscha, ich bin kein Kind mehr.“

„Okay.“ Entschuldigend sehe ich hoch. „Hin und wieder vergesse ich das. Aber trotzdem, egal wie alt jemand ist, ein paar zusätzliche Augen, wenn es um Firmenangelegenheiten geht, die dein Leben verändern können, schaden nie.“

Sie nickt, klemmt sich den Block unter den Arm und steckt sich den Stift hinters Ohr. „Ich muss los. Juan wartet auf mich. Wir wollen zum Strand. Ich brauche ein paar Naturstämme für mein nächstes Projekt. Vielleicht haben wir Glück und etwas, das ich verwenden kann, ist über Nacht angespült worden.“

„Ich wünsche euch viel Spaß beim Suchen und nach Hause schleppen.“ Das Letzte sage ich, schon wieder mit Blick auf meine Arbeit.

Die Tür fällt ins Schloss.

Endlich allein. Endlich kann ich in Ruhe diesen überfälligen Bericht fertigstellen.

Vor sechs Monaten hätte ich es nicht für möglich gehalten, dass mein Plan, von Spanien aus zu arbeiten, so
gut aufgehen würde. Aber Rom hat mir einen Raum zur
Verfügung gestellt und ihn für mich, in nur wenigen
Wochen, zu einem vollausgestatteten Büro einrichten
lassen. Zwei große Monitore, einen Laserdrucker in
Farbe und natürlich eine Highspeed Internetverbin-
dung, die sogar besser ist als bei mir zu Hause in Frankfurt. Angeblich hat Rom das nur gemacht, damit ich
keine Nacken- oder Rückenschmerzen durch das viele
Arbeiten am Laptop ohne geeigneten Bürostuhl ris-
kiere. Aber ich denke eher, dass er es mir so schön wie
möglich machen wollte, damit ich mir vorstellen kann
für immer hier zu bleiben.

Und je länger ich in *Costa de la Luz* arbeite, desto
mehr kann ich es mir tatsächlich vorstellen. Nicht nur
Rom ist eine Verlockung, auch das Meer, der Kiefernwald und die Möglichkeit meine Arbeit auf leichte Art
und Weise mit Vergnügen zu verbinden. In Frankfurt
kann ich zur Mittagspause nicht mal eben an den
Strand gehen und den Kite-Surfern zusehen, wie sie
sich an neuen Tricks und Sprüngen versuchen.

Sogar das Verhältnis zu meiner Mutter hat sich gebes-
sert. Vollständig im Griff haben wir unsere Probleme
und die Vergangenheit noch nicht, aber Valeria kommt
alle zwei Wochen zu Rom und mir und isst mit uns zu
Abend, dann reden wir. Meist erkundigt sie sich nach
Meinolf und meiner Arbeit. Ich denke es gefällt ihr,
dass sie durch mich wieder einen besseren Kontakt zu
meinem Vater, ihrem Ex-Mann, hat. Letzte Woche hat
sie mir sogar vorgeschlagen, Meinolf nach *Costa de la
Luz* einzuladen, damit wir nach einer langen Zeit des

Abstandhaltens wieder als Familie zusammen sein können.

Meine Verwirrung muss mir nach dem Vorschlag im Gesicht gestanden haben. Höchstwahrscheinlich steckt mehr hinter dem seltsamen Vorschlag. Meine Mutter hatte von jeher eine Schwäche für meinen Vater. Denkbar, dass sie sich eine zweite Chance erhofft.

Unter Umständen sind Rom und ich ihr, ohne es beabsichtigt zu haben, zu einem Vorbild geworden.

Gerade möchte ich mich wieder vollends auf meine Arbeit konzentrieren, da klopft es an der Tür.

Das kann nur Rom sein. Erst Alejandra, und jetzt Rom. Meist statten beide mir einmal am Tag einen Besuch ab. Sie setzen sich vor meinen Schreibtisch, sehen mir bei der Arbeit zu, oder lenken mich durch unsinnige Fragen, die ich auch am Abend beantworten könnte, ab. Ich sollte mich behelligt, oder bedrängt fühlen, aber das tue ich nicht. Die Störungen, sobald Rom beschließt, mich zu besuchen, sind mir die liebsten. Schon mehr als einmal haben wir die Tür abgeschlossen und ... Rom nennt es *den Schreibtisch einweihen*. Ich werde rot, wenn ich daran denke, wie oft wir den Schreibtisch mittlerweile schon eingeweiht haben.

„Komm rein", gebe ich dem Mann vor der Tür das Okay. Er wartet immer, bis ich ihn hereinbitte. Seine Sorge, er könnte in ein wichtiges Meeting mit einem Kunden platzen, ist groß. Seit ich Rom im Einzelnen erklärt habe, worin meine Arbeit besteht, ist er offiziell beeindruckt und hat großen Respekt vor dem, was ich leiste.

„Kann ich stören?" Sein Kopf taucht zwischen Tür und Rahmen auf.

„Ja, natürlich." Ich lege mein Headset, das neben der Tastatur liegt, vorsichtshalber beiseite. Wer weiß, was Rom für einen Plan hat. Unsere Schreibtischeinweihungen haben mich schon zwei Headsets gekostet. „Alejandra ist gerade weg", informiere ich ihn. Auch, um ihn wissen zu lassen, dass sie uns nicht stören wird.

„Gut zu wissen." Rom tritt ein und bleibt vor meinem Schreibtisch stehen. Er weiß, wie sehr ich seinen Körper vergöttere, weswegen er meine Schwäche gern ausnutzt und den Stuhl vor mir meidet, damit ich ihn in ganzer Pracht bewundern kann. Heute trägt er mal wieder eine seiner vielen Cargo-Shorts, die seine braunen Beine betonen. Dazu das rosa Alpaka-T-Shirt, welches er anhatte, als ich damals meinen Urlaub mit Thomas angetreten habe. Gefühlt ist das Jahre her.

Möchte er mir mit der Kleidung etwas vermitteln? Wieso trägt er das Alpaka T-Shirt, das nun wirklich schon bessere Zeiten gesehen hat?

Ein Anflug von Nervosität macht sich in mir breit. Es ist zu früh für einen Heiratsantrag. Hoffentlich kommt Rom nicht auf dumme Ideen.

„Setz dich." Als wäre er ein Kunde, deute ich auf den Stuhl.

Rom missachtet meine Geste. Mit raumgreifenden Schritten kommt er um meinen Arbeitsplatz herum und dreht meinen Stuhl an den Armlehnen so, dass ich ihn ansehen muss. Er lächelt. „Erst möchte ich einen Kuss."

Weil ich sein Machogehabe liebe, gebe ich ihm, was er verlangt, und lasse mich sogar einen Moment mitreißen. Aber im nächsten Augenblick breche ich unseren Kuss ab und schiebe meinen Freund sanft, aber bestimmt zurück. „Mehr gibt es erst heute Abend“, erkläre ich ihm, weil ich wirklich arbeiten muss.

„Na schön.“ Rom geht um den Schreibtisch herum und setzt sich folgsam auf den Stuhl. Er legt sogar die Hände in den Schoß und spielt den braven Jungen. „Ich möchte etwas mit dir besprechen. Etwas Wichtiges.“

Zum Glück.

Kein Heiratsantrag. Kein Kniefall. Nur eine Besprechung.

Rom trägt das T-Shirt lediglich, weil es ihm gefällt. Du hast die falschen Schlüsse gezogen.

Obwohl ich mir vorstellen kann, Rom irgendwann zu heiraten, erscheint es mir momentan noch zu früh. Ich habe schließlich nicht mal meine Wohnung in Frankfurt aufgegeben. Eine Auflösung wäre in meinen Augen der nächste Schritt, nicht die Ehe.

„Dann leg mal los.“

„Ich habe mit deinem Vater gesprochen.“ Rom lässt mich nicht aus den Augen und beobachtet meine Reaktion.

„Du hast Meinolf angerufen? Warum?“

„Nein.“ Rom schüttelt den Kopf. „Dein Vater hat mich angerufen.“

„Oh.“ Argwöhnisch halte ich inne. „Was wollte er?“

„Im Grunde ging es um dich und deine Arbeit“, erklärt Rom. In seiner Stimme schwingt ein Funken Begeisterung mit.

Kurz bin ich verwirrt. „Warum bespricht mein Vater meine Arbeit für seine Firma mit dir und nicht mit mir?“ Unmut über diese unübliche Vorgehensweise steigt in mir auf. Es fühlt sich an, als würde mein Vater mir in den Rücken fallen.

„Er hat mich gefragt, ob ich bereit bin dir dauerhaft ein festes Büro, quasi eine Zweigstelle, einzurichten."

Bevor ich etwas sagen oder vor Überraschung vom Stuhl fallen kann, spricht Rom weiter. „Sollte das nicht möglich sein, würde er sich nach geeigneten Räumlichkeiten im Zentrum von *Costa de la Luz* umsehen, damit einer offiziellen Zweigstelle der Kanz Controlling GmbH nichts mehr im Wege steht. Anscheinend möchte er in Zukunft auch anderen Mitarbeitern die Möglichkeit bieten, Urlaub und Arbeit zu verbinden. Work-Life-Balance, Selfcare und so weiter."

Wie aufschlussreich. Mein Vater beschäftigt sich mit den Möglichkeiten, seinen Mitarbeitern mehr eigenständige Kontrolle über sich und ihre Aufgaben zu geben. Das überrascht mich. Aber besser spät als nie.

Moment ...

„Lass mich raten ..." Schnell fange ich mich wieder. „... mein Vater möchte ebenfalls von Spanien aus arbeiten? Habe ich recht? Er macht das auch für sich selbst, nicht nur für seine Angestellten." Das Verhalten würde zu ihm passen.

Ob das gut gehen wird? Teufel noch mal! Ob meine Mutter bei der Idee ihre Finger im Spiel hatte? Irgendwie scheint das Ganze ihre Handschrift zu tragen.

„Wahrscheinlich." Rom spielt am Knopf einer seiner seitlichen Hosentaschen und weicht meinem Blick aus.

„Was hast du geantwortet?"

„Dass ich dir längst ein eigenes Büro eingerichtet habe und dass er einen weiteren Raum haben kann, sodass er die Möglichkeit hat, zwei weitere Arbeitsplätze zu schaffen."

Ich nicke und freue mich, dass Rom alles möglich macht, um mich bei sich zu behalten. Er gibt sogar einen Teil seiner Räumlichkeiten, die er im nächsten Jahr für das Hotel ausbauen wollte, dafür her. Natürlich wird mein Vater ihm Miete zahlen, aber trotzdem sehe ich darin ein weiteres Zeichen seiner Liebe zu mir.

Ist der Zeitpunkt gekommen ihn zu fragen?
Tu es!

„Sechs Monate hier bei dir sind eine lange Zeit", wage ich mich vor. „Wie findest du die Idee, dass ich meine Wohnung in Frankfurt aufgebe und bei dir einziehe? So richtig – endgültig eben. Dann würde ich aber mehr Platz als die eine Schublade in deiner Kommode brauchen." Ich habe zwar das Einzelzimmer im *Hermosas Palmeras* längst verlassen und bin in Roms privates Reich gezogen, aber vollständig abgebrochen habe ich meine Zelte in Deutschland noch nicht.

Erst schleicht sich der Anflug eines Lächelns auf Roms Gesicht, welches kurz darauf in ein offenherziges Strahlen übergeht. Mein Vorschlag scheint ihm zu gefallen. Mir gefällt er auch.

„Ich liebe die Idee. Schon seit Wochen, überlege ich, wie ich dich dauerhaft in meine Höhle locken kann. Dass dein Vater mir mit seinem fortschrittlichen Entschluss eine Vorlage liefert, ist ein Geschenk, für das ich ihm ewig dankbar sein werde."

Auch ich muss grinsen. Die Entscheidung fühlt sich richtig an. „Wenn das so ist, werde ich mich gleich heute Abend dransetzen und nach einem Umzugsunternehmen suchen, das auch für mich das Kistenpacken übernimmt." Ich zwinkere ihm übermütig zu.

„Eventuell müssen wir anbauen und das Hotel erweitern. Ich besitze eine Menge Kram.“

„Kein Problem. Für dich bin ich bereit, alles zu tun. Ein zweites Mal lasse ich dich sicher nicht mehr los.“ Rom löst den Knopf, an dem er eben herumgespielt hat, und zieht ein paar Flyer aus der Seitentasche seiner Cargo-Shorts.

„Mit der Planung bin ich dir bereits voraus. Diese drei Umzugsunternehmen sind in die engere Auswahl gekommen.“ Er steht auf und reicht mir die Flyer. In seinen Augen liegt ein schelmisches Funkeln voller Zuneigung. „Ich liebe dich übrigens, Porscha Kanz, solltest du das noch nicht bemerkt haben.“ Zu dem strahlenden Gesichtsausdruck gesellt sich ein breites Grinsen.

Dieser Mann ...

Wie soll ich weiterarbeiten, wenn er mich ablenkt und mir die Tränen kommen? „Ich liebe dich auch.“

Epilog 2

Romeo

Weitere sechs Monate später

Vor etwas mehr als einem Jahr ist Porscha mit ihrem Verlobten nach *Costa de la Luz* gekommen, um Urlaub zu machen und eine Hochzeit zu planen. Mittlerweile ist meine Freundin tagtäglich an meiner Seite. Niemals mehr möchte ich sie missen.

Gott, wie ich sie liebe. Zum Glück muss sie die Gerinnungshemmer, deren Einnahme in meinen Augen nicht ohne Risiko war, nicht länger einnehmen. Letzte Woche hat ihr Arzt in Deutschland, nach einer Blutuntersuchung, die zum Glück von hier aus gemacht werden konnte, Entwarnung gegeben. Alle Werte sind auch drei Monate nach dem Absetzen der Tabletten stabil geblieben.

Im Grunde muss ich Thomas Kaster dankbar sein, dass er sich ausgerechnet das *Hermosas Palmeras* ausgesucht hat, um mit seiner Verlobten Urlaub zu machen. Porscha hat mir erzählt, dass die herrlichen

Palmenfotos ihn dazu verleitet haben, das Hotel für ihren Urlaub auszuwählen und zu buchen.

Wenn das kein Karma ist …

Thomas hat bekommen, was er verdient hat. Mit meiner Vermutung, er würde Frauen stalken, habe ich damals richtig gelegen. Obwohl Porscha und Janet keine Freundinnen mehr sind, nicht mal mehr Kontakt pflegen, hat die Fitnesstrainerin sich vor ein paar Wochen gemeldet, um Porscha mitzuteilen, dass sie Thomas mithilfe einer eingeweihten Freundin hat auffliegen lassen. Die beiden Frauen haben ihn hintergangen, überführt und planen bereits Strafanzeige zu stellen. Es bleibt abzuwarten, ob die Mühe von Erfolg gekrönt wird. Obwohl Stalken strafbar ist, hat Porscha nicht vor rechtliche Schritte gegen Thomas einzuleiten. Hätte er sie in der Nacht vor einem Jahr nicht mit seinem Handy orten können, wäre sie womöglich nicht so schnell gefunden worden. Ihr bleibt die Genugtuung fertig mit ihm zu sein.

Der Fremdgeher arbeitet mittlerweile für eine andere Firma und hat Frankfurt den Rücken gekehrt. Meinolf hat ihm einige Wochen nach dem verpatzten Urlaub gekündigt. Und dass, obwohl Porscha ihm, soweit ich weiß, nichts von Thomas Untreue erzählt hat.

„Bist du so weit?", fragt Alejandra mich. „Porscha ist vor zwei Minuten zum Strand gegangen. Wenn du nicht möchtest, dass dein schöner Plan in die Hose geht, solltest du dich endlich in Bewegung setzen, alter Mann."

Wie bitte?

„Hast du mich gerade alt genannt?" Das macht sie nur, um mich zu ärgern.

„Rom, man lässt seine Freundin nicht warten, wenn man plant, ihr einen Heiratsantrag zu machen. Möchtest du, dass sie genervt ist, wenn du vor ihr auf die Knie fällst?“ Alejandra zwinkert auf hinterhältige Weise. „Sie könnte deinen Antrag ablehnen.“

Ist das wirklich meine Schwester, die da vor mir steht, und dafür sorgt, dass mir das Herz in die Hose rutscht?

„Du müsstest dein Gesicht sehen.“ Alejandra grinst. „Zu komisch.“

„Glaubst du, ich sollte mit dem Antrag noch warten? Wir sind erst seit einem Jahr zusammen. Vielleicht handele ich übereilt.“ Zweifel sind etwas Furchtbares.

„Juan und ich haben den Tisch zum Strand getragen, ihn festlich eingedeckt, und mit wunderbaren Tapas bestückt. Auch für Kerzen haben wir gesorgt. Und jetzt möchtest du das Vorhaben abbrechen?“, empört sie sich. „Jetzt, wo Porscha höchstwahrscheinlich schon am Tisch steht und sich fragt, was das alles zu bedeuten hat und wo du steckst?“

„Wie hast du es geschafft, dass sie zum Strand geht? Was hast du zu ihr gesagt?“ Mir ist klar, dass das unwichtig ist und ich Zeit schinde, aber ich bin nervös. Schrecklich nervös.

„Ich habe ihr gesagt, dass du planst, ihr einen Heiratsantrag zu machen und am Strand auf sie warten würdest.“

„Das hast du nicht gesagt!“ Meine Schwester kennt kein Erbarmen.

„Nein, du Dummkopf. Natürlich habe ich mich anders ausgedrückt. Es ist vollkommen egal, welche Worte ich gewählt habe. Geh einfach und sorge dafür, dass Porscha nicht noch mal auf die Idee kommt uns zu verlassen. Binde sie für immer an dich. Meinen Segen habt ihr."

Kaum ausgesprochen umarmt Alejandra mich und schiebt mich von sich, direkt in Richtung Strand.

Dann los ... sorge dafür, dass dein Glück für immer bleibt. Mach der Frau, die du liebst, einen Heiratsantrag.

Einladung

Porscha Ximénez & Romeo Alejandro Ximénez

laden alle Angestellten und Gäste des *Hermosas Palmeras* am Samstag um 20:00 Uhr zu einer Party an den Hotelstrand ein, um ihre Hochzeit zu feiern. Alle sind herzlich willkommen.

Die Babyparty findet am Sonntag um 16:00 Uhr im Speisesaal statt.

Nachwort

Das Vorstellungsvermögen von uns Autor*innen ist oftmals grenzenlos. Im Zuge dieses Romans habe ich natürlich recherchiert. Was gibt es für künstliche Pflanzen und wie werden sie hergestellt? Trotzdem ist dieser Roman reine Fiktion. Ob es künstliche Palmengewächse in der hier beschriebenen Größe gibt und ob sie schließlich so hergestellt werden können, ist mir nicht bekannt. Höchstwahrscheinlich braucht man für eine mehr als sechs Meter hohe Palme eine Baugenehmigung ... aber das ist nur geraten. Ein Hoch auf die Fantasie.

Obwohl wir der Umwelt zuliebe auf jegliches Plastik verzichten sollten, muss ich gestehen, dass ich eine Vorliebe für Pflanzennachbildungen aus Plastik habe. Die kostspieligen Kunstwerke sind pflegeleicht und brauchen zum Glück kein Wasser. Ein Vorteil, da bei mir nur Kakteen überleben. Momentan kombiniere ich auf meiner Fensterbank echte Kakteen mit künstlichen Pflanzen und bekomme auf Familienfeiern allseits viel Lob für meinen grünen Daumen.

Für das Buch habe ich im Vorfeld Erkundigungen eingeholt. Die Menschen in meinem Umfeld sollten mir verraten, ob es sie stören würde, wenn die Palmen in ihrem Urlaubshotel nicht echt, sondern Nachbildungen wären.

Das Ergebnis hat mich überrascht. Bis auf ein paar wenige Ausnahmen stören Plastikpflanzen offenbar jeden. Ein paar mehr Stimmen gab es für: *wenn ich keinen Unterschied erkenne, ist es mir egal.*

Im Grunde glaube ich, dass wir an den unterschiedlichsten Orten auf mehr Palmen aus Plastik treffen, als wir denken.

Vielleicht gehörst du zu den Zukünftigen, die im nächsten Urlaubshotel ein Palmenblatt in die Hand nehmen und einen Plastiktest machen.

Was gibt es noch über das Buch zu erzählen? Was könnte die wenigen Nachwortleser interessieren?

Aufgrund einer Gerinnungsstörung habe ich selbst eine Zeit lang Blutverdünner einnehmen müssen. An manchen Tagen ein echtes Drama für einen Tollpatsch wie ich einer bin. Kaum hatte ich mir einen Monstersplitter mit Widerhaken in den Finger gejagt, wusste ich, dass sich aus dem blutigen Chaos, das ich beim Entfernen des Übeltäters angerichtet hatte, etwas machen lässt. Meine Erfahrungen sind schuld daran, dass Porscha in der Geschichte leiden musste.

Einen *#FunFakt* zum Abschluss, bevor ihr das Buch zuklappt, habe ich noch. Mein Arbeitstitel für diese Geschichte war: *Küsse unter Plastikpalmen.*